I Skuggan av samhället

En bok av Jesper Persson

Tidigare utgivning 2008

"Från Svensson till Kriminell och Vägen tillbaka"

2012

"Operation Statligt Misstag" Del 1

2013

"Operation Statligt Misstag" Del 2

Mitt Motto: Förtroende är bra – Kontroll är bättre

2

Ett stort tack till nedanstående!

Till mina grabbar Tobias och Alexander som har gett mig kraft, att skriva färdigt min bok.

Vill även passa på och tacka alla människor som köpt mina böcker. För mig bevisar det bara att vi har ett samhälle som är i obalans.

P.U.D du får ett stort tack för att du hjälpte mig att skriva det som jag har skrivit i block och dikterat till ett dokument på datorn, så jag kunde skicka ett dokument till tryckeriet.

På grund av den Stroke jag har haft, så har jag inte någon finmotorik och kan inte skriva, så snabbt längre. Du är guld värd Pågasnöre.

Copyright © 2013 - 2017 Jesper Persson
Förlag: BoD – Books on Demand, Stockholm, Sverige
Tryck: BoD – Books on Demand, Norderstedt,Tyskland
ISBN: 9789176992937

Prologen

I denna bok, kommer du som läsare få uppleva hur det verkligen är att sitta på kåken och hur detta har påverkat mig som person. Jag blev av staten internationellt efterlyst, och du får se vilka konsekvenser mina beslut fick. Ni får veta hur det är att vara internationellt efterlyst, och hur jag ville få ett liv under radarn som fanns i detta samhälle. Att skriva sina memoarer kan bli ganska tungt när jag återigen får gå igenom allt skit jag varit med om. Ni kommer få följa med mig när jag fick hjärtinfarkt för sedan få en stroke som gjorde mig helt lam i vänster sida, två månader efter min hjärtinfarkt, och även hur jag verkligen fick kämpa för att kunna komma tillbaka till ett normalt liv. Som läsare får du även se hur de svenska fängelserna (Kåken) påverkar den intagnes beslut. Det är en riktigt hård verklighet som du som läsare har framför dig och som garanterat kommer påverka dig, positivt eller negativt. Du kommer att få följa med mig in i kriminalvården, där jag avtjänat ett långt fängelsestraff. Som läsare får du verkligen uppleva alla frustrerade känslor som jag hade under denna tid. Ni kommer även få uppleva vilken skillnad det är att vara en helt vanlig Svensson och intagen inom kriminalvården där man är i kriminalvården händer, och där man är helt frihetsberövad. Ni kommer få se med egna ögon hur kriminalvården manipulerade mitt eget överklagande genom att inte skicka mitt överklagande till Justitieombudsmannen.

Som jag alltid brukar säga... sluta läsa nu, om du är en känslig person som påverkas av negativa saker. Som läsare är det otroligt viktigt att du får se sanningen, om hur vårt samhälle fungerar. Så kan du själv bilda dig en egen uppfattning, om vi lever i ett manipulerat samhälle.

Mycket nöje!

Kapitel 1: Hjärtinfarkten

Jag hade ju känt hela dagen att det var något strul med
pumpen (Hjärtat) och som jag inte lagt ner så mycket tid
på att fundera om. Det hade ju varit en del lådor som jag
hade lyft under dagen och jag trodde jag hade sträckt
mig efter dessa lyft.
Jag ville ju fullfölja det jag skulle göra under dagen och
det gjorde jag. Det var på kvällen när jag skulle lägga mig,
då jag kände att det även gjorde ont i mitt skulderblad
och det hade börjar stråla ut i min vänstra arm. Det var
en konstig känsla, som bestod i att det strålade och
gjorde ont i min arm. Det blev en helt sömnlös natt för
mig. Smärtan var väldigt hög, så jag kunde inte sova. På
morgontimmarna var jag ganska trött, eftersom jag inte
hade kunnat sova på grund av smärtan jag hade. Mina
vänner tyckte jag skulle åka till ett sjukhus och kolla mitt
hjärta. Det var något jag gjorde. På sjukhuset fick jag
komma in med en gång. SSK tog in mig i ett akut rum där
var det en massa monitorer i hela rummet. Bara att se
alla dessa monitorer och SSK som sprang runt gjorde mig
helt nervös. Jag skulle gärna ha gått ifrån det akut-
rummet. Det kom fram en sjuksköterska till min brits och
ville ta mitt blodtryck, det går väl bra svarade jag henne.
Hon satte en manschett på min högra arm så hon kunde
lyssna med ett stetoskop. Mitt blodtryck var förhöjt
ganska mycket. Jag hade ett blodtryck som var 200/105
och det var ju inte bra sa sjuksköterskan. Sjuksköterskan
fråga ju om jag var stressad?

Hur kan du tro det, svarade jag henne! Ditt blodtryck är ju väldigt högt sa hon och hon var lite orolig för detta höga blodtryck, hon skulle tala med läkaren och höra vad denna läkare tyckte. Sen ville hon få ett blodprov som skulle till laboratoriet så fort som möjligt. Det var vissa markörer. De vill se om dessa markörer var förhöjda. Markören heter Troponin och är en **biokemisk** markör som frisätts vid hjärtmuskelskada. Nu var det dags att sätta på mig ett EKG, eftersom läkaren ville få ett sådant så denna kunde få en massa information om det fanns andra fel på mitt hjärta.

Elektrokardiografi eller EKG som det brukar kallas för, och som är en metod för att illustrera hjärtas aktivitet. Sjuksköterskan ville att jag var helt stilla under tiden de skulle ta mitt EKG. Så det var jag. Jag tyckte det var ganska jobbigt med alla tankar jag hade. Det var mycket smärta som gjorde sig påmind och skapade alla tankar som nu fullständigt plågade mig. Jag vet att jag tänkte under tiden dem tog ett EKG, att jag var på helt rätt ställe om det skulle hända något, och det blev en tanke jag håll fast vid. När jag låg och tittade på alla monitorer så var det en ganska skrämmande känsla jag fick. Sjuksköterskan som tog EKG på mig, sa att detta nu var klart. Nu skulle bara sjuksköterskan lämna EKG:et så läkaren kunde se om jag hade haft en hjärtinfarkt och om mina markörer hade ökat enligt det blodprov som jag tagit. Nu blev jag inkörd till ett vanligt rum under tiden jag väntade på att läkaren skulle komma till mitt sjukrum. Det fanns ju inte så många saker som det fanns i akutrummet. Där fanns inte några monitorer alls. Sen var rummet mycket mindre. Jag hade en oro och en frustration som verkligen berörde mig. Jag var rädd att mitt hjärta skulle stanna eller något annat skulle inträffa.

Det var ju inte utan att mina tankar gick till alla prover som jag tagit, och vad de skulle visa! Hade jag haft en hjärtinfarkt eller inte? Var mina markörer förhöjda? Frågorna lös ju inte med sin frånvaro direkt. In kom läkaren och berättade att jag hade haft en hjärtinfarkt under natten och mina markörer var förhöjda och läkaren hade avsikt att lägga in mig på sjukhuset. Det kom in en sjuksköterska och satte något nere på mina ben. Det var något som skulle starta mitt hjärta om det skulle bli plötsligt hjärtstopp i hissen, när jag skulle upp till avdelningen. Enligt SSK var de tvungna att göra så, så att patienten skulle vara säker under själva hissturen. Väl uppe på avdelningen ville läkaren sänka mitt blodtryck som då var 200/105, och han ville sätta in en hel del mediciner som skulle få ordning på mitt höga blodtryck. Den manliga SSK som nu var ansvarig, förstod nog att jag inte alls gillade att ta medicin, och jag var ganska ifrågasättande om insatt medicin. SSK kunde försäkra att det var bra medicin som läkaren satt in och den var inte på något sätt farlig. Dessa ord kunde inte övertala mig. Jag hade fått för mig att inte ta hela dosen, och se hur jag mådde på halva dosen. Nu i efterhand känns det ju ganska tramsig att inte lita på sin egen läkares ordination att ta den medicin han hade föreskrivit.

Jag hade ju fått för mig att den medicinen inte var bra för mig, i alla fall inte hela dosen. Nu i efterhand kan jag tycka att jag lekte med mitt eget liv. Precis som att jag visste bättre än min egen läkare. Jag hade mina idéer som ni läser. Nu hade ju läkaren varit och pratat med mig. Han ville se vad jag hade för tryck på morgonen, och var det inte bra, så då ville han göra en ballongsprängning under morgondagen. Nu var det ju bara natten att ta sig igenom. Det var ju en natt som började bra och lugnt. Jag hade ju en granne och det var ju bara ett draperi som symbolisera en vägg, så det var ju väldigt lyhört. Jag titta lite på tv på kvällen. Plötsligt börjar gubbfan att snarka. När jag håller på att se på Tv. Det var precis som att gubbfan var synkad med min fjärrkontroll, för ju mer jag skruvade upp, så snarka gubbfan bara högre och högre. Jag blev ju trött för mindre, jag släckte min tv och lade en kudde över mitt öra så ja kunde sova. Det kunde ju vara värre, gubbfan kunde ju börjat gnissla tänder. På morgonen när jag gick förbi honom, såg jag att han inte kunde börja gnissla tänder, då tänderna låg i ett glas på nattdukt bordet, i vatten. På morgonen var det dags att göra en ballongsprängning. Läkaren sa att du skulle vara en operation på dagen. Jag skulle duscha enligt läkaren med ett speciellt medel, detta medel var bakteriedödande och jag skulle göra det precis innan jag skulle opereras. Jag stod i duschen och tvätta mig med det gula bakteriedödande medlet. När jag var klar så gick jag in till mitt rum. Sen fick jag åka ner till operationen.

Kapitel 2: Operationen

Sjuksystrarna som körde mig ner till operationen, stanna nere i korridoren, så jag fick vänta på att det blev min tur till operationen. Det var många som skulle bli opererade så jag fick snällt vänta på min tur. Till sist blev det min tur att bli opererad. När jag kommer in i operationsrummet, var det två sjuksköterskor där och tog hand om mig. En av sjuksköterskorna började då tvätta mitt operations ben. Detta inkluderade då att tvätta mina testiklar. Det tyckte jag var ganska jobbigt. Sjuksystern tvätta mig med ett medel som brände ganska bra. Jag inser ganska snart att jag haft en ganska bra tur som levde, efter haft en hjärtinfarkt. Så känslan som kom över mig var ganska skrämmande, tänk om mitt hjärta hade stannat då. Sen ville dem ha ett blodtryck av mig, som visar sig att vara alldeles för högt. Operationsläkare ringde då till läkaren på avdelningen och berätta att jag hade högt blodtryck. Läkarna kom då överens om att jag inte skulle genomgå operationen, då de ansåg att det inte fanns någon vinst med att operera mig just nu. Sjuksystrarna körde mig tillbaka till mitt rum, eftersom det inte blev någon operation. Faktum är att jag hade ett blodtryck som inte läkarna ville jag skulle ha. När jag var tillbaka på avdelningen så börjar jag att fundera på vad jag gjorde egentligen. Skulle jag spela med mitt eget liv som insats, eller skulle jag lyssna på vad läkaren tyckte.

Detta är ju ganska lätt att inse att jag gjorde min egen kropp en otjänst. Jag lever ju ett liv som inte var bra för min kropp längre. Jag visste att jag levt ett ganska hårt liv och att det nu var en konsekvens att jag nu fått en hjärtinfarkt. Det är ganska lätt att lova sig själv att man ska bli en bättre människa. Det tråkiga är att man nästan med en gång blir lika negativ igen, och lever ett liv som är negativt. Jag borde lära mig efter alla skit, det var i alla fall något som jag hade hoppats på. Läkaren sa bara att han ville att jag skulle vara kvar på sjukhuset. Skulle det bli en kväll I frustrationens tecken. Jag kunde bara hoppas på att personen inte snarka för mycket. Vid ronden kom min ordinarie läkare in till mitt rum. Han verkade ganska frustrerad över Mitt höga blodtryck, det var något som jag kunde utläsa genom hans utlåtande. Även om jag förstår läkares frustration såg jag inte Mitt eget levande som något problem, även om det nu var bevisligen ett stort problem, så vill jag inte se det så. Efter ronden skrev läkarna ut mig och ville att jag skulle ta min medicin så mitt blodtryck blev betydligt bättre än det var. Jag skulle gå direkt till apoteket och lösa ut min medicin. Tanken var god, men det kom tyvärr annat emellan. Mitt gamla liv gjorde sig mig påmind och nu var jag igång igen trots jag hade så högt blodtryck. Nu när jag sitter och skriva dessa rader inser jag hur illa det egentligen var. Min mobiltelefon började att ringa. I vanlig ordning, och det borde vara ett varningstecken för mig, men det var det tyvärr inte.

www.forfattarskap.eu

Kapitel 3: Tillbaka igen...

Ganska snart var jag tillbaka i mitt destruktiva liv. Människor i min omgivning förväntar sig att jag skulle sköta mina åtagande. Även om det skulle betyda för min egen del att jag skulle leker med mitt eget liv, så tvekade jag aldrig. Jag anser, att man är ganska konstig om man tänker så, jag borde tänka annorlunda men det gjorde inte och det gör mig mest ont nu när jag sitter och tänker på det. Det är klart jag borde tänka på mina barn och mina barnbarn innan jag hade gått tillbaka till mitt gamla liv. Som ni säkert förstår gjorde jag inte det. Jag hann knappt komma ut från sjukhuset så började negativa människor cirkulera runt mig, som inte jag borde ha med att göra. Direkt undrar jag vilka saker de har att sälja, de hade ganska många mobiltelefoner som de ville sälja eller att avyttra. Problemet med mobiltelefonen är att man måste ha en köpare till detta parti. Jag hade ingen köpare, till detta parti. Det var en väldigt väldigt konstig känsla som jag hade, och kunde inte sätta fingret på. En känsla som man inte ska ha med detta att göra. Ändå så tänk min reptilhjärna att det kunde bli mycket pengar av det här. Jag fattar inte ens att jag kunde tänka så när jag sitter och skriver dessa rader. Min vardag gick ut på, att andra personer och människor skulle genomföra olika former av brott. Hade jag blivit så likgiltig att jag inte ens bryr mig om andra människor. Kanske var det så, den känslan var så. Hade jag fått empati för andra människor kanske, eller var det bara en känsla som jag hade, ja inte vet jag. För mig var det en ganska otrevlig känsla. Men vafan kan jag göra åt det, inte så mycket. Jag hade ganska mycket folk runt mig varje dag, folk som förväntar sig att jag skulle sköta mina åtaganden. För min del blev det mycket att prata med olika folk hela tiden så verksamheten kunde rulla i vanlig ordning. Jag märkte på mig själv, att jag börjar bli för gammal för den här skiten. Ungtupparna hade ju en helt annan energi att utföra en massa skit. Jag märker på mig själv att jag inte var i samma form längre, som jag var innan. Ungtupparna ville ju hålla på hela natten lång, även om jag kände att jag behövde sova, så var det inget alternativ. Min kropp accepterar inte detta längre, frågan var ju hur länge jag skulle orka hålla på. Det värsta var ju att min kropp hade sagt ifrån. Det var inget som jag trodde skulle hända under min karriär. Nu hade den ju bevisligen gjorts så, även om jag inte ville acceptera det. För varje dag som gick blev jag tröttare, ungtupparna märkte ju att jag blivit tröttare efter min hjärtinfarkt. Ungtupparna ville gärna underlätta min vardag.

Kapitel 4: Tröttheten

Även om jag fick hjälp av ungtupparna varje dag, så
kände jag mig ganska trött, det hade börjat ge ringar på
vattnet med den hjärtinfarkt som jag haft. Jag hade ju
inte samma driv som jag haft innan. Jag hade ju ganska
svårt att ta det till mig, att jag inte länge kunde utföra
samma uppgifter i samma takt som jag gjort innan. Jag
tyckte det var jobbigt att behöva inse att jag hade blivit
för gammal för denna skit. Som dem alltid säger så ska
man ju sluta när man ligger på topp. Frågan som jag
ställde mig var ju om jag verkligen nåt den berömda top-
pen, så jag kunde sluta upp med all skit som kriminalitet
innebär. Jag hade ju mina egna barn som jag inte gett
den tid som dem verkligen förtjänande. Att kalla sig
pappa är ju verkligen ett stort skämt och hålla på med
kriminalitet samtidigt. Att jag bara kunde göra det förstår
jag inte, jag kunde ju inte vara en bra pappa och samti-
digt hålla på med en massa kriminella handlingar enligt
lagen. Hur som helst hade jag ju börjat fundera på att
sluta upp med all skit, och lägga tid på mina barn och
barnbarn som en pappa och farfar bör göra. Att lägga tid
på sina barn, som var värda att ha sin pappa, och som
inte satt inne och avtjäna ett straff. Tanken var ju god
och jag ville verkligen det, även om jag visste att det
skulle bli svårt med grabbarna grus. Jag hade en känsla
att det skulle bli stora problem, jag ville ju inte få några
problem, så det var ju att vara lite smidig. Det blev ju att
förberedda ett utträde utan att någon

blir sur eller besviken, även om det skulle bli en väldigt svår uppgift, så var jag villig att pröva. Snacka om att jag bad om problem. Det är ju inte bara att sluta som ni förstår, men jag var fast besluten att prova i en liten skala. Jag ville göra klart alla mina affärer, innan jag agerade. Jag vet att jag själv tänkte på kvällen hur du skulle gå, om jag slutade. Mina barn var i fokus när jag tänkte på min framtid.

www.forfattarskap.eu

Kapitel 5: Tompa

På morgonen träffade jag Tompa, jag misstänkte att han trodde jag skulle sluta med den kriminella biten. Jag märkte på hans agerade som han hade eller så var jag bara paranoid. Vi stod och väntade på att kunderna skulle komma och köpa mobiltelefonerna som vi hade, Tompa sa inte så mycket, han var nog lite misstänksam mot mig. Kunderna kom, i en ganska schysst bil, efter den bilen kom en gammal Iveco, en bussliknande bil, där dom förmodligen skulle ha mobiltelefonerna som dom köpte av oss. Men det var inte som vi visste, det var mest spekulationer från vår sida. Två stycken man gick av personbilen som de kom i, de var ganska trevliga, dock ville dom inte betala så mycket per mobiltelefon som vi ville ha. Det skulle bli en förhandling igen vad dem skulle ge per mobiltelefon. Innan denna affär blev av så hade köparna sagt vad dem ville ge per mobiltelefon, det priset var inte längre aktuellt för dem. Dom ville ge cirka 15 procent mindre än vad priset var. Jag funderade på om jag skulle sälja till deras pris och bli av med skiten och slippa den kriminella skiten, samtidigt ville Tompa ha så mycket som möjligt för mobiltelefonerna per styck, så det blev ett moment 22 mellan Tompa och mig. Det slutade med att jag fick gå iväg med Tompa och prata med honom enskilt. Det var inget man ville diskutera när dem eventuella köparna lyssnade. Tompa var ganska bestämd vad han ville ha för varje mobiltelefon, han vara ganska svårflörtad och ganska svårövertygad, jag hade ju mina egna funderingar om att sluta med den kriminella biten som jag inte kunde berätta för Tompa. Frågan var bara hur jag skulle kunna övertyga Tompa att sälja varje mobiltelefon 15 procent billigare än vad vi sagt från början och vad jag hade för anledning, jag hade att sälja dessa mobiltelefoner billigare. Jag visste ju inte vad jag skulle berätta för honom om vad anledningen var att jag ville sälja mobiltelefonerna billigare. Jag kunde ju inte direkt berätta för honom att jag skulle sluta, då hade han förmodligen blivit lite besviken eller ganska mycket. Efter jag hade diskuterat med Tompa så blev det cirka 15 procent billigare, än vad utgångspriset var från början. Köparna blev ju naturligtvis glada över detta besked. De hade förmodligen köpare till mobiltelefonerna till ett annat pris än vad vi sa från början. Köparna ville ju också kunna tjäna på denna affär. Vi började lasta in mobiltelefonerna i deras lastbil som två andra killar kom med. Sagt och gjort, så åkte de därifrån och jag och Tompa kunde åka tillbaka till vårt lager. Jag åkte faktiskt hem efter vi hade kommit till vårt lager. Jag kände ju att det var något var helt tokigt, jag hade drabbats av något som kallas ålderdom. Jag började helt enkelt bli för gammal för den här skiten. Tompa var ju 10-11 år yngre än mig och hade ett helt annat driv än vad jag hade. Han ville och hade ett driv som gjorde att han ville tjäna pengar. Men framförallt hade han en helt annan energi än vad jag hade, så det var lite lättare för han. Jag ställde min bil utanför mitt hus och gick in, jag hade en ganska intetsägande blick och hade en massa funderingar på hur mitt liv skulle kunna bli om jag verkligen slutade med den här skiten. Det var en del saker som jag ville reda ut om jag skulle sluta, framförallt ville jag inte komma i någon form, av dålig dager som många gjorde när dem slutade med kriminalitet. Jag ville framförallt att mina egna barn och Anna som jag hade barnen med skulle kunna leva ett opåverkat liv som inte hade några negativa inslag även om jag valde att avgå från mitt negativa liv. Jag blev mer och mer van vid tanken att jag skulle avgå och sluta med mitt kriminella liv, även om det skulle påverka mig i negativ bemärkelse, så var jag bestämd att jag skulle göra detta. Det konstiga med det hela var att jag var själv och fattade detta beslut, det var absolut ingen som ville råda mig i denna fråga. Jag stod ganska själv med detta beslut, frågan var bara om det skulle gynna mig om jag valde att sluta eller om jag skulle uppleva något negativt med mitt val. Jag hade ju mina förhoppningar om att kunna träffa mina barn som normalt en pappa ska kunna göra om jag slutar med den här skiten. Jag förstod även att det skulle kunna påverka mig i negativ form till en början, frågan var bara hur länge det skulle kunna vara negativt där jag inte skulle kunna träffa mina barn under en viss tid. Jag ställde mig själv frågan om jag skulle kunna fixa det om det vore så att de blev negativt, och skulle min familj kunna hantera situationen eller bara vända ryggen till av en ren självbevarandebedrift. Mina barn Tobias och Alexander var något som jag hade i fokus hela tiden, som dem flesta vet så är man ju inte starkare än den svagaste länk och min familj var ju den svagheten i mitt liv. Så frågan jag ställer mig själv, var ju om det skulle vara lönt att sluta eller skulle jag bara fortsätta med detta negativa liv för att få någon kontakt med mina barn. Faktum är att mina barn är något som man är stolt över som pappa, även om mina barn inte kan vara stolt över sin pappa, som hade betytt en massa tråkigheter, häktningar, fängelsedomar som vår relation bestod av. Jag var ju inte direkt stolt över dessa referensramar så var det ju faktiskt den värld som mina barn var vana vid.

Kapitel 6: Möjligheter

Jag gick med olika funderingar på olika scenarion som jag hade och som kunde påverka mig negativt eller positivt beroende på vilket val jag gjorde. Frågan var bara vilket val jag skulle göra. Faktum är att oavsett vilket val jag gjorde så blev det negativt för vissa personer och positivt för andra. Vände jag på denna situation så blev det ju exakt tvärtom där den andra parten drabbades.

Ärligt talat tyckte jag det var ett väldigt svårt val att göra och som förmodligen kom att påverka mig på ett negativt sätt oavsett vad jag gjorde. Faktum är att jag var tvungen att göra något val även om jag inte ville det, så var det som gällde. Jag frågade dem personer som stod mig nära hur jag skulle göra i denna situation, faktiskt var det inte så många som ville göra något val eller rekommendera något till mig, förmodligen berodde detta på en inbyggd rädsla personen i fråga hade. Det fanns en person som stod mig väldigt nära som faktiskt gav mig ganska bra råd eller att jag fick se situationen med andra ögon. När jag tittar på situationen med andra ögon och andra fakta så blev ju läget helt annorlunda, även om detta var kloka ord från vederbörande person så insåg jag själv att det förmodligen skulle bli problematiskt. Även om dessa ord vägde tungt, så kunde ju andra personer se det negativt även om det skulle vara i positiv riktning för mig själv.

Återigen stod jag där med en massa fakta som jag skulle göra ett val på, det är alltid lätt att välja åt andra, det blir desto svårare när man själv ska göra det och det var ju inte direkt ett undantag i denna situation. Jag insåg att jag nu hade alla fakta på bordet som gjorde att jag kunde göra ett val även om det kunde bli negativt för mig. Tobias och Alexander var ju som sagt viktig för mig och jag ville ju inte på några omständigheter som helst svika mina pågar. Min lille påg Alexander var nog den person som ställde större krav på sin pappa att bli hederlig eller icke kriminell. Tobias däremot var mer av den tysta sorten, han ställde inte några krav på sin pappa verbalt dock genom sina blickar han gav mig. Jag ansåg ju att deras mamma "Anna" hade sina egna krav. Hon hade ju själv fått uppfostrat våra barn genom att jag hade eller levde ett struligt liv med mycket kriminalitet. Så att jag insåg ju att ett misstag från min sida var ju inte direkt något alternativ, det var ju absolut inget som "Anna" skulle acceptera. Så att jag var ju tvungen att ta något beslut i frågan, frågan var ju mer hur Tompa och Wilson skulle ta emot ett sådant beslut, som skulle innebära att deras inkomst försämrades kraftigt.

Kapitel 7: Wilsons familj

Wilson hade ju själv en familj med två barn och en tjej, så det skulle nog inte bli något problem med honom. Tompa däremot var ju ett ganska oskrivet kort där jag inte visste hur han skulle acceptera detta. Jag hade ju min familj att tänka på och jag hade ett väldigt bra rykte i den undre världen så varför fördärva det. Tompa kunde faktiskt bli ett ganska kraftigt problem, något jag var tvungen att spekulera med. Jag insåg att jag återigen var för gammal för den här skiten och att jag verkligen ville sluta, nu var det ju bara vissa personer som skulle övertygas om detta också något jag för stunden inte visste hur jag skulle göra. Faktum var att jag skulle göra ett val oavsett vilka konsekvenser det skulle kunna få så var jag bestämd att jag skulle göra ett val. Jag började redan nästa dag att fada ut genom att planera dem affärer vi hade framför oss, jag var ju tvungen att sluta på ett smidigt och smart sätt utan att någon misstänkte något. På kvällen gick jag till vårt lager där vi hade nästa leverans hårddiskar som vi skulle skicka iväg till nya köpare, det var SCSI-hårddiskar med kablage. Vi hade cirka 50 stycken hårddiskar som skulle byta ägare, frågan jag själv ställde mig när jag stod mitt framför dessa hårddiskar, var ju om jag kunde försvara den risken som uppenbarligen fanns om vi skulle bli tagen på bar gärning jämfört med att inte genomföra denna affär.

Jag ansåg inte jag ville ta denna risk, förmodligen var det mitt dåliga samvete som gjorde sig påmint. Jag visste ju att Tompa skulle komma på morgonen eller förmiddagen dagen efter, han hade ju sina visioner om hur han ville det skulle sluta, han var helt fokuserad på att tjäna

www.forfattarskap.eu

pengar, det var det enda han tänkte på dag och natt. Tompa var en väldigt snäll och ödmjuk person generellt sett, han hade dock vissa tendenser att vilja bruka våld och även det ansåg jag vara en svaghet hos honom. Dem säger att man blir klokare med åren ju äldre man blir och det är nog tyvärr sant, även om vissa människor ville göra massa pengar som absolut inte var fel att göra, så måste man ju se på vilka risker och konsekvenser det kan få om negativa saker skulle inträffa. Tompa var ju inte en person som såg dessa konsekvenser som en risk, han levde absolut för dagen, det var förmodligen så jag hade levt i mina unga dagar. Så jag visste att jag var tvungen att göra någonting åt denna sak i egen regi. Jag började fundera på vad jag skulle göra, nu var det ganska bråttom att denna affär skulle ske inom några dagar så jag var ju tvungen att agera i frågan. Jag tyckte själv att de var en ganska jobbig tanke när jag funderade på det samtidigt tyckte jag nog lite synd om Tompa som såg fram emot denna affär. Hade min empati fått ett fotfäste eller inte, hur som helst visste jag inte vad jag exakt skulle göra. Frågorna var många och de lyste ju inte direkt med sin närvaro, så då började jag fundera på om ett bilbatteri var lösningen på mitt problem. Alla som håller på med datorer vet ju att en hårddisk som skulle få en elstöt (kyss), slutar att fungera. Jag gick och hämtade ett bilbatteri, två kablar som jag började skala av i båda ändarna, så att jag skulle kunna sätta dem på plus och minuspolerna. Sen gav jag en hårddisk en elstöt för att se om det fungerade, jag tog sedan hårddisken, byglade om den och monterade in den i en dator på lagret som slavdisk för att se om den startade. Med glädje kunde jag konstatera att hårddisken var död, sedan avmonterade jag den, gick tillbaka och la den på pallen igen. När hårddisken inte fungerade, gav jag övriga hårddiskar en elstöt, nu var ju ett problem löst. Sedan tog jag och åkte hem och inväntade nästa dag innan jag åkte tillbaka till vårt lager. Tompa var redan där när jag kom dit dagen därpå, han var spänd av förväntan att se om köparna tog samtliga hårddiskar som han hade tänkt sig. Jag kom in på vårt lager, Tompa stod och pratade med en annan person som jag inte alls visste vem det var. Jag gick fram till Tompa, han började med att presentera den andra personen som Harald och han sa även att Harald eventuellt var en kommande affärsbekant. Mer ville Tompa inte säga vid det tillfället, det var väl mer hans blick som sa desto mer, jag kände ju honom ganska väl sedan innan, så det vore kul att höra vad han hade att säga om personen i fråga. Jag gick tillbaka in till det vi kallade kontor, det bestod av fyra väggar, en kartong och en dator, mer var det inte till kontor. Tompa kom in på kontoret efter han hade talat klart med Harald, Tompa sa att han verkade ganska förtroendeingivande, själv sa jag att det tror jag inte mycket på eftersom jag inte känner personen i fråga och du känner inte honom heller så pass mycket så att du kan uttala dig om att han är förtroendeingivande. Tompa blev nog lite sur på mig eftersom vi hade bevisligen två olika meningar om hur en person som var förtroendeingivande var. Detta resulterade i att Tompa höjde sin röst ganska mycket och berättade sin ståndpunkt i detta ärende för mig, tydligt och klart. Det var inget som jag brydde mig särskilt mycket om. Jag och Tompa skildes åt som mindre goda vänner och en sak var klar, vi kunde vara överens om att vi inte var överens. Klockan började bli närmare tolv på dagen och jag hittade faktiskt inte

Tompa, vi skulle inom ett par timmar genomföra en ganska stor affär som Tompa såg fram emot.

Nu var han ju inte anträffbar bevisligen och jag hittade verkligen inte honom, jag undrade ju så klart hur man kunde göra så som person att hålla sig borta när man kunde hålla sig borta när vi skulle genomföra en ganska stor affär, hade han blivit totalt likgiltig över denna affär eller var han bara förbannad över vår diskussion som vi hade tidigare under dagen. Som tur var hade jag gjort klart det med hårddisken kvällen innan vilket gjorde att jag hade en del tid över, jag kunde bara invänta att Tompa skulle komma tillbaka. Är det något man gör när man har en del tid över är det att tänka och fundera, vilket jag hade nu, återigen började jag fundera på min familj och om jag skulle göra ett avslut på det här, en gång för alla. Precis när jag höll på att fundera som mest kom Tompa tillbaka, han var lite irriterade och det märkte jag, han hade en viss attityd och det var inget jag gillade direkt. Vi hade cirka 40-45 minuter att köra innan vi kom till platsen där affären skulle göras upp och det var lite mer än en timme kvar innan köparen kom, det var en ganska rådande tystnad som var mellan mig och Tompa, förmodligen undrade Tompa varför jag gjorde så, och jag undrade varför han gjorde som han gjorde. Vi hade cirka en kvart kvar efter att vi hade kört iväg och hade nu stannat vår bil, jag visste ju att våra hårddiskar inte skulle fungera, något som Tompa inte hade en aning om. Köparen kom och ville så klart testa en hårddisk vilket inte var direkt ovanligt, man ville ju inte köpa grisen i säcken, och det ville inte han heller. Han tog en av hårddiskarna, åkte iväg i cirka tjugo minuter och kom tillbaka därefter, han berättade då att hårddisken inte fungerade, den var helt död. Då sa Tompa, du kan lägga tillbaka den och ta ett par andra och prova dem, vilket han gjorde. Han åkte iväg och kom tillbaka efter en halvtimme, ännu en gång kom han fram till oss och sa att dem hårddiskarna också är helt döda, de fungerar inte alls. Både jag och Tompa började titta snett på varandra, jag var ju tvungen att spela med i det här rävspelet som det var, jag visste ju att hårddiskarna var sönder, jag visste att jag hade gett dem en elstöt, det var något som Tompa totalt inte hade en aning om och i detta rävspel hade inte jag det heller. Detta resulterade i att köparen gav sig av efter han lämnat tillbaka de söndriga hårddiskarna, Tompa däremot blev riktigt förbannad för han trodde nämligen att de personer vi hade köpt dem av hade lurat oss genom att ge oss felaktiga och söndriga hårddiskar. Det blev ganska svårt för mig att hålla tillbaka Tompa, för nu var han riktigt, riktigt förbannad, han ville förmodligen att säljaren skulle möta sin skapare. För min del blev det ju svårt att samtidigt lugna ner honom när jag visste att det var jag som hade fördärvat hårddiskarna. Tompa gick iväg för att lugna ner sig, själv satte jag mig i bilen och inväntade på att Tompa skulle ta det lite lugnare. Det verkade ganska svårt att få Tompa lugn igen, han ville helt enkelt hämnas, och det tyckte inte jag var bra. Det var bara för min del att hoppas att han hade lugnat ner sig tills dagen efter för just nu var det en omöjlighet att lugna ner honom. Vi åkte och tog en fika så att "vi" kunde lugna ner oss, det hade ju varit en ganska dålig dag, rent affärsmässigt sett där vi bara hade en hög med dåliga hårddiskar som någon profithungrig galning hade lurat på oss. Det blev inte så många ord sagt där vi satt vid fikabordet, Tompa var sur och jag fick låtsas att jag var sur. Samtidigt kände jag att mitt innersta leende ville göra sig påmint, det var dock inte ett alternativ i denna situation. Vi fikade färdigt, efter vi hade fikat gick vi tillbaka till bilen, jag körde hem Tompa tills hans lägenhet och släppte av honom. Vi sa hej då till varandra sen åkte jag hem till mig. På kvällen hade jag lite tid över och då började alla funderingar igen att mala, den tjej jag var med för tillfället ville som alla andra tjejer prata om hur man mådde. Jag svarade att jag mår skitbra, HUR MÅR DU?, frågade jag. Det blev ganska tyst för hon hade förmodligen inte förväntat att jag skulle svara någonting, vilket jag gjorde. Hon som alla andra kvinnor, kan ju vara ganska tjatiga, de vet inte sitt eget bästa och då uppkommer sådana situationer som det gjorde nu. Jag hade ganska svårt att fokusera på det som var viktigt, just nu tänkte jag ganska mycket på Tompa, han var ju snäll även om det hade drabbat honom negativt just nu så var jag tvungen att göra så, och hade jag inte gjort det, så hade jag aldrig påbörjat det första steget i min utfadning. Det var ju klart att jag funderade på om det var rätt, framförallt mot Tompa, Wilson m.fl. På kvällen när vi skulle gå och lägga oss så började ännu en gång alla tankarna, dem hade helt enkelt börja plåga mig, det var så negativt, så jag ville inte ens fundera på det, även om det bara var fokus på detta problem. Som jag alltid tidigare har sagt så måste ju hjärnan hantera all information som man har, även om man inte vill. Det fungerar ju alltid så länge som man sitter på grytlocket, sedan blir det ju problem när man lyfter på locket, det är då man måste börja hantera situationen i sin helhet. Det var ju ett problem som hade drabbat mig nu, och jag var tvungen att hantera situationen på ett sakligt sätt. Mina barn och min familj förväntade sig att jag skulle fixa och lösa det. På morgonen när jag vaknade gick jag upp och gjorde mig iordning sedan satt jag på kaffe och dukade fram lite frukost på bordet, den tjej jag var ihop med just då kom även och satte sig vid bordet, hon sa inte så mycket, däremot sa hennes blick desto mer.

När hon väl valde att säga något frågade hon ju så klart hur jag mådde, och vad jag tänkte göra under dagen. Inget svarade jag, så lite som möjligt, hon märkte nog att jag var lite likgiltig även om jag inte ville vara det så var jag det. Jag kände det nog mer som att jag stod mellan himlen och helvetet där jag måste ta och göra ett val, ett val som jag under inga omständigheter som helst ville göra. Det var något som verkligen sög energi av mig när jag tänkte på det. Den tjej som satt vid frukostbordet började tala om vår gemensamma framtid, det var ett ämne som var helt ointressant att diskutera för stunden. Jag kunde inte ens förstå hur denna person kunde fokusera på en sak som inte var ett problem, i alla fall inte just nu och för mig. Jag gick ifrån frukostbordet in till stora rummet så jag kunde vara ifred med mina tankar och funderingar. Jag tyckte att min dag hade börjat på ett negativt sätt och jag ville helst gå och lägga mig igen och glömma alla funderingar som jag hade. Det var ett mycket svårt val jag hade framför mig och där det verkligen bara blev fler frågor ju mer jag funderade. Jag gick ut och satte mig i bilen och körde ner till vårt lager, jag var ju tvungen att komma på en smart och konstruktiv lösning så inte en person kunde misstänka något om att jag skulle sluta med flaggan i topp. När jag kom ner till vårt lager ringde Lotti, Wilsons tjej och undrade vart Wilson var då han hade sagt till Lotti att han bara skulle göra några små ärenden på byn och komma hem sen.

Kapitel 8: Wilsons kvinna

Nu hade jag hans käring på tråden och jag var tvungen att ljuga, eller undanhålla sanningen då jag visste att Wilson skulle vara med på nästa leverans som vi hade idag. Det var nämligen Wilson och jag som skulle genomföra denna affär idag, som bestod i att vi skulle leverera klockor, 1800 stycken. Det var ganska mycket förberedelser som vi hade och det krävdes en massa energi för att det skulle fungera och att vi skulle kunna genomföra affären. Wilson hade ju sin familj att tänka på, inte minst sina barn som han hade två stycken av och en blivande hustru, som tydligen ville få rätsida på Wilson. Jag förstod ju att dessa affärer kunde ju inte fortsätta i samma regi som det hade gjort, med tanke på att Lotti ville omvända Wilson totalt. Jag och Wilson förberedde affären genom att kvalitetssäkra vissa av klockorna så att kunden kunde betala mer för dessa. Saken var att vi ville ha ut så mycket pengar som möjligt vilket är ganska normalt. Lotti hade ju undrat var Wilson fick alla pengarna ifrån och var han på spåret tyvärr. Han hade tydligen förklarat för Lotti att han hade arbetat med olika konsultuppdrag för olika företag och kunde tjäna ganska mycket pengar på så sätt.

Bara en tanke!

Lotti var mera av den skeptiska sorten, hon hade även frågat mig om jag visste var Wilson kunde få så mycket pengar som han hade utan något arbete. Jag svarade alltid henne att jag inte visste hur han tjänade sina pengar. Hon sa att hon visste att jag och Wilson umgicks ganska ofta och rörde oss i ganska fina miljöer. Att Lotti hade blivit ett stort problem för oss var ett faktum, som vi i regel alltid hade, och hon ifrågasatte oftast det mesta som vi gjorde. Men som alla andra gånger visste vi ingenting, det var ju inget som hon direkt sa, men förmodligen trodde hon inte på någon vokal eller konsonant som vi sa.

Men återigen till historien...

Jag tog upp en massa klockor och tittade på dessa för att sedan titta på Wilson, vi hade inte någon som helst kunskap om detta. Så det blev ju svårt att sätta ett visst värde på de olika klockorna, det blev mer att vi fick höfta för kunskap hade vi absolut inte på detta område. Vi började paketera ned alla klockorna i en låda så att vi snabbt kunde komma åt dem vid behov, om en eventuell köpare ville titta på dem. Efter vi hade paketerat ner dem började vi lasta in dem i lastbilen så att vi kunde köra iväg med dessa klockor in till staden. Vi skulle eventuellt träffa en köpare på en bensinmack utanför staden som var ganska intresserad av dessa klockor. Jag och Wilson satt i lastbilen och vänta på den eventuella köparen skulle komma, då det rullade in en snutbil. Tydligen skulle dessa snutar fika på denna bensinmack där vi eventuellt skulle göra upp affären. Nu blev det inget aktuellt läge direkt, vi fick snällt sitta och vänta på den eventuella köparen skulle dyka upp så att vi kunde bestämma en annan plats då det inte var lämpligt att göra det på denna bensinmack. Wilson blev hungrig när vi satt där och väntade på den eventuella köparen, han gick in för att införhandla en korv i baguette när snutarna var där inne. Han stod i kö och framför honom i kön stod snutarna, han ville gärna ha sin korv, ju längre tid som gick blev Wilson desto hungrigare vilket resulterade i att han förmodligen tog stora delar av bensinmackens korvar. När Wilson väl kom fram till kassan ställer en av poliserna sig vid sidan om för att få sin hamburgare som inte var klar för stunden. Wilson blev ju inte direkt glad över att denna snut stod där. Wilson visste ju att hela vår lastbil var full av stulna klockor och han står vid sidan om en snut som väntar på sin hamburgare skulle bli klar. Det roliga i det hela är att snuten börjar konversera med Wilson om allmänna ting, han undrar ju vad han gjorde där på kvällen, och frågade lite roligt om frugan hade skickat honom. Nää, sa Wilson, jag vara bara hungrig så jag var tvungen att köpa mig lite mat, det förstår snuten mer än väl, är man hungrig så är man. Det hela slutade med att Wilson betalade i kassan och gick därifrån med ett leende på läpparna. Wilson gick tillbaka till lastbilen och han berättade för mig om hela incidenten med snuten, det hela slutade med att vi skrattade hjärtligt.

Bara en tanke!
Där står alltså två snutar inne på en mack och väntar på sina hamburgare och utanför macken finns det stöldgods för stora pengar. Snacka om att dessa snutar blir blåsta på konfekten lindrigt sagt...

Åter till berättelsen!

Efter ett tag kom den eventuella köparen, Wilson gick av lastbilen och pratade med dem i bilen, de var tre stycken. Wilson berättade då kort sammanfattat att snuten var inne på macken och att det inte var läge att göra upp affären här. Det hela slutade med att Wilson berättade att vi var tvungna att flytta lite på oss och bad dem eventuella köparna köra efter oss i sin bil, vilket dem gjorde. Jag körde till en annan plats som låg lite utanför en skog, ganska bra ställe jag visste dock inte vart jag var, det var en bra plats tyckte dem eventuella köparna, Wilson hoppade upp på flaket och tog några klockor, några exklusiva och några vanliga mindre värda klockor. Eventuella köparna började granska dessa klockor, den ena tog fram ett förstoringsglas eller lupp av något slag och började granska klockorna, efter ett tag när han hade tittat på dessa klockor, talade han med den andra kollegan om att vissa klockor höll hög kvalitet och andra var lågbudgetklockor. Den andra kollegan sa då att dem endast ville ha kvalitetsklockor, sådana klockor som kostade 7-8000 kronor för det var det deras kunder ville ha. Det skulle betyda i runda svängar en affär på runt 315 000 kronor, det skulle också betyda att jag och Wilson stod med cirka 900 stycken lågbudgetklockor som vi inte blev av med för stunden. Kunden fick 900 stycken klockor. Jag och Wilson hade 900 andra problem som var resterande av de lågbudgetklockorna som fanns och som vi inte blev av med.

Kapitel 9: Val av plats

Frågan var ju bara vad vi skulle göra nu och vart vi skulle ställa dessa klockor på ett säkert ställe. Vi hade ju tänkt oss sälja alla klockorna till denna köpare, så blev tyvärr inte fallet och vi hade ett problem som vi var tvungna att lösa, och det idag. Köparna betalde klockorna kontant och åkte därifrån. Både jag och Wilson borde varit glada, det var vi dock inte, vi hade som sagt ett annat problem att lösa, att ställa dessa lågbudgetklockor på ett bra och säkert ställe. Vi kom endast på att vi kunde ställa tillbaka klockorna på vårt lager. Så blev det...

Vi kom tillbaka med lastbilen in på lagret som vi hade, nu var det ju bara frågan vart fan vi skulle ställa dessa klockor, samtidigt ringde Lotti på Wilsons mobiltelefon och undrade vart han höll hus. Wilson tittade bara på mig och ger mig en blick som inte är av denna värld, jag förstod ju att det var Lotti då han svara så telefon, för han sa Hallå Lotti, så att jag skulle förstå att det var hon. Nu var det ju ett annat problem, nu var jag ju tvungen att sätta min telefon på ljudlös ifall att min telefon skulle ringa och då skulle hon förstå att Wilson var med mig. Det var ju inget alternativ, då skulle hon ju fråga mig ännu en gång vad vi hade gjort, det räckte ju med att Wilson fick säga sin utsago och lugna ner henne på bästa möjliga sätt. Wilson talade cirka tjugo minuter med Lotti och förmodligen så blev hon lite lugnare av detta, det är inget jag vet men det verkade så på Wilson, han blev också lugn, eller så var han bara chockad, det vet bara forskarna. Vi var tillbaka på vårt lager, och det var väl tur att jag körde bilen då Lotti hade haft ett långt samtal med Wilson. Väl inne på vårt lager så började jag fundera på vart vi skulle ställa denna pall med klockor som vi tyvärr hade med oss. Wilson funderade också på detta problem. Just när vi stod och funderade på detta problem, kom Tompa. Han förstod att vi hade fått med oss en del klockor tillbaka. Även han började fundera på vart vi skulle ställa vår pall med en massa klockor som skulle ställas på så sätt att inte något kunde hitta den. Wilson hade hittat ett bra ställe vi kunde ställa den pallen på, så att ingen kunde hitta den. Bakom en pallställning tyckte han att vi kunde ställa den säkert. Både jag och Tompa gick för att titta på detta ställe. Det var faktiskt ett bra ställe där inte ens någon skulle misstänka att vi hade ställt dessa klockor. Vi bestämde oss alla tre för att det var ett bra ställe så vi gick tillbaka till lastbilen för att lyfta ut pallen. Nu var vi ju tre personer så det blev ju faktiskt inte så tungt att lyfta denna pall. När vi hade fått ner den från lastbilen så hade vi en liten palldragare som vi kunde köra pallen på till det stället som Wilson hade hittat. När vi kommit dit så var det ju bara att baxa av den från palldragaren och ställa den till rätta. För att sen dra för pallställningen framför pallen så att ingen såg den. Nu var vi ju klara för dagen. Wilson ville åka hem till sin tjej. Förmodligen hade de ju mer de behövde tala om. Han ville i alla fall åka hem till Lotti och barnen.

Kapitel 10: Hjärnblödning

Tompa hade ju inte någon tjej direkt, men även han ville åka hem. Själv hade jag ju mitt jobb och alla förväntningar som olika personligheter hade på mig. När jag satte mig ned för att vila, gjorde det ont i pumpen (hjärtat), ännu en gång gjorde sig pumpen påmind om den hjärtinfarkt jag varit med om. Jag hade ju blivit erbjuden Nitroglycerin för kärlkramp av läkaren, jag tackade nej till det.

På kvällen skulle jag och Tompa göra ett arbete tillsammans. Men just nu kändes det som att jag behövde vila. Jag somnade i kontorsstolen så trött som jag var. Där sov jag i fyra timmar, Tompa som skulle åka med på nästa jobb väckte mig. Jag hörde inte ens att han kom in i rummet. När Tompa väl fått liv i mig, så skulle vi åka till nästa jobb. Jag var ju ruskigt trött och kunde ju lätt sova längre. Tyvärr gick inte detta. Tompa körde bilen, vi tog in på ett hotell som vi brukade göra. Innan vi gick fram till incheckningen kände jag att något var fel i min kropp. Det var inget jag ville prata med Tompa om för tillfället. Vi gick in till incheckningen och där stod ganska en ganska trevlig personal som var av kvinnligt kön. Vi fick våra passerkort av incheckningspersonalen och gick fram till hissen som skulle ta oss upp till den våningen vi hade fått vårt rum på. Vi kom fram till dörren och Tompa satte in sitt passerkort så vi kom in på vårt hotellrum som vi hyrt. Väl inne på hotellrummet kände jag att något var riktigt riktigt fel med mig. Min kropp ville inte alls samma sak som jag ville göra. Förmodligen hade jag fått min blödning i lillhjärnan redan då, och mitt blodtryck var förmodligen för högt eftersom bevisligen hade något spruckit. Tompa undrade ju klart hur jag mådde då jag inte var så där talför direkt. Min finmotorik var inte av denna värld. Tompa upplevde mig mer som att jag var onykter, han visste att jag inte hade druckit sprit eller alkohol sedan 1999 och tyckte det var lite märkligt med tanke på det beteendet som jag hade. Tompa ville ju så klart att jag skulle åka in till sjukhuset eftersom jag mådde som jag gjorde, det var ju inget jag ville göra. Tompa var förmodligen ganska orolig då jag inte hade svarat på alla hans tilltal som han gjorde, jag betedde mig på ett mycket märkligt sätt. Jag kände att jag förmodligen borde åkt till ett sjukhus även om jag inte tyckte för stunden att vi hade tid med detta med tanke på den kommande affären som vi hade. Men Tompa var tydligen en ganska envis individ och ville att vi skulle åka till sjuk-huset så jag kunde bli undersökt av läkare. När vi kom fram till sjukhuset så var jag förmodligen halvvägs med-vetslös eller ganska omtumlad. Jag vet att jag spydde ganska kraftigt innan vi gick in på akutmottagningen. Tompa hade gått före och pratat med sjuksköterskorna och dem gick och mötte mig i dörren, dem förstod för-modligen att det rörde sig om någon stroke eller liknande åkomma som jag hade fått. Jag kom in direkt på under-sökningsrummet, sjuksköterskorna ville inte att jag skulle sitta eller stå upp, dem ville att jag skulle lägga mig på britsen, men det ville inte jag. Jag vet att dem sjukskö-terskorna fick mig att sitta på britsen, jag hade ganska svårt med min balans, jag såg mer ut som ett levande EKG där jag satt och gungade med min dåliga balans. Jag bara kämpa i mot, och ville inte bli medvetslös under några omständigheter som helst, det visa sig vara omöj-ligt tyvärr. Oj vad jobbigt det blev att hålla ögonen öppna, så jag kunde behålla kontrollen. Snacka om ett omöjligt uppdrag! Ännu en gång ville sköterskorna att jag skulle lägga mig ner när jag inte kunde sitta rakt som dem gärna ville. Jag vet att dem höjde britsen så att jag kunde halvligga ned, jag vet att mina barn Tobias och Alexander var det sista jag tänkte på, jag kunde se mina barn framför mig, även om jag vet nu att jag endast såg dem i mina tankar, förmodligen var det där jag miste medvetandet totalt, för sen blev det allt mörkt.

Enligt utsagor hände följande:

När jag väl hade mist mitt medvetande kom det en läkare in på undersökningsrummet, han skickade mig direkt till röntgen där dem fastställde att jag hade fått en lillhjärn-blödning av allvarlig karaktär. Nu var det jävligt bråttom, så jag inte skulle bli en grönsak. Detta resulterade i att läkaren skickade mig till ett stort sjukhus för att jag skulle kunna bli opererad. Läkaren hade ringt så det kom en ambulans och kom och hämtade mig på en gång sen följ-de ett antal mil tills jag kom fram till det stora sjukhuset där jag blev opererad. Hela tiden hade ju läkarna en stor press på sig, så jag inte skulle få bestående men av detta. Det var två läkarteam som opererade mig i sex timmar. Där de var tvungna att spänna fast mitt huvud, skära upp halva huvudet och halva nacken för att kunna knacka hål så att de kom åt lillhjärnan och kunde suga ut det blod som expanderade kraftigt på grund av blödningen, där ett kärl hade gått sönder. Jag kan ju säga nu i efterhand att dem är otroligt skickliga dem läkarna som utför denna operation på en viss tid. Annars blir man som person en levande grönsak och det är inget alternativ. Sedan beslöt ansvarig läkare att jag skulle förbli sövd på grund av den svullnad som hade uppkommit mellan lillhjärnan och hjärnbarken då det inte är ett bra alternativ när dessa går ihop på grund av svullnad.

Kapitel 11: Läkarens utlåtande

Läkaren ansåg att det var bättre att jag var sövd så att svullnaden kunde gå ned av sig själv. Jag var sövd i cirka en månads tid så att svullnaden kunde gå ned. Mina grabbar Tobias och Alexander som var in och pratade med läkaren. De hade kommit från Skåne upp till Linköping för att de ville vara hos sin pappa. Jag vet nu i efterhand att Tobias satt i rullstol vid tillfället och hade svårt att gå på grund av att han hade ramlat ner från en ställning. Alexander fick då putta på denna rullstol när dem kom ut från sjukhuset, det skulle nämligen gå och äta pizza. De letade efter en pizzeria vilket dem fick reda på att det låg en pizzeria ovanför parken. Detta gjorde att den lille grabben Alexander stod inför sitt livs utmaning, dem skulle nämligen passera en hög backe och Alexander var ju tvungen att putta Tobias rullstol. Nu var det bara så att Alexander var lika grov som Skinny-Jim, det vill säga att han inte hade några muskler överhuvudtaget. Så backen de stod inför blev en utmaning utan dess like för Alexander. När dem väl kom upp på backen så var det bara några hundra meter till pizzerian, förmodligen var Alexander skittrött av denna stora utmaning som han hade gjort. När dem kom in på pizzerian fick dem lov att beställa, både två ville ha kebabpizza med vitlöksdressing, då sa pizzeriaägaren på brytande svenska: Vi har ingen vitlöksdressing, vi gör vår egen dressing. Detta gjorde att grabbarna gemensamt svarade: VA?

Då frågade Alexander på skånska: har ni ingen vitlöks-dressing? Då svarade pizza ägaren, som inte förstod skånska så bra, att han tyckte dem skulle prova hans dressing, den var ganska god, sa pizza ägaren. Grabbarna var ganska tveksamma på att prova denna dressing, men dem gjorde det i alla fall. Grabbarna var ju nog inte så intresserad pizza ägarens sås... Grabbarna tyckte det var en ganska god dressing när dem hade smakat på den, även om den inte var av vitlökskaraktär. Grabbarna gick tillbaka till sjukhuset när dem hade ätit sina pizzor och verkligheten blev tyvärr en helt annan. Då de inte tyckte det var bra att deras pappa låg på sjukhuset så försökte dem göra det bästa av läget. Den lilla pågen Alexander hade ju sitt arbete att tänka på och han hade ju sin tjej som han var ihop med, som skulle komma upp näst-kommande dag. Tobias som är av den tysta sorten sa inte så mycket, inte i alla fall lika mycket som Alexander sa, de var två olika grabbar som agerade på den uppkomna si-tuationen på helt olika sätt. Läkaren ville tala med dem återigen om hur stora chanser deras pappa hade för att överleva denna stroke. Grabbarna kom in på läkarens rum där dem fick se deras pappas hjärna på bild med den svullnad som tryckte på hjärnbarken på grund av operat-ionen. Läkaren sa att om er pappa överlever helgen så finns det en ganska god förutsättning för honom att överleva. Det var helgen som var helt avgörande hur de-ras pappas liv skulle bli, de sa läkaren till dem. Grabbarna hade förmodligen gått ut och pratat ihop sig och var in-ställda på att den följande helgen var ganska avgörande hur deras pappas liv skulle bli. Grabbarna satt ju hos sin pappa under hela helgen och undrade säkert hur det skulle gå för honom och om de hade sin pappa i livet.

Förmodligen var det ganska slitande tankar som dem hade och som förmodligen krävde ganska mycket energi av dem när dem satt och funderade på detta. Dem var som sagt helt olika som personer men oavsett det så var ju det deras pappa som skulle klara av helgen som låg framför dem. Jag vet nu i efterhand när jag talar med grabbarna att tiden gick fruktansvärt sakta för dem, varje minut var som en dag enligt vad dem själv sa och det kan jag verkligen förstå. Då det skulle bli ganska avgörande för deras framtid om det gick fel och de miste sin Pappa. Grabbarna hade med största sannolikhet klarat av ett liv utan sin pappa. För stunden var det ju inte så men grabbarna var ju tvungna att planera för det värsta även om dem inte ville det. På kvällarna fick de ligga på sjukhus-hotellet som sjukhuset hade för dem som blivit opererade och blivit kvar en längre tid. På dagarna fick dem köpa frukost för en mindre kostnad sedan fick dem tala med den kurator som sjukhuset hade. Grabbarna hade ju en massa frågor som var av en ganska naturlig karaktär. Det är inte så lätt att få svar på alla de frågor som man har när ens förälder ligger på sjukhus och är sövd. Jag kan verkligen nu i efterhand förstå att grabbarna haft väldigt många beslut att ta. Tobias hade ju sin tjej och sina barn att tänka på för att inte tala om det jobb som han hade. Jobb hade ju båda grabbarna, så de hade ju inte direkt gått i sin fars fotspår tack och lov, de hade ju gått mer i mammas fotspår. Men alla samtal med läkare och kurator så var det ju ett faktum att jag hade överlevt helgen, den var ju förbi. Även om jag var sövd och var vid liv så visste ju inte läkaren om jag hade fått några skador av denna Stroke. Grabbarna frågade ju ett flertal gånger enligt vad dem själv sa, om hur det skulle bli för gubben, läkarna sa att det var väldigt svårt att säga vilka men det kunde bli med tanke på att deras pappa var sövd. Läkaren höll mig sövd på grund av att min kropp läkte fortare då. Tobias hade ju fått några samtal från sin tjej och som ville att han skulle stanna kvar så länge han ville vara hos sin pappa. Förmodligen blev det ganska svårt att stanna kvar för honom på grund av hans arbete där dem behövde honom. Tobias tyckte säkert det blev jättesvårt beslut att fatta, han var ju tvungen att åka hem till Skåne till sitt arbete även om han skulle vilja vara kvar hos sin pappa. Alexander hade en tjej som stöttade honom i detta men även han hade sitt arbete att tänka på då han hade en chefstjänst, så båda grabbarna hade ett svårt beslut att fatta även om dem skulle vilja vara kvar hos sin pappa, tyvärr gick inte detta. Nu i efterhand vet jag att jag var sövd i nästan en månads tid vilket gjorde att sjuksköterskorna, som skötte om mig skrev en form av dagbok så att jag inte skulle bli av med en hel månad när jag var sövd. Grabbarnas beslut om att åka hem var ju korrekt på grund av att jag var sövd i nästan en hel månad, de kunde ju inte sitta vid sidan om sin pappa i en hel månad dem hade ju sitt jobb och sina barn att tänka på. Efter cirka en månad beslöt sig läkaren för att ta bort sömnmedlet och att jag skulle få vakna upp i egen takt, genom att en patient får vakna upp i egen takt undviker man att patienten blir rädd eller få högt blodtryck som inte alls är bra för mig när jag hade haft en stroke. Jag vet att när jag vaknade upp att jag försökte ta mig ur den där sängen som jag låg i. Under min madrass var där en tunn madrass med sensor i som larmade till personalen om jag skulle lyfta från sängen. När jag vaknade upp försökte jag verkligen lämna den förbannade profithungriga sängen då jag inte ville vara där. Nu var det bara ett litet problem, jag kunde inte röra min vänstra sida, den var totalt borta, vilket var en väldigt vanlig åkomma vid en stroke. Tydligen hade jag ganska bra kraft i min högra hand vilket gjorde att jag försökte kränga mig över sänggrinden, för att komma därifrån. Detta resulterade i att jag kom ju över sängen, jag drog av droppet i armen vilket började blöda, jag ramlade ner på golvet, spräckte skallen och började blöda ännu mer, hela golvet var fullt av blod när sjuksköterskorna kom. Det hade nämligen gått ett larm till dem när jag lämnade madrassen, dem var förmodligen där efter 10-15 sekunder efter larmet hade gått. Det var förmodligen ganska mycket blod som kom från droppet som jag hade dragit ut för att inte tala om den skada jag hade fått när jag spräckt skallen vid fallet. Det hade blivit ett stort pådrag när sjuksköterskorna kom in på mitt rum och såg detta blod som fanns på golvet. Läkaren blev kontaktad av sjukhuspersonalen som ville att jag skulle bli röntgad så jag inte hade dragit på mig några andra skador vid fallet. Sjuksköterskorna såg till att dem fick bort allt blod på golvet och att jag fick bandage runt min skada så att blödningen kunde stanna upp. När man haft en stroke så får man ett blodförtunnande medel och det är ju inte så bra att spräcka skallen då, det kan vara ganska svårt att stoppa eventuell blödning när blodet är så tunt på grund av medicin. När sjuksköterskorna lagt tillbaka mig i min säng kom läkaren in på mitt rum. Han ville jag skulle åka till röntgen, då svarade jag: Nej, det vill jag inte. Läkaren sa då att han ville försäkra sig om att jag inte hade fått nya skador på grund av fallet, men återigen sa jag att jag inte ville det. Läkaren kan ju inte göra emot vad patienten vill, även om han såg ganska frustrerad över mitt beslut så var det ju det som gällde. Läkaren var tvungen att gå, han hade ju fler patienter han hade att se till, han avslutade detta besök med att påpeka vikten med att jag blev röntgad, sen gick han därifrån. Den manliga sjuksköterskan kom då in på mitt rum och ännu en gång förklarade att de ville att jag skulle röntga mig. Enligt mitt så tjatade dem en halv dag så jag var ju tvungen att ge efter på deras tjat. De körde ner mig på röntgen och det tog cirka tio minuter sen var jag klar, ärligt talat så var röntgen väldigt högljudd. När jag var klar körde sjuksköterskorna tillbaka mig till mitt rum. På eftermiddagen kom läkaren tillbaka till mitt rum och förklarade att han hade sett på röntgenbilderna och kunde fastställa att jag inte pådragit mig några nya skador på grund av fallet, det tyckte läkaren och jag var väldigt bra.

Mina grabbar ringde ofta till avdelningen och undrade hur deras pappa mådde, det var inget jag visste om just då, det var något jag fick reda på i efterhand. För varje dag som gick så var jag ganska övertygad om att jag blev bättre men det blev jag tyvärr inte. Mitt blodtryck, mitt blodfett var för högt enligt vad läkaren sa och han ville ordinera några andra mediciner så jag skulle få ordning på mitt problem. Nu innebar det rehabilitering för min del. Sjukgymnasterna kom och hämtade mig två till tre gånger i veckan från mitt rum och jag fick sitta i en rullstol och bli körd till sjukgymnastavdelningen där jag skulle träna på att gå i en ribbstol.

Kapitel 12: Sjukgymnasterna

Dem satte på mig ett rött bälte runt midjan med handtag så att dem kunde hålla mig om jag skulle ramla, de ville få igång signalerna mellan hjärnan och benen. Jag vet att dem satte på mig ett sådant bälte, jag tror jag gick tre steg sen var jag trött som ett ålderdomshem och ville inte gå längre. Jag fick gå tillbaka och sätta mig i min rullstol sen körde dem tillbaka mig till mitt rum, dem hjälpte mig upp i sängen, sen sov jag i cirka tolv timmar. Man blir som sagt väldigt hjärntrött efter en Stroke och för dig som inte vet vad hjärntrötthet är ska jag förklara det. Det är ungefär som att du skulle få paltkoma när du hade ätit och blir trött. När du är hjärntrött är det ungefär som paltkoma gånger tio, det är hjärntrötthet. Något som jag ofta reflekterat på var ju att jag inte fick några besök varken från Wilson eller Tompa, endast från min familj. Jag funderade ganska ofta varför det var så men jag vet faktiskt inte varför, nu i efterhand har jag frågat mig själv varför det blev som det blev, men tyvärr vet ingen det.

Bara en tanke!
Min egen teori är att man inte vill störa någon när en sådan situation har uppkommit, man vet förmodligen inte hur man ska hantera den, eller vad man ska prata om. Hela mitt liv hade nu blivit att jag ville tillbaka till ett helt vanligt Svensson liv. Att man inte kunde göra det vilket skapa en frustration hos mig, som inte går av för hackor. Jag försökte verkligen rehabilitera mig på ett sådant sätt så att jag skulle ha möjligheter att komma tillbaka till ett helt vanligt liv.

Åter till min livshistoria...

Även om jag inte hade några besök så var jag fruktansvärt envis, jag hade ju intalat mig själv att klara av det här, även om det skulle bli svårt att lyckas så var jag helt säker på att jag skulle prova i alla fall. På måndag till fredag var det rehabilitering av olika slag. Jag vet en gång att två stycken talpedagoger kom till mitt rum och hämtade mig för att jag skulle utsättas för olika scenarion, jag fick åka med dem i rullstol och kom in på deras kontor som dem hade. Jag rullades fram till ett bord där det ligger något kortliknande föremål, talpedagogen säger följande: Jag ska läsa upp ett scenario för dig och vi vill att du ska lösa det på bästa möjliga sätt. Scenariot var följande: Jesper, du får följande scenario, du kommer hem och hela ditt hem är fyllt med vatten, vad gör du?

Min reptilhjärna får följande uppslag: jag ringer rörmokaren, slår ner min granne, snor plånboken, tar pengarna och betalar rörmokaren. Då säger talpedagogen följande: Så får du inte göra Jesper, du borde gjort följande: ta på dig stövlarna, stängt av vattnet, ringt rörmokaren, tagit en faktura, så skulle du ha gjort Jesper. Då svarade jag: Det hade blivit för dyrt. När talpedagogen pratat färdigt med mig körde hon mig tillbaka till mitt rum och när jag sitter i mitt rum tänker jag, att det var ju en ganska bra lösning på det eventuella problemet, dock tyckte inte talpedagogen det. Men det är så livet är, vi har olika lösningar på eventuella problem. Jag var tvungen att lägga mig i min säng, det satt nästan alltid en sjuksköterska på mitt rum om jag ville gå och lägga mig så hon kunde hjälpa mig upp i sängen. Då frågade denna sjuksköterska mig om jag ville duscha nästkommande morgon, och det tyckte jag var en bra idé. Innan hon gick så frågade hon om hon skulle sätta på TV, och det tyckte jag var ett bra förslag. När man haft Stroke så är det väldigt vanligt att man ser dubbelt, vilket jag gjorde, och det är ju alltid kul om det står en kvinna framför en och inte en man när man ser dubbelt. Avdelningschefen kom in på mitt rum och frågade om jag ville ha en lapp för ögat eftersom jag ser dubbelt och om jag ville ha hörselproppar, då sa jag att lapp för ögat vill jag ha, den liknar en sjörövarlapp och det gick mycket lättare att titta på TV. Tyvärr var det bara en kvinna också, men det är sådant man får leva med. Under resterande tid på sjukhuset bestod mitt liv av att sova och rehabilitering. Nästkommande morgon vaknade jag och var jävligt trött, dock var jag cirka en meter upp i luften och skulle in till duschen. Jag kom in på toaletten i selen eftersom jag inte kunde gå, efter det skulle jag gå in i duschen, och det var inte lätt, det var mer krångligt än lätt. Det var två sjuksköterskor som hjälpte till när jag skulle in i duschen, det var ju inte så jättekul för ena sköterskan, hon var ju lika vacker som en tidig morgonbris så man ville ju inte gå till duschen direkt själv. När jag satt där i min ensamhet så funderade jag på hur fan detta gå, med tanke på att jag var helt lam på vänster sida. Jag fick skölja av mig och sen fick jag ta lite tvål och tvåla in mig och sen fick jag skölja av mig, det var riktigt jobbigt, en övning som gjorde mig ganska trött. Sen fick jag säga till sjuksköterskorna att jag var klar. Dom hjälpte mig ut från duschen och satte mig på en annan stol inne på toaletten där jag skulle sätta på mig mina kläder. När jag satt där och skulle sätta på mig mina kläder så förstod jag verkligen att det här skulle bli ett problem med stort P. Sätta på sig kläder när man är helt lam på vänster sida, det vill säga, den rör sig inte alls, att sätta på sina boxershorts, blev inte lätt. Höger sida gick ganska bra, det uppstod ju ganska stora problem när man skulle sätta på sig på vänster sida. Efter alla konstens regler så fick jag till sist på mig mina boxershorts, efter cirka tjugo minuter typ. Sedan var jag tvungen att kalla på en sjuksköterska för att få på mina övriga kläder inom rimlig tid. När jag var klar med mina kläder så fick jag åka selen igen så att jag skulle komma upp i sängen. När jag låg där i min ensamhet funderade jag verkligen på att jag tar saker för givet, att det bara ska fungera. Jag förstod ju att jag hade en väldigt lång resa framför mig som skulle betyda många problem för mig och att jag var tvungen att anpassa mig efter dessa. Även när det såg ganska mörkt ut så måste jag säga att jag hade en riktig rå vilja att komma ifrån detta sjukhus. Som jag sa tidigare så hade jag ju inga besök förutom från familjen, nu höll detta på att ändra sig totalt eftersom jag var en organiserad brottsling som nu hade blivit internationellt efterlyst. Så hade polisen tagit kontakt med Wilson eftersom han var vice verkställande direktör i ett av bolagen som vi hade. Lotti, hans tjej, hade ju blivit ganska skärrad över att polisen hade kommit dit och gjort ett besök hos dem och ville tala med Wilson enskilt, där dem hade förklarat att jag, Jesper Persson, var internationellt efterlyst och att det nu låg en europeisk arresteringsorder på mig. Förmodligen blev Wilson så nervös efter polisens samtal som dem hade med honom så han talade om för polisen vilket sjukhus jag var inlagd på. Sedan gick dem därifrån och önskade honom ett bra liv, dem hade avslutningsvis sagt att dem inte skulle ha något med mig att göra. Nästkommande dag så kom polisen till sjukhuset för de ville arrestera mig, problemet som var då var att läkarna och personalen hade tystnadsplikt, dom fick inte ens tala om att jag fanns där. När polisen hade pratat med läkaren och personalen gick läkaren in på mitt rum och frågade vad jag tyckte att han skulle säga eftersom jag hade en internationell efterlysning på mig. För mig var det bara två val, antingen kunde jag säga till läkaren att han inte fick säga något eller så fick jag ta tjuren vid hornen. För min del blev det sistnämnda, jag valde att ta tjuren vid hornen och få ett slut på detta. Läkaren går ut från mitt rum och förmodligen går han till polisen och ber dem gå in på hans kontor där han berättar med stöd av patienten att han finns på denna avdelning. Det tar bara en halvtimme efter läkaren hade gått så kommer det in två poliser på mitt rum. De såg ju själv att jag var illa däran och förstod ganska snart att jag inte kunde flyttas därifrån. Dom informerade mig om att jag skulle flyttas till häktet så fort det blev lämpligt att flytta mig dit enligt vad läkaren sa. För det är ju så att det är läkaren som har huvudansvaret för sin patient, inte polisen. Det som polisen kan göra är att sätta två stycken privatklädda polisen utanför mitt rum under tiden jag ligger på sjukhuset. Eftersom jag nu var internationellt efterlyst så blev det mycket svårare för min egen del. Polisen satte i alla fall en polis utanför mitt rum. Jag förstod ju ganska snart att Wilson hade gjort något uttalande eftersom polisen sökte mig nu på sjukhuset. Han var förmodligen ganska trängd för att inte tala om sin familj, Lotti hade varit på honom flera gånger så han hade förmodligen inget val. Nu när polisen var här så hade Wilson ryggen fri, han hade ju talat om vart jag fanns, och han var ju inte ens misstänkt, och det tyckte jag var lite märkligt. Eftersom vice verkställande direktör också har ett ekonomiskt ansvar så blev ju saken konstig i sin helhet. Under de två närmaste dagarna blev jag kvar på sjukhuset för att sedan bli flyttad till häktet med hjälp av polisen.

Kapitel 13: Häktet

Väl inne på häktet så började mina problem, verkligenheten hade kommit ifatt mig och jag satt på inskrivningen, i häktet och jag var tyvärr ganska känd där. Jag behövde ju inte direkt legitimera mig, den häktespersonal som kom in visste vem jag var. Problemet var ju att jag inte kunde röra min vänstra sida, och det tog ju tid att byta kläder till häkteskläder. Jag fick nu gå med hjälp av två plitar (häktespersonal) till min cell inne på häktet. När jag kom in i min cell kändes det ganska bekant, jag hade ju varit där några gånger. Ganska tröttsamt att skriva dem här skitraderna med tanke på att jag återigen måste tänka på allt negativt som jag har gjort. Jag ligger på häktet och tittar på TV och känner att det är nåt fel i min kropp. Jag försöker ta mig upp till påflaggningen för att personalen ska komma till min cell. Jag försöker även ta mig tillbaka snabbt till sängen eftersom min balans inte alls är så bra. Häktespersonalen ropar och frågar vad jag ville och dem visste ju att jag hade kommit direkt från sjukhuset. Dem sa i högtalaren att dem skulle komma dit vilket dem gjorde. Det kom in en kvinna och en man från häktespersonalen och frågade hur jag mådde, sen kom det ett verkställande befäl och frågade även han hur jag mådde. Jag svarade likadant som jag sagt till dem andra att det är nåt som är fel, varav verkställande befäl tog beslut om att dom skulle kolla vad man blodtryck var, vilket dom gjorde. Det visade sig att det låg lite över 200 i över i blodtryck och 105 i undre blodtryck. När det visade sig att jag hade så högt blodtryck ringde verkställande befälet till sjukhusupplysningen och frågade vad dem skulle göra. Dem på sjukhusupplysningen frågade om jag hade över 200 i blodtryck, ja svarade verkställande befälet och han har haft stroke, vilket gjorde att dem på sjukhusupplysningen sa att jag måste till sjukhuset omgående. Det roliga i det hela var att jag kom just från sjukhuset och nu var dem tvungna att köra in mig till akutrummet igen. Det visade sig att jag hade alldeles för högt blodtryck. Det är kriminalvården i ett nötskal...

Ambulansen kom och det gjordes blodtrycksmätning som visade sig vara för högt. Ambulansföraren började lägga mig på en brits så att dem kunde rulla fram mig till hissen. Inne i hissen var det ganska trångt som inte direkt gick så fort, jag låg ju på britsen, två ambulansförare och en plit. Så i en liten hiss blev det trångt.

Förmodligen var det inte lämpligt att vara så personer i hissen. Jag får ju vara glad att hissen stannade, för då hade det blivit lite syre att andas.

Ambulanspersonalen satte nu in britsen jag låg på i ambulansen. Det var mycket intryck jag skulle ta till mig, och en person som nyss hade haft en stroke, kan ju få lite svårt att ta till sig detta. Sjukhuset låg ju bara ett stenkast från häktet så det blev ju att jag skulle byta brist igen ganska omgående.

Kapitel 14: Sjukhuset

Väl inne på avdelningen blev det massa prover och tester. Det visade sig, att det var en mer akutavdelning med en massa akututrustning, och en hel del monitorer som hängde i luften. In kom sjuksköterskan och skulle ta massa prover så de visste vad de skulle göra. Hela situationen gör ju att pumpen slår lite extra. För nog var jag lite stressad över detta. Proverna visade sig vara bra. Mitt blodtryck var inte läkaren som kom in i rummet så imponerad över. Läkaren sa att han tyckte att jag skulle vara kvar på sjukhuset över natten för observation så att inte mitt blodtryck blev högre.

En sjuksköterska började rulla min säng till hissen och sen kom det en till sjuksköterska som hjälpte till. Väl inne i hissen så var det en plit som fanns med. Vi kom upp till den avdelningen som jag skulle vara på över natten. Sjuksköterskan rullade in min säng på ett rum. Det var ett stort pådrag, och plitarna började rulla ned i fönstret mot avdelningen så jag kunde ta det lite lugnt.

In genom dörren kom en läkare som började undersöka mig. Läkaren var lite orolig över min hälsa, då jag hade haft en Stroke. Det började bli kväll och jag fick lägga mig till sängs. De två plitarna som åkte med mig till sjukhuset, skulle sluta för dagen. En av dem från häktet ville bli kvar över natten och jobba över medans den andra ville gå hem, vilket gjorde att verkställande befälet var tvungen att ringa in en annan person som kunde sitta på sjukhuset under natten. Efter en halvtimme kom det en ny plit som skulle sitta på rummet under natten. Det var en manlig plit som kom till rummet som verkade trevlig, han hälsade på mig, så var ju isen bruten, så det värsta var över. Jag kunde ju knappast gå efter den Stroke jag haft, och det var ju ganska jobbigt att gå in på toaletten när ens ben känns tunga. Även om det endast var två meter till toaletten var det ett heltidsarbete. Väl inne på toaletten kändes det som en stor frihet. Även om jag visste att två plitar satt utanför dörren, så var det känslan jag fick. Hur nu en toalett kan kännas som en frihet. Man kunde ju låsa och låsa upp själv även om det var plitar utanför dörren. När jag var klar på toaletten, så tog jag mig fram till sängen igen. Plitarna frågade om jag ville ha hjälp, så var jag inte i det stadiet att få hjälp från en plit. Jag var endast i början av mitt straff och jag hade ju varit sjutton år inom den organiserade brottsligheten, så svaret var ju ganska givet... tack, men nej tack. Jag tyckte det var ganska svårt att sova när det satt två plitar som i princip skulle hålla reda på mig. Att de behövde vara två plitar för att hålla reda på mig, är ju en gåta. Jag kunde ju knappt gå. Så att springa från platsen var ju inget alternativ. Jag skruvade mest på mig då det var ganska många tankar som jag måste kunna hantera, inte minst den tanken och känslan om att få Stroke. Jag låg ju på sjukhus, för att jag hade högt blodtryck, stress och högt blodtryck kan ju orsaka Stroke. Så visst hade den känslan fått fotfäste hos mig. Det var en känsla som gjorde riktigt ont i mig. Hela natten var så och sömnbristen lös med sin närvaro. Snart var det ju morgon och ronden var ett faktum. Läkaren kom in och frågade om jag ville ha betablockerare, något som jag absolut inte ville ha. Det känns ungefär som att man går in i en vägg när man tar dessa tabletter. Läkaren förstod ju att jag verkligen inte ville ha dessa tabletter, och ordinera inte något sådant. Han ville däremot se hur mitt blodtryck agerade under natten och om jag behövde ny medicin. Läkaren gick sedan därifrån, den ena häktespersonalen sa att han förmodligen också hade haft 200 i blodtryck om han också hade blivit dömd till ett sådant långt fängelsestraff. På natten skulle ju häktespersonalen vara vaken, själv låg jag och sov, det tyckte jag var ganska skönt, dock vaknade jag varje gång någon gick på toaletten av häktespersonalen. På morgonen kom läkaren tillbaka vid ronden och sa att mitt blodtryck hade gått ned med hjälp av medicinen jag hade fått, och han tyckte att jag kunde åka tillbaka till häktet under dagen. Han kände inte direkt någon oro med tanke på mitt blodtryck efter den Stroke jag haft. Ansvarig läkare tyckte att mitt blodtryck var lite högt, dock var han inte oroligt för mitt blodtryck. Så jag kunde åka tillbaka till häktet. Nu var det ju frågan om jag behövde handbojor eller ej? En plit ringde till häktet och frågade om jag skulle ha handbojor eller ej. Beslut togs att jag inte behövde handbojor så vi åkte upp till häktet igen. Väl uppe på häktet så var det många tankar som jag tänkte på. Inte minst på den Stroke jag hade haft. Frågan var ju hur jag skulle klara en massa år på kåken. Jag kunde ju knappt gå, och nu var jag på häktet. Där fanns ju inte mycket att göra, det fanns ju en säng och ett bord med en stol som satt fast i bordet. Där var en TV som stod uppe på skrivbordet, sen fanns inte mer saker. Plitarna hjälpte mig att komma till rätta, då det inte var något alternativ att stå upp för mig. Dagarna blev ju tunga, då jag inte kunde göra något. Senare på dagen fick jag åka tillbaka till häktet med personalen, det kom en bil och hämtade oss från häktet. Efter en kvart var vi tillbaka på häktet. Det var samma rutiner igen, dock hade jag häkteskläder så jag behövde inte byta om. Jag ville ju bara komma till en anstalt då det är mer mänskliga förhållanden där. Men det var ju inget som placerings enheten hade för avsikt att fixa.

Även om jag vid detta tillfälle hade en placering, så verkade inte transport och häkte vara så synkade. Jag fick sitta i fyra dagar innan transport kom och hämtade mig. Man kan säkert tycka som läsare att fyra dagar är ganska snabbt. Men att säga att det gick snabbt är helt fel. Jag tyckte att en timme var lika lång som en vecka.

Bara en tanke!

Lite senare på dagen skulle min advokat komma och eftersom det inte fanns mer att göra på domen så var min advokats besök av den sociala sorten. När han skulle åka därifrån skulle han ta hissen ned, han trycker på knappen och upp kommer hissen, själv går jag tillbaka till min cell med hjälp av häktespersonalen. Min advokat går in i hissen och ska till en rättegång där han ska vara försvarare för en klient, nu är det bara så att hissen stannar precis när han gått in i hissen så man ser en liten glugg upp till häktesavdelningen. Då tycker min advokat på nödsignalen och på häktesavdelningen kommer då verkställande befälet och tittar in i hissen uppifrån, han sa då till min advokat att han ska fixa det så han kommer därifrån, han sa däremot också, att han inte skulle gå någonstans, medans min advokat mer eller mindre skakade på huvudet och fastställer att han sitter fast i en hiss. Efter några minuter kom min advokat ut därifrån, verkställande befälet hade fått ned hissen så att allt slutade lyckligt. Min advokat kom till rättegången i tid så han kunde försvara sin klient. Min advokat undra dock varför verkställande befäl var orolig för att han skulle gå ifrån hissen, då han satt fast i den... Kommentar överflödig!

Åter till min livshistoria!

När jag satt där inne i min cell på häktet, funderade jag på livet och det var ett ordspråk som verkligen kom fram just då, och det ordspråket löd följande: **Don't do the crime if you can't take the time**. Det är ju lite svårt att försvara det ordspråket med tanke på att jag var frihetsberövad, då betyder det ordspråket inte särskilt mycket. Jag frågade häktespersonalen om jag inte kunde få komma på gemenskapsavdelningen, där får man ju inte sitta särskilt ofta. Då sa dem att jag skulle fylla i en lapp som verkställande befälet skulle kunna ta ett beslut om jag kunde sitta med dåvarande grabbarna grus eller om det var av fel färg.

Det hade gjort att jag inte kunde sitta där då. Redan nästkommande dag blev jag flyttad till G-avdelningen (gemenskapsavdelningen), där satt det ju ett antal människor och några av dem var ju riktigt störda i huvudet på ren svenska. Europas största människosmugglare satt där, den största korthärvan var där och några andra trötta narkomaner som bara hade drogmissbruk. Det var ju en ganska stor skillnad att sitta på den avdelningen mot att sitta med restriktioner där man satt i cellen tjugotre timmar om dygnet och en timmes luft om dagen. På den avdelningen satt jag cirka två dagar innan jag blev flyttad till kåken (fängelset). På morgonen kom det fyra plitar och skulle hämta två personer från häktet som skulle till anstalten. Jag kunde inte ens gå så plitarna ville veta vad de kunde göra för att underlätta min vistelse på häktet. Ovanstående händelse bevisar ju bara att kriminalvården har tappat kontrollen över mitt ärende, före detta justitieministern Beatrice Ask gav avslag på mitt ärende, som talade för att hon inte ens hade läst min advokats papper. Hon har troligt bara sett nåd-ansökan och sedan gett avslag. Hennes namnteckning är bevittnad, allt detta tyder ju bara på att rättssamhället är på nedgång. Man kan ju som Svensson skratta och inte bry sig om saken. Förmodligen glömmer du en sak som läser dessa rader... Det kunde drabbat dig! Hur som helst!

Bara en tanke...

Det är ganska konstigt hur reglerna är inom kriminalvården. Är du som person inte inne i permissionsgång så ska plitarna sätta handfängsel på personen i fråga om de anser det nödvändigt. Har talat med klienthandläggaren Peter och samordnare Görgen om vad som verkligen gäller om en person kommer från häktet till ett sjukhus. Vad är det för regler som gäller? Enligt samordnaren Görgen gäller ingen generell regel. Det är från person till person, som är frihetsberövad. Samordnaren Görgen var osäker på vad som gällde, då han jobbar på en anstalt som var öppen. Enligt samordnaren Görgen behöver de oftast inte sätta handfängsel på de intagna, det händer ju dock. Men inte så ofta. Samordnaren Görgen hänvisar till fängelselagen, så det blir rätt. Görgen sa att de nu, med de nya reglerna krävdes ett VB (verkställande befäl) beslut om den frihetsberövade personen skulle ha handfängsel eller inte. När jag vid ett tillfälle pratar med klienthandläggare Peter så sa han nästan samma sak som samordnare Görgen. Enligt klienthandläggaren Peter så brukar det vara kriminalvården som avgör om handfängsel ska sättas på en intagen även om det brukar bli i samråd med berörd läkare, så förstår jag det. När det kommer till tyghandfängsel, brukar det endast användas när inte handfängsel i metall kan användas, exempelvis när en intagen ska in på röntgen eller liknande. Något annat kunde klienthandläggare Peter inte tänka sig.

Så nu, när jag sett kriminalvården från insidan under ett antal år, kan jag bara säga följande. När det gäller ovanstående fråga är ju ett frihetsberövande från individ till individ. Det vill säga att ett beslut från en VB enligt gällande regler behövs. Så då är ju mitt påstående följande. Vi har alltså ett regelverk utan regler som en VB skall bedöma. Är det rättssäkerhet?

Som mycket här i livet är det en tolkningsfråga.

Men åter till min livshistoria.

Kapitel 15: Transport med flyg

När väl transporten kom efter fyra dagar så blev det nya rutiner. Timmarna gick nu fort. Så det var bara att följa med, även om det krävdes en del energi. Så var jag nu på väg mot en anstalt. Det var ju något nytt som hände, alla nya grejor gjorde mig ganska trött, då jag blir hjärntrött efter en massa nya upplevelser. Plitarna på häktet var ju utan utbildning så de var ju utan rutin att hantera personer som hade haft stroke.

Transport var ju också tvungen att ställa massa frågor. Någon av de som kom från transport hade ju fått hjärt- och lungräddningsutbildning, så de kunde ju hantera en person som hade fått hjärtstopp. Dock inte en person hade haft stroke. De kunde helt enkelt inte hantera en sådan person. Tror inte många inom kriminalvården kan hantera sådana personer. Förmodligen är det endast sjukvårdsutbildade personal som kan hantera dessa, som sjuksköterska och läkare. Transportpersonalen hjälpte mig hela tiden så jag hade möjlighet att komma till den buss jag skulle åka till. Det var två man som hjälpte mig och gav mig stöd. In i bussen kom jag med hjälp av transportkillarna, så det blev att jag fick sätta mig till rätta, och transportkillarna fick hjälpa mig att sätta på mig bilbältet. Alla som haft stroke vet ju att det är ganska svårt med finmotoriken, så det blev en utmaning med bilbältet som sagt! Vid det tillfället var jag ganska svårt tagen av Stroken som jag nyligen haft. Man kan ju alltid tycka synd om sig själv. Något jag dock aldrig gjort. Visst har jag haft det svårt många gånger. Detta är ju en resa du som läsare får följa med på. Troligen kommer du som läsare att påverkas på ett annat sätt. Det kommer förmodligen sätta en prägel på dig och ge dig en ny syn på rättsväsendet.

Bara en tanke!
Jag kan ju själv se hur denna resa påverkat mig. Jag är ju bevisligen inte samma person jag var när jag kom till häktet. Att bara sitta i en transport buss som skulle till kåken är ju bara ett faktum som jag måste inse. Visst gör det ont att behöva inse att jag nu är på väg att avtjäna en massa år på kåken. Förmodligen svårt att ta till sig som läsare, och få samma känsla som jag hade vid denna tidpunkt. Alla personer som anser att jag sårat och skadat dem vid dem brott som jag är dömd för, är troligen glada att se att jag fått ett straff som jag avtjänar och lider av. Så skadeglädje är den sanna glädjen. Man är som person ibland ganska hämndlysten eller vill få någon payback för att kunna må bra. Man kan ju som person göra ganska mycket för att få denna payback, som alltid startar med en tanke och blir snabbt en känsla.

Åter till min livshistoria!

Så när man som person har hanterat den hatiska känslan som man har mot någon, som gjort livet så surt för en, är det väldigt svårt att tycka om en sådan person. Jag har nu fullaste förståelse för en person som verkligen hatar en annan människa. Jag började ju inse att jag hade många år på kåken framför mig. När vi åkt i bussen ett tag, var det nu tid för flygplanet. Transportkillarna hjälpte mig än en gång, och nu fick jag stöd att komma upp i planet. Det var ett ganska litet plan. Gångarna var riktigt smala, så det var svårt att gå.

Transportkillarna satte mig näst längst bak, sen var det ju bara att vänta på att planet skulle lyfta, och alla gånger är det värst när planet lyfter och landar med tanke på trycket i kabinen. Eftersom jag hade haft stroke, visste inte Kvinspen på häktet om jag fick flyga då det kan vara direkt olämpligt då jag ganska nyligen haft stroke.

När Kvinspen eller VB:n (verkställande befälet) hade talat med berörd läkare som gett mig grönt ljust att flyga, så var det ett faktum att vi var på väg att flyga till kåken (anstalten). Planet började öka kraftigt i fart och vi började lyfta med planet. Väl uppe i luften så blev trycket i öronen betydligt bättre. Talade lite med kaptenen innan vi flög och undrade så klart om det kunde påverka mig negativt, när jag nyligen hade haft stroke. Kaptenen ansåg ju inte detta som ett problem med tanke på att planet gick så lågt. För mig var det viktiga ord och som gjorde att jag kunde släppa detta ämne. Vi var ju nu i luften och resan tog cirka 50 min innan vi skulle landa. Transportkillen som satt på raden på sidan om, hade arbetat på kåken jag skulle till, han sa att det var en bra kåk och att maten var jättebra. Transportkillen tyckte att avdelningen transport, var lugnare än att vara plit (kriminalvårdare). Vi satt där och talade, och snart var det dags att gå ned för landning. Kaptenen hade ju påbörjat landningen, något jag kunde höra på motorerna som nu började dra ner på farten. Kaptenen girar lite till höger och landningen var nu ett faktum. Trycket i mina öron började spänna som ni förstår. Snart var planet nere och kaptenen började inbromsningen, som nu var ganska kraftig och påverkade samtliga i planet. Sen hjälpte en av transportkillarna mig av med bältet. Kan vara svårt att förstå för en lekman hur illa det stod till med mig. Jag hade ingen balans alls, så transportkillarna som fick leda mig var inte så glada att de hade en person som hade haft stroke på planet. De hade ju inte någon utbildning på personer som hade haft stroke. Så det blev ju ett väldigt konstigt läge. Transportkillarna visste ju inte alls hur de skulle göra. Transportkillarna hjälpte mig av planet och in i bussen, som skulle gå till anstalten. När jag skulle av på anstalten var jag tvungen att skiljas från en vän som jag varit häktad med. Vi sa adjö, och han hoppade in i bussen igen för att ge sig av till kåken han skulle sitta på. Det var inte utan att jag tyckte att det blev tungt med alla tankar jag nu måste hantera. Eftersom jag inte hade någon balans, så hjälpte två av transportkillarna mig in till CV (Centralvakten). Som nu skulle skriva in mig på kåken. Matsalen låg ju vid sidan om CV, så grabbarna grus tyckte ju att jag såg asfull ut. Eftersom jag hade väldigt dålig balans, så fick ju transportkillarna leda mig in på CV. Så det var ju inte så konstigt att grabbarna grus trodde jag var asfull.

Kapitel 16: Kåken (Anstalten)

Väl inne på CV, så var det ju typ ett sluss system man skulle gå igenom. För att dörrarna inte skulle öppna sig så var den första dörren tvungen att vara stängd och låst först. Sen kunde man öppna nästa dörr. Inne på CV så stod en metalldetektor så man inte tog in något olämpligt på kåken (anstalten). Sen fick jag träffa säkerhetssamordnaren på kåken. Han berättade efter cirka ett år att han aldrig trodde att det skulle fungera, när han såg mig första gången. Han sa att jag inte ens hade någon balans, och han trodde det skulle krävas en hel del personal för att få detta att fungera. Han såg helt enkelt inte att detta skulle fungera, om inte jag fick mycket hjälp. VB'n (Verkställande befäl) var troligen också inblandad. Säkerhetssamordnaren Nicky visste ju inte var han skulle få denna personalstyrka ifrån. Bevisligen var det ju inte bara jag som hade en massa frågor. Nu i efterhand, så blev det nog en fråga för hela kåken. Frågan var nog mer hur de skulle lösa detta problem, för ett problem hade det blivit. Säkerhetssamordnaren Nicky berättade att det kom två plitar (kriminalvårdare) som skulle skriva in mig. De fick leda mig in i ett rum som jag fick vänta i. De hämtade mat och dryck. Pliten BJ frågade om jag kunde lämna UP (urinprov), eller ville vänta ett tag. Jag sa att jag ville vänta tills jag ätit min mat. Det har ju sina fördelar att gå på vätskedrivande tabletter, man behöver ju inte vänta så länge innan man kan lämna några droppar urin. Plitarna kom tillbaka efter ett tag, som var vänliga att lämna det rum som de lämnade maten i. Pliten BJ frågade om jag kunde lämna ett UP, det var inget alternativ för mig... så jag sa nej! Så pliten BJ sa att vi kunde gå och prova ut kläder under tiden. Det var ju en bit att gå, och för mig som inte hade balans att gå, blev det ju jäkligt långt att gå. Pliten BJ hjälpte mig att hålla balans och det gjorde pliten Jenny också. Att gå och gå i en trapp är inte alls lätt när det fattas balans. Jag blev ju så beroende av andra personer för att min vardag skulle fungera. Allt som är lätt, blir svårt. En liten skitsak var svår att fixa. Jag som var van att fixa saker själv, var nu beroende av andra personer. Hur fan kunde det bli så? Det var en frustration som verkligen tog på mig. Att då sitta på en kåk, där kåksnacket har ett kraftigt fotfäste, och där skvaller blir djävulens radio som jag inte alls tyckte var roligt, men vad hade jag för val? Jag var ju tvungen att börja lita på personer, vilket jag hade svårt att acceptera. Det var ju en mänsklig känsla jag fick som gjorde att jag tänkte så. Jag är ju så som person, som har svårt att lita på folk. Som ni säkert vet, blev ju tanken fort en känsla, och jag fick en mental känsla att slåss mot. Nu var vi ju på väg att prova ut kläder i förrådet. Även om jag hade en känsla som minst sagt var märklig så var det bara en känsla. Väl framme i klädförrådet så gick pliten Jenny ut från klädförrådet. Hon ville visa respekt för en person som skulle prova kläder. Hon var ny på jobbet, men hon hade ändå lite känsla för intagna. Jag fick prova en massa storlekar så att plitarna visste vilken färg på säcken de skulle ta, så jag fick rätt startpaket. Pliten BJ var vänlig och bar säcken eftersom min balans inte var bra. Nu var det tid för mig att lämna ett UP (urinprov). Pliten BJ gick in i ett rum som man ska lämna UP i. Jag skulle lämna ett UP i en mugg innan man får gå in på en avdelning. Jag fick lämna detta UP. Sen bar det iväg till sjukavdelningen. Jag var för sjuk för att sitta på en vanlig avdelning.

Kapitel 17: Sjukavdelningen

Efter mycket om och men, så var jag framme på sjukav-
delningen. Tack vare plitarna Jenny och BJ's hjälp så kom
jag fram till sjukavdelningen. Inne på sjukavdelningen
fanns det två celler. En annan intagen som redan fanns
på sjukavdelningen, gjorde ju att isoleringen bröts som
jag hade på häktet. Jag hade ju svårt att tala efter den
stroke jag hade haft, så det blev ju inte mycket snack.
Simon, den andra intagna på sjukavdelningen, var en
trevlig prick. Han sa till plitarna att ta in kaffe, då sjukav-
delningen hade en kaffekokare. Han var alltid vänlig att
sätta på kaffet, flera gånger om dagen. Förmodligen såg
han ju att min balans var mycket dålig. Det föll sig ganska
naturligt att Simon ville veta när jag fått Stroken. Så det
blev ju ett naturligt samtalsämne.

Simons första fråga blev ju hur de kunde skicka mig på
kåken. Simon var ganska upprörd hur de kunde skicka
mig på kåken. Mitt svar till Simon var att jag inte fick nåd,
som min advokat hade skickat in. Simon blev ju inte alls
imponerad på deras sätt att behandla mig på. Det blev ju
ganska många frågor som handlar om Stroken, så jag
svarade på dessa frågor så gott jag kunde.

Dagen började ta slut, och det började bli mörkt ute. Si-
mon började gå in till sin cell och jag insåg att jag skulle
sova första natten på kåken! Snart kom pliten som skulle
låsa cellen och då var den första dagen slut. Pliten sa
godnatt och låste cellen, nu var jag ensam i cellen. På
golvet stod säcken som pliten BJ tog med sig från lagret
vi var på. Jag satte mig på sängen, som bara var en

madrass, täcke och kudde, jag var nog lite tagen av situationen som gjorde sig påmind.

På golvet stod det en grå säck som innehöll delar av mitt nya liv. Tankarna började bli påtagliga, och jag var ju tvungen att hantera dessa tankar. Även om jag inte ville. Hade ju fått några extra kuddar av plitarna eftersom jag behövde ligga högt med huvudet på natten. Andningsfunktionen fungerade ju inte så bra efter en stroke. Det beror ju på var stroken satt sig. För min del så blev min balans, tal och finmotorik negativt påverkad. Jag hade väldigt svårt med det mesta. Det blev en frustration som plågade mig hela tiden. Bara att jag skulle göra minsta lilla skitsak så var jag tvungen att tänka till, så att det verkligen fungerade. Lutade mig tillbaka mot kuddarna i sängen och drog täcket mot mig. Började ju fundera på allt dumt jag varit med om under åren. Förmodligen undrar säkert du som läser om jag ångrar saker jag har gjort.

Vissa saker ångrar jag och vissa saker skulle jag lätt göra om. Natten var lång och det var många tankar som kom tillbaka i huvudet. Är det någon gång som ens tankar gör sig uppmärksammade är det ju på natten. Jag hade mycket fokus på alla dessa negativa tankar. Det är väl en sak om man har en tanke, fundering, på något som jag anser är negativt. Jag ville ju gärna ha ett lämpligt svar på mina funderingar som dyker upp i mitt huvud. Det blev väldigt jobbigt vid dessa tillfällen. Jag kunde nästan ta på den frustrationen som jag kände. Först den Stroke jag haft, som gjorde att jag inte kunde röra mig som jag ville. Sen alla frågor som dök upp i mitt huvud utan att jag hade några bra svar. Det skapar den frustration som jag måste leva med. Jag har ganska svårt att förmedla den känslan som jag hade. Du som läser förstår säkert. Tankarna kom och gick, första natten var över och jag hade inte fått en blund. Det var min första natt på kåken, nu var det ju bara några år kvar. Det var cirka 45 minuter innan plitarna skulle låsa upp cellerna. 06:45 varje dag skulle plitarna låsa upp. Klockan 18:45 skulle plitarna låsa cellerna. På morgonen sa plitarna god morgon och god natt när de låste cellerna. Allt på kåken var dramatiskt tråkigt. Jag kunde nästan ställa klockan efter plitarna. Det började höras skrammel från celldörren. God morgon Persson, hör man en plit säga till mig. Det är meningen att man ska svara god morgon. Bara man gav något ljud ifrån sig var plitarna nöjda. Plitarna hade ju öppnat cellen och en ny dag på kåken var ett faktum. Jag tyckte det var tungt att sitta hela dagarna. Nu satt jag på sjukavdelningen, så den obligatoriska sysselsättningsplikten som gällde, berörde inte de som satt på sjukavdelningen. De hade ju varit lite bättre om jag hade haft något att göra på dagarna. Dagarna blev ju ganska långa när man inte har något att göra. Det blir ju att tala lite med den andra intagna som satt i den andra cellen på sidan om. Kaffe och mat var ju höjdpunkterna i kåklivet. Tänk att jag såg fram emot de olika måltiderna... Snacka om små krav på livet. Jag var ju tvungen att vänja mig vid detta inlåsta och trånga liv. Jag kan ju inte direkt säga att mitt nya liv tilltalade mig positivt. Det var ju en del nya rutiner som jag var tvungen att lära mig. Så de första dagarna rullade ju på. Hur det än var, så gick vissa rutiner ganska bra. Kåken köpte in en stol så jag kunde sitta ned när jag duschade så jag inte föll då. När det kom till min medicin så fanns den inte den på kåken. På morgonen kom VB:n (verkställande befäl) Lina och bekräftade att min medicin inte fanns hemma, och att hon skulle skicka en plit (kriminalvårdare) till sjukhuset, så att de fick medicin av sjukhuset tills leveransen hade kommit till ssk på kåken (anstalten).

VB:n Lina sa inte så mycket mer. Hon lämnade sjukavdelningen, låste efter sig och gick därifrån. Vid cirka klockan 11:00 kom min medicin så att jag fick ta den. Känns ju tryggt att inta viktig medicin, jag fick nog några extra slag på pumpen (hjärtat) innan jag fått min medicin. Vid ett tillfälle kom VB:n Lina till sjukavdelningen och berättade att de på sjukhuset, hade sagt att det inte spelade så stor roll, om man intog sin medicin senare på dagen. Bara att man tog den samma dag, det kändes ju lite bättre för mig att veta det. VB:n Lina var en person som i regel bara sa vad hennes ärende bestod av, hon "kallsnackade" inte så mycket, kanske svårt att göra en utvärdering när jag endast träffat henne två gånger. VB:n Lina sa vad hon skulle göra, sen gick hon ut från sjukavdelningen, låste dörren och drog tillbaka draperiet, som skiljde korridoren från sjukavdelningen.

Kapitel 18: Ankomst samtal

Som intagen har man rätt till ett ankomstsamtal som en plit sitter och lyssnar på i en speakerhögtalare så man inte gör nya brott. Idag skulle jag få göra mitt ankomst- samtal, en plit kom och hämtade mig och jag skulle gå igen med min dåliga balans. Det var cirka 5 meter från sjukavdelningen till rummet jag skulle få ringa i. För mig som inte kunde gå och inte hade balansen själv, så blev det jobbigt. Pliten var vänlig nog och hjälpa mig och sen fick jag lite balans genom att hålla i väggen. När vi kom in på rummet fick jag sitta på en stol som pliten satte fram på ett lämpligt sätt. Även om jag endast gått 5 meter så kändes det som att jag sprungit 100 meter. Att man haft stroke, blir man ständigt påmind om. Jag hade svårt att andas eftersom andningsfunktionen inte alltid funge- rade. Jag glömmer att andas och då blev jag andfådd. Man mår inte bra av att inte få luft. Man ska då sitta ned på en stol och vila så blir andningen mer stabil. Det känns som att andas genom ett sugrör. Jag tittar på pliten som förstod att jag behövde hämta luften innan jag kunde ringa mitt ankomstsamtal. Efter ett par minuter frågade pliten om jag ville ringa nu, om det kändes bra?
Jo, det går bra, svarade jag! Pliten kallas för läromästaren som är en bra person. Läromästaren är en kvinna som är en äldre puma.

Hur som helst!

Under tiden som läromästaren fixade med telefonen så tittade jag ut genom fönstret. Bakom läromästaren i fönstret kunde man se vanliga personer gå på gångbanan som gick där utanför. Jag tyckte det var bra att se vanliga personer gå förbi… kanske svårt att förstå för dig som läser. Även om det var den enklaste saken i världen, så fick jag nya intryck. Läromästaren hade fått svar hos mina nära och kära samt mina egna barn, Tobias och Alexander, visste nu vart deras pappa var. Jag tyckte det kändes bra, att kunna förmedla sig, även om jag sitter på kåken.

Mina egna barn hade nu en adress så de kunde skriva brev till sin pappa. Jag är ganska empati lös som person och som har svårt att känna vad andra personer i min omgivning upplever eller känner. När det gäller mina barn, så blev mina känslor helt andra… jag har väldigt svårt att tala med mina barn på ett kallt sätt, de är ju mina barn, som inte vill ha en kriminell pappa, som de bevisligen har. Att bara att göra ett ankomstsamtal känns ju dumt. Eftersom mina barn behöver ju en pappa, inte en pappa som sitter på kåken. Man vill ju som pappa hjälpa sina barn på ett bra och positivt sätt. Själv tackar jag mina barn genom att sitta på en kåk i många år.

Det är inte utan att jag skäms för det. Jag hoppas att mina barn ser att deras pappa sitter av sitt straff och sen kommer att bli en bra pappa som kan vara behjälplig med de saker som en farfar förväntas göra.

Hur som helst!

Vi gick tillbaka till sjukavdelningen efter jag hade fått ringa mitt ankomstsamtal. Den andra intagna killen Simon var på sin cell och vilade när vi kom tillbaka efter ankomstsamtalet. Läromästaren tog mig till närmaste stol så jag kunde sitta ned. Sedan gick hon ut från sjukavdelningen och låste, sedan gick hon därifrån. Hon var den kontaktpersonen man skulle ha men hennes semester gjorde att jag skulle få en annan kontaktperson till veckan som kom. Den andra intagna killen Simon kom ut från sin cell. Spontant frågade han ju om det gått bra att ringa? Självklart svarade jag honom med att det gick bra.

Kapitel 19: Mina egna tankar

Det var en massa frågor som kom upp i mitt huvud om vad jag hade gjort, och att jag inte hade stoppat, när tid fanns. Det var mycket tankar som jag skulle hantera och jag satt många dagar i min egen värld, med intetsägande blick. Ännu en dag på kåken, och det började bli mörkt ute. Snart skulle en plit låsa dörren till cellen. Dagen var slut och natten gjorde sig påmind, men en massa frågor som jag inte hade något svar på. Efter kvällsmaten gick tiden ganska fort, innan en plit skulle låsa cellen. Ännu en natt var ett faktum. Skulle jag få sova i natt, eller skulle frågorna plåga mig ännu en natt. Det blev ju ännu en natt som hade en hel del tankar och funderingar med sig. Jag var ju tvungen att kunna hantera denna situation för att jag skulle få en blund i ögonen. Fan, nu var det tungt. Hur kunde det bli så?

Det var ju inte utan att jag funderade på varför jag inte gjorde något åt saken? Frågan jag ställde mig var ju varför jag inte hade agerat? Först efter att jag fått hjärtinfarkt och stroke reagerade jag.

Jag borde gjort något när jag såg att mina egna barn behövde sin pappa. Tyvärr gjorde jag inte något åt saken ens då. Jag älskar mina barn, så det känns dåligt att jag inte reagerat på sina egna barns tysta rop på sin pappa. Jag har varit en mycket dålig pappa, som inte funnits till för mina barn. Förmodligen är det ganska lätt att berätta hur man ska vara som person, när man sitter på kåken. För mig är detta kåk liv en knäpp på näsan som fått mig att reagera.

För mig gäller det att bli en bra pappa och farfar, mer än på pappret. Morgonen började gry. Jag var ganska trött, hade väl somnat ganska sent då alla funderingar jag haft gjort att det var svårt att sova. Det var bara att försöka gå in på toaletten. Stroken gjorde sig påmind igen. Så fort jag skulle resa mig upp för att sätta mig på sängkanten så blev jag väldigt yr. Känns som när man druckit sig full och lägger sig ner i sängen och sluter ögonen... Då börjar hela världen att snurra så pass mycket att man måste sätta ned en fot i golvet. Precis så känns det när man reser sig upp från sängen. Tog mig in på toaletten och gjorde mig klar för dagen. Hade precis tagit mig ut från toaletten och satt på mig mina kläder, innan en plit kom och öppnade celldörren och sa god morgon. Då var det en ny dag på kåken.

Frågan jag ställde mig själv, var ju hur jag skulle ta mig igenom denna dag. Dagarna sprang ju inte iväg direkt. Eftersom jag kom till kåken på en fredag, så var det helg idag. Jag kom till kåken igår. Så det var ju ganska många år som jag skulle ta mig igenom på kåken. Helgerna var tunga. Vad skulle man göra? VB:n Lina arbetade den helgen. Troligen ville inte någon plit arbeta på helgen. Anledningen till att jag fick för mig det, var för det kom olika plitar hela tiden med matvagnen.

Kapitel 20: Matvagnen

Att matvagnen blev en höjdpunkt på dagen är ju ett faktum. Simon, den andra intagna, sa alltid till om att få kaffebönor. De var en viktig sak, för att dagen skulle gå. Pliten som kom med matvagnen frågade om vi vill ha fil och flingor, smör, bröd mm. Simon var snäll och tog min bricka eftersom jag hade så dålig balans. Har man ingen finmotorik så blir det svårt att bre på smör på en smörgås. Typ allt blev svårt. Att bara äta sin filmjölk med flingor blev svårt. Kunde sagt till en plit, så hade jag fått hjälp. Men det var jag för stolt för att göra. Det gjorde att jag slutade äta min filmjölk med flingor. Det fick bli att ägna sig åt dessa mackor... utan smör, och att jag fick äta upp de mackorna med fysiska problem. Allt blev ju svårt. Att bara lyfta upp en kaffemugg utan att tappa muggen blev ett heltidsarbete. Simon tittade ofta på hur jag skulle lösa detta. Han sa oftast inte något. Han tittade mest med ögonen som säger... hur ska detta gå! För mig blev det många prövningar som påverkade mig negativt. Varje dag var det någon prövning som jag skulle utsättas för. Att dessa prövningar tog på mig var det ingen tvekan om. Det är inte så lätt att sätta sig in i min situation när man inte själv upplevt det. Hur ska jag kunna begära empati från andra personer när jag själv inte kunde känna det, vid den tidpunkten. Jag åt upp min frukost och sen försökte jag få dagen att gå. Efter frukosten tog Simon min bricka och satte den i korridoren så plitarna kunde hämta den. Jag kände att en dusch var på sin plats. Nu var det enklare sagt än gjort. Kåken hade inte gjort inköp på en duschstol.

Så plitarna fick gå efter en lämplig stol som tål vatten och sätta in den i duschen. Det finns ju en dusch på sjukavdelningen så det var bara för mig att gå dit. Inte alls lätt med dålig balans. Att bara att gå in i duschrummet är svårt. Sen fick jag sitta på en annan stol och ta av mina kläder. Långt om länge, så var det tid att ta en dusch. Den andre intagne killen Simon, ropade in och hörde så allt var bra och att jag inte ramlat. Det är lugnt svarade jag honom. Att ta en dusch tar kanske 10 minuter för en vanlig person. Inte så konstigt att Simon ropade efter en timme. Det tog mer än en timme för mig att ta en dusch och att sätta på nya kläder. Allt jag skulle göra, tog en massa tid för mig.

Tid är något man har mycket av på kåken så för den skull, var det ju inte någon katastrof.

Det var ju bara att försöka få tiden att gå om dagarna. Klockan 11:30 kom matvagnen med vår lunch. Det var samma rutin, som det var när frukosten kom. Simon var snäll och tog min bricka så att jag inte behöva gå med den. Än en gång frågade Simon efter kaffebönor till pliten. Vi fick några påsar kaffebönor från pliten som var där med matvagnen. Nu i efterhand kan jag berätta för er hur matvagnen fungerar. Kan ju vara bra att veta. Vid inskrivning frågar plitarna om jag äter allt eller inte tål vissa saker. När listan över saker som berör dig är klar, så skrivs det in i en dator. Troligen skriver sen en VB in dessa saker som berör dig. Sen kan ansvarig kock ta och se listan över saker man inte tål eller inte äter. Det kräver ju en hög behörighet, som en VB, eller en Kvinsp har. Denna lista skriver ansvarig kock ut, och hänger upp på en anslagstavla så de andra kockarna kan se den. När sedan matvagnen kommer till sjukavdelningen så är varje matbricka anpassad efter den intagnes behov. Kan ju vara bra att veta för dem som läser denna bok. Eftersom kriminalvården är en helt sluten värld. Måndag till söndag var det ju samma rutiner. Vi fick tre måltider om dagen, så det var ju inte någon brist på maten. Jag gjorde nästan samma sak varje dag. Det var ju inte utan att det blev tråkigt efter några dagar. På sjukavdelningen var jag en veckas tid.

På morgonen då jag skulle flytta, så kom plitar som skulle hjälpa mig att flytta. Så jag fick hjälp med mina saker så jag inte behövde bära något själv. Det var väl bara att inse att jag skulle flytta idag. Simon som var den andre intagne på sjukavdelningen blev både glad och dyster över att jag skulle flytta. Simon blev ju själv på sjukavdelningen när jag skulle flytta. Han hade bara en vecka till muck så han var övertygad om att klara sig själv under tiden. Det var ju många tankar jag hade. Om hur det skulle gå att flytta. Praktiska saker som jag ville skulle fungera, var ju att gå till duschen och att kåken köpt in en duschstol. Jag funderade ju om min duschstol skulle gå in genom dörren till duschrummet. Bara en sådan enkel sak, som att det fanns en slang i duschen, eftersom jag satt ned och duschade.

Jag tänkte ju på en massa saker, det var ju saker inte en normal person som ens skulle tänka så. Ju mer jag tänkte, ju mer saker kom jag på.

Snart knackade det på min celldörr och två plitar kom in i min cell för att hämta mina saker. Plitarna sa att de hoppades att det skulle fungera på en vanlig avdelning. Annars fick jag flytta tillbaka på sjukavdelningen. Plitarna hjälpte mig med stöd, så att jag kunde gå. Sen fick jag hålla min hand mot en vägg så min balans blev bättre, så jag kunde gå in på A-avdelningen. När jag kom in på A-avdelningen så gick vi direkt till höger.

Jag skulle sitta på rad 30. Plitarna öppnade upp cellen så jag kunde gå in. En plit ville gå igenom de saker som fanns på cellen. Det var en djup tallrik och en vanlig tall-rik. Det var bestick, som var av plast och en mugg. Det fanns även en termos. Allt detta skulle jag se efter att det fanns. Sedan skulle jag ta ansvar för dessa saker. Allt som gick sönder var jag personligt ansvarig för. Vilket betyder att jag även fick betala om några saker gick sönder. Jag var tvungen att kvittera ut dessa saker genom min namn-teckning. När plitarna fått min namnteckning på pappret gick de ut från cellen. Jag började se mig runt i den nya cellen som skulle vara mitt hem några år.

Det var nästan nya möbler i min cell. Däremot var ju inte utsikten så bra, kunde endast se rakt in i en kulle som var ganska tråkig att se. Tur var ju att jag inte packat upp så mycket saker när jag skulle flytta. Då hade det ju blivit att flytta två gånger och det hade ju varit jobbigt att behöva göra så. Jag var ju själv i min cell och det var nästan ny inredning i min cell. Det luktade nästan nytt.

Eftersom min balans var så dålig, var det ju svårt att gå runt i cellen för mig. Alla celler ser lika ut.

Det finns en TV, säng, och toalett. Började packa upp mina saker i säcken, som pliten BJ och Jenny hade tilldel-lat mig. Tandborste, tandkräm, raklödder och hyvlar var det som kåken stod för. Det var det som var kostnadsfritt inom kriminalvården. Det fanns ju inte så mycket i start-paketet, eftersom jag fick ta en del saker varje gång man gick till duschen på sjukavdelningen. Så det var väl bra att inte ha så mycket att packa upp.

Kapitel 21: Tvättstugan

Det betyder också att jag behöver tvätta min tvätt. Att tvätta kan man ju tycka är ganska enkelt när maskinen gör jobbet. Tror inte jag behöver ta upp min dåliga balans. Att bära en tvättkorg i ena handen och hålla sin andra hand i väggen, så jag kunde hålla min balans... var inte alls så lätt! En av grabbarna grus såg att det blev svårt att gå med tvättkorgen. Så den intagne hjälpte mig till tvättstugan. Han hjälpte mig med allt så jag fick igång tvättmaskinen. Tvättmaskinen tog cirka en timme att tvätta. Jag prata lite med den intagne som hjälpt mig med tvätten. Det var ganska givet att han frågade vad som hänt mig. Det var ju bara att förklara att jag hade fått en stroke och fått en blödning i lillhjärnan. Som påverkade mitt tal, balans och finmotorik. Sedan efter att jag berättade det för den intagne så undrade han vad fan jag gjorde på kåken? Ja det kan man undra, sa jag till honom.

Den intagne hade en del frågor och vissa var ju svåra att svara på. Inte för att jag inte ville svara på hans frågor. Det blev omöjligt att svara på alla hans frågor. Min kunskap var ju kraftigt begränsad inom denna kåk. Efter ett tags samtal gick vi ut från tvättstugan och han gick ut i TV-rummet som var till alla intagna. Själv gick jag tillbaka på min cell och väntade på att min tvätt skulle läggas över till torktumlaren. När det gått cirka en timme, så började jag gå med stöd av väggen, så jag kunde ta mig ut till tvättstugan. Det var ju kanske cirka 10 meter till tvättstugan från min cell. Som du själv förstår, kändes det som 100 meter för mig. När jag kommit fram till tvättstugan, så skulle jag lägga upp min tvätt i torktumlaren som stod ovanpå tvättmaskinen.

För mig blev det en jäkla utmaning att slänga upp min tvätt i torktumlaren. Än en gång så fick jag hålla en hand på torktumlaren, så jag kunde behålla min balans, så jag kunde böja mig ned.

Det var en av grabbarna grus som gick förbi tvättstugan. Han såg ju att det var stora problem för mig att fixa tvätten på egen hand. Han var ju vänlig att hjälpa mig med min tvätt. Det kom en plit förbi tvättstugan och såg att jag fick hjälp med min tvätt av en av grabbarna grus. Pliten frågade ju om jag behövde hjälp, för vi hjälper dig gärna, Jesper, sa pliten. Nej, det går bra, men tack! Svarade jag. Att det var infekterat mellan grabbarna grus och plitarna, det var ju ganska givet. För mig var det bara ett tydligt konstaterande, och att se hur mycket av detta vrede som hade rotat sig mellan grabbarna grus och plitarna. Att bara se blicken på den intagne som hjälpte mig med tvätten, när pliten kom dit till tvättstugan, var ganska tydlig att de inte hade så mycket att tala om. Pliten gick ifrån tvättstugan när jag inte ville ha någon hjälp.

Den intagne och jag talade lite under tiden som jag fick hjälp med tvätten. Vi hade ganska olika meningar om livet. För mig var det ganska givande att samtala om saker, som vi hade så olika uppfattningar om. Värderingar är ju ett akademiskt ord i kåklivet. Att sitta på kåken i många år kräver ju ett stort tålamod. Jag hade ju inte så stort tålamod och det var ju inte direkt mitt mellannamn.

När jag och den intagne hade talat färdigt så gick vi åt
olika håll.

Kapitel 22: Hjärntrötthet & Svaghet

Än en gång så gick jag till min cell och vilade lite på
sängen. Jag blir ju ofta hjärntrött efter min stroke. Den
Stroken satte ju prägel på hela mitt liv. För att inte säga
att den har kraftigt begränsat mitt liv. Hur det än var, så
somnade jag några timmar och fick lite strafflindring. När
jag vaknade upp efter ett par timmars sömn, låg jag i
sängen med öppna ögon. Min kropp ville inte gå upp ur
sängen, även om jag vill det. Låg mest och stirrade i ta-
ket. Kunde inte få för mig att göra något. Jag var så trött
även om jag sovit i ett par timmar. Frågan var hur jag
kunde vara så trött.
Jag låg och tittade runt i cellen och konstaterade att
dörrhandtaget var runt. För en vanlig person betyder det
kanske något. Det gjorde det för mig. När man haft en
stroke, har man inte mycket kraft. Bara att lyfta en liter
mjölk blir svårt. Vad blir då det inte med ett runt handtag
på dörren.
Jag fick ju använda båda mina händer för att få upp min
celldörr, när inte plitarna hade låst den. Bara att konsta-
tera att dörrhandtaget var runt, gjorde mig psykiskt trött.
Jag satte mig på sidan av sängen och väntade tills det
slutade att snurra i mitt huvud. Min läkare som haft hand
om mig sen jag haft stroke, sa alltid att det inte var farligt
med yrsel, det kunde vara obehagligt att känna det så.
Jag kan ju säga att jag lärt mig leva med denna yrsel, ef-

ter mycket om och men. Jag tycker idag att det bara är irriterande med yrsel som försvårar i min vardag. För mig är det inte längre en obehaglig känsla. Endast en frustration. Halvsatt nu på min sängkant och tittade på det skrivbord som fanns. Mest för att se när yrseln skulle sluta och se hur många skrivbord jag hade. Så länge som det snurrade på, så var det ju mer än ett skrivbord. Jag tittade på de tre skrivbordslådor som fanns på skrivbordet.

Så länge det snurrade fanns det ju mer än tre skrivbordslådor. Efter ett par minuter avtog yrseln och jag kunde resa mig upp med min dåliga balans. Jag var ganska skakig på benen. Jag ställde mig frågan om hur fan det kunde bli så. Måste jag ha en stroke innan jag reagerar? Tydligen! Förmodligen var min tvätt torr nu, och jag började ta mig ut till tvättstugan med hjälp av väggen som gav mig lite balans. På vägen till tvättstugan träffade jag en annan "grabb grus" som frågade om jag ville ha hjälp med något.

Det skulle vara tvätten i torktumlaren sa jag till honom! Självklart sa han, och gick till tvättstugan. När jag kom fram till tvättstugan, var han redan klar och hade plockat ner min tvätt från torktumlaren. Han frågade var jag bodde? På cell 33 svarade jag. Han satte min tvättkorg framför min celldörr. Så det var bara för mig att dra in korgen på min cell. Den intagne som satt min tvättkorg sa att det snart var promenad om en timme. Han sa också att han kunde hjälpa mig med stöd så att jag kunde gå. Den intagne kom till min cell och berättade att dem som ville ta en promenad, fick lov att göra det. Det var ju samma plats som vi skulle till när man gick på promenad när man var på sjukavdelningen.

Kapitel 23: Promenad & Beskrivning

Meningen var ju att plitarna skulle hjälpa mig att gå runt på promenaden. Det var så infekterat mellan "grabbarna grus" och plitarna så jag fick alltid hjälp av "grabbarna grus" att gå runt när det var promenad. Efter att det varit promenad så gick vi in på avdelningen. Det fanns ju inte så mycket att göra på avdelningen. Några av dem intagna spelade på fotbollsspelet, andra kastade dart. Själv gick jag runt med stöd av väggen för att kunna få balansen när jag gick. På varje ben (avdelningen) fanns fem stolar med bord, och ett annat bord där det stod kaffekokare och en vattenkokare. Även en äggkokare fanns.

I varje kök fanns två fönster och en ventil så frisk luft kunde komma in. Sen var det bara en korridor som det bara var celler i. Varje kväll kl. 18:45 kom plitarna och sa god natt och låste celldörren. Det betydde att dagen var slut vilket kunde vara skönt då man dagligen fick höra allt kåksnack som inte leder någonstans. Det roliga är ju att jag aldrig träffat så många miljonärer under hela mitt liv. Frågan man då ställde sig är ju varför dessa mångmiljonärer sitter på kåken? De kunde ju bara anlita en advokat som fört deras talan. Det är ju roligt att dem inte ens anlitar en advokat, då de är oskyldiga. Hur som helst blir man ju inte trött, när man inte gör något. För mig blev det ju svårt att sova, när man inte hade något att göra. Många av "grabbarna grus" som suttit ett tag, hade svårt att sova. De ville få sömnmedicin av läkaren. Innan de kunde få sömnmedicin så var de tvungna att under tio dagar att fylla i ett papper om deras sömnvanor.

Det var många som inte ville fylla i de papper som läkaren ville få. Förmodligen visste kåken om detta problem och insåg detta problem och begärde papper från en intaget som ville få sömntabletter. I själva verket skulle dessa sömntabletter användas som en form av droger. Så hade man inte ens tid att fylla i ett papper, så blev det säkert klassat som drogmissbruk. Inte nog med att jag hade haft stroke som försvårade min vardag. Bara köken i sin helhet, hade ju en rigorös säkerhet. Denna kåk hade ju en säkerhetssamordnare som var typ chef över säkerhetsvårdarna (säkplitarna).

En säkplit som jag hade en del med att göra, är säkerhetsvårdaren Mattias. Säkpliten Mattias var väldigt hård på de regler som gällde. För en som inte vet vad en säkplit gör om dagen, ska jag berätta vad en säkplit kan göra. Under min tid på den kåken, vill säga nästan två år så såg jag en hel del av säkerhetsvårdarnas arbete. Förmodligen har eller hade en säkerhetsvårdare fler uppdrag än vad jag spaltar upp. Nedanstående ger ju en ganska bra bild av vad en säkerhetsvårdares vardag består av. En säkerhetsvårdare är en vanlig plit som blivit en säkerhetsvårdare. Vill säga betydligt hårdare när det gäller säkerheten. De tänker tydligen på säkerhet. Bara att följa deras regler försvårar ju min vardag. Det krävs en säkerhetsvårdare, säkerhetssamordnare eller en VB för att kunna öppna en intagnes säkerhetsskåp, där man hade sina värdesaker.

De utbildade även de andra plitarna i närkamp eller om en intagen var berusad eller stökig av någon anledning. De lärde även ut hur man skulle få en intagen att ligga ned, så man kunde sätta på handbojorna. Säkerhetssamordnare, säkerhetsvårdare såg till att inte någon annan plit kom i beroende ställning till någon intagen. Vissa saker var ju direkt olämpligt. Att komma i en beroende ställning kunde ju vara en direkt säkerhetsrisk. Alla, eller de flesta beslut fattades i samråd med den underrättelseavdelning (krut)som fanns på kåken. Förmodligen var det ett omfattande arbete att få en person bort från en avdelning. Det bör ju finnas en bra anledning till att kunna knalla (förflytta) en intagen. Troligen är säkerhetsanordnaren beroende av vad underrättelseavdelningen kan bekräfta. I samråd med plitarna, klienthandläggare har att tillföra i ärendet, så får kvinspen (kriminalvårdsinspektören) det slutgiltiga beslutet om vad som ska gälla. När vi kommer till en VB (Verkställande befäl) så kan dessa vara kraftigt besvärliga med de befogenheter de har att ta beslut. Även om det är tillfälligt så lyssnar ju en kvinsp mer på en VB än en "grabb grus". Så oftast får dem igenom sina beslut. En "grabb grus" har ju väldigt låg trovärdighet och är dömd för ett brott. Han eller hon är ju då frihetsberövad. Så trovärdigheten hos en "grabbarna grus" är ju inte så hög. Förutom kriminalvårdschefen (KVC) så är kvinspen den mest ansvariga på kåken. För att ni ska förstå vilka som är ansvariga, kommer jag nedan förklara hur det fungerar.

I den här ordningen är det.

1.Kriminalvårdschefen (KVC)
2.Kriminalvårdsinspektör (Kvinsp)
3.Verkställande befäl (VB)
4.Säkerhetssamordnare (Säksamordnare)

5.Säkerhetsvårdare (Säkvårdare)

6.Kriminalvårdare (Plit)

7.Nyckelpiga (Blivande plit)

Ordningen 3-4 kan skilja sig lite från kåk till kåk. Ibland har ju en Säkerhetssamordnare högre befogenheter än en VB. Man kan ju tycka att man borde kunna gå till vem som helst i den listan. Visst kunde man göra det, men om man ville få igenom ett beslut var man ju tvungen att vänta på att en plit frågade en VB, innan ett beslut kunde framföras. Plitarna och alla andra inom kriminalvården måste hela tiden vara väldigt tydliga. Det var som en klok person sa till mig, att det finns många diagnoser på kåken, och ofta måste man ge övertydliga svar, så man inte blir missförstådd. En annan klok person sa, att inga inom kriminalvården vill göra fel. Ovanstående uttalande gör ju att "Nyckelpigorna" får det svårt att svara på frågor från en intagen. För som sagt! Ingen inom kriminalvården vill göra fel!

Att "Nyckelpigorna" inte kunde ge något svar när man ställde frågor, gjorde ju "Grabbarna grus" frustrerande. Det var ju klar en intagen som ville få svar på en fråga, men blev bara mer fundersam och frustrerad än de var innan de ställde frågan.

Det slutade med att alla intagna gick till en erfaren plit med sina frågor. Chansen att få ett svar från en erfaren plit var mycket större än om en intagen skulle gå till en nyckelpiga. En nyckelpiga svarade ofta med att de skulle återkomma i frågan. Alltså en fråga utan någon form av svar. Jag försöker verkligen ge dig som läsare en helhetsbild om hur det är på kåken. För att du ska förstå, måste Du tänka som en kriminell person som sitter på kåken och inse att du är frihetsberövad. Eftersom du fått viktig information om hur och vilka personer som fattar beslut, så anser jag att vi kan påbörja resan nu...

Så då åker vi!

Kapitel 24: Resan

Jag börjar min resa med er på morgonen när plitarna öppnar upp min celldörr och säger god morgon. Jag skulle upp och äta frukost i matsalen. Samtliga måltiderna intogs i matsalen när man satt nere eller uppe på A-huset. Att gå upp, göra sig färdig, gå till matsalen och äta frukost. Jag skulle först in i plitkuren för att ta min medicin. Allt detta skulle vara gjort inom 30 minuter. Kan kanske tyckas vara en god tid att hinna dessa saker på. Det fungerar säkert om man kan gå och har balans. Frågan var ju vem som skulle hjälpa mig?, när de flesta är morgontrötta. Så vem skulle jag då be om hjälp. Plitarna som var i plitkuren, var ju nyckelpigor. Eftersom jag kom till köket mitt i semestertiden. Så nyckelpigorna som befann sig i plitkuren visste ju inte så mycket. De var ju tvungna att fråga en erfaren plit. In i plitkuren kom klienthandläggare Lundh, som visade sig vara kvinspens högra hand.

Klienthandläggare Lundh visste ju hur det skulle vara med medicinen. För en nyckelpiga får inte dela ut medicin till en intagen. Först måste man få en utbildning av sjukvården innan man som nyckelpiga kan dela ut medicin. Fick hjälp av plitarna att få min medicin så nu var det bara för mig att ta mig till matsalen så jag fick i mig lite mat. Fan, nu upplevde jag det stressigt att kunna hinna med alla saker jag skulle göra. De flesta av de intagna såg väldigt trötta ut, dels hade de flesta gått ifrån matsalen. Ja, jag var ju inte direkt snabb, så de flesta var redan färdiga när jag kom dit. Den intagne som hjälpt mig till matsalen satt kvar och väntade på jag skulle äta upp, han ville inte att jag skulle sitta själv. Jag upplevde den intagne väldigt trevlig som verkligen såg att jag behövde hjälp. När jag ätit upp, ställde den intagne tillbaka de saker som disken skulle ha. Vi skulle gå in på avdelningen igen och den intagne hjälpte mig än en gång, så jag kunde hålla balansen. Det var ju meningen att plitarna skulle hjälpa mig, så att min dag fungerade. "Grabbarna grus" bistod mig hela tiden så plitarna hade inte en chans att hjälpa mig. Att det var en dålig relation mellan plitarna och intagna var ju enkelt att fastställa. Att bara se och höra hur mycket hat de intagna hade till plitarna var ju lite oroande. Det hade ju skapat två olika lag, som heter dem och vi. Hur som helst kom vi tillbaka in på avdelningen. Den intagne följde mig till min cell ,så jag kunde sätta mig på sängkanten. Den intagne gick ut ur min cell. Det var nämligen nersläpp till arbete och skola, så han var tvungen att gå till produktionsledaren som stod vid ingången till avdelningen så man kunde som intagen anmäla sig eller sjukskriva sig. Anmälde man sig inte sjuk om man inte kunde gå till arbetsplatsen, blev det noterat som arbetsvägran. En arbetsvägran leder till ett förhör och i värsta fall en varning. En varning kunde man endast ha 4-6 stycken sen skickas det till regionen inom kriminalvården, där man kan få extra dagar.

En av "Grabbarna grus" hade 6 varningar och fick sitta 21 dagar längre än strafftidsbeslutet sa. För min egen del så hade jag 10 dagars introduktion. Under de 10 dagarna fick jag ju prova på olika arbetsplatser. Nu var det bara ett litet problem som gjorde att jag inte kunde få introduktionen, något man ska få under dessa dagar. Kåken ansåg inte att det var lämpligt för mig då jag var i för dåligt skick, och att min balans var dålig. Än en gång så fick jag lida för att plitarna inte var utbildade på personen som haft stroke. Så jag kunde inte få den hjälp som jag hade rätt till.

Att sitta på sin sängkant och inse att jag inte kan få den hjälp jag behöver för att plitarna fattas kompetens. Det borde ju inte vara något som jag skulle behöva utsättas för. Alla de andra gick till nersläppet så de kunde gå till sysselsättningen de blivit tilldelad av ansvarig plit. Själv blev det för mig att ta upp tvätten ur tvättkorgen. Tyvärr var det enda som jag hade att göra under dagen. Att ta upp sin tvätt från en tvättkorg går ganska snabbt att göra, även för mig. Försökte vika min tvätt, så det såg bra ut på cellen. För mig har det alltid varit ordning och reda på mina saker. Jag var snart klar med att få ordning på kläderna och jag hade inte mer att göra på hela dagen.

Jag började ta mig ut i korridoren. Det var bara celldörren med det runda handtaget jag hade mig att ta mig förbi. Förbannade skit att de skulle sätta ett runt handtag på celldörren. Det är så typiskt kriminalvården. Det ska ju vara det billigaste inköpet. Att det sen inte fungerar för mig eller andra personer som inte har kraft, är inte så viktigt. Bara det är det billigaste så blir kriminalvården glad...

Hur som helst!

Jag tog mig förbi celldörren med det runda handtaget och kom ut i korridoren. En korridor som det endast fanns celler i. Längst nere vid dörren, som angränsar till tv-rummet. På vårt ben fanns ett litet pentry. Där fanns en kyl med frys nertill och en spis. Det var en spis som inte fungerade eftersom plitarna hade kapat ledningen så det kom inte fram någon ström. Vad anledningen var att plitarna kapat strömkabeln, förmodligen en säkerhetsåtgärd. I alla fall så fanns mjölk, fil, flingor, bröd, smör och pålägg som man kunde ta av alla som satt på avdelningen. Det var köksansvarig som fyllde på efterhand som det behövdes. Det fanns en korg som den köksansvarige hämtade som kockarna hade gjort i ordning. Där stod en korg att hämta varje dag, när vi ätit middag. Den köksansvariga lämnade in den korgen med en lapp som var ifylld på saker som behövdes fylla på. Jag såg att alla avdelningar hade samma saker. Som ni säkert förstår hade ju en köksansvarig person en viktig roll att uppfylla då ingen av "Grabbarna grus" ville vara utan kaffe på morgonen. Alla avdelningar såg precis likadana ut. Det fanns en ståldörr som delade tv-rum och den avdelning man satt på. Till vänster när man kom in på min avdelning var det ett trä spaljé som delade köket och korridoren. I varje korridor fanns 1 st dusch till vänster sedan var det 5 celler. Jag satt i cell 33 som sagt. Det var målat i 2 kulörer, i vitt och i någon grå nyans. Det var något som jag inte tyckte var snyggt, det kommer jag ihåg. Att sitta på kåken är väldigt tråkig, det fanns ju inte så många höjdpunkter. En intagen hade ju inte så mycket att se fram emot. För de flesta intagna var maten och när man fick gå på promenad det enda att se fram emot. Att gå på promenad var väldigt svårt för mig, då min balans var så dålig. Det blev ju att jag fick sitta ned några dagar innan man lärt sig hur allt fungerar. Helt enkelt under tiden som jag kilas in på kåken. Att kilas in betyder på ren svenska att de övriga intagna ska kontakt och bilda sig en uppfattning om hur man är som person. Att kilas in tar allt från en vecka till månader, beroende på hur man uppfattas som person av de andra intagna. För min del tog det lite mer än en vecka och då kom jag in i ytterkant av den inre kretsen. Allt blev betydligt lättare nu när man kommit in i kretsen. Det hade blivit eftermiddag och de intagna kom tillbaka efter uppsläppet. De kom tillbaka efter att vissa varit på mekanisk verkstad, andra hade varit i skola och läst. Man blir ju inte raketforskare genast att studera på skolan. Man får däremot tiden att gå. Efter att grabbarna grus kommit tillbaka in på avdelningen, så skulle vi äta middag. En av de intagna knackade på cell-dörr och frågade om jag ville få hjälp till matsalen. Något som jag tackade ja till. Långt om länge kom vi fram till matsalen och jag kunde gå och sätta mig vid ett bord medan den intagne hämtade min mat på en bricka. Sedan kom han till bordet jag satt vid. Jag brukade vänta med att äta tills den intagne kom till bordet, med sin mat. Jag hade nu fått en plats vid ett bord som var min. att få en egen plats vid ett bord kan kanske tyckas mindre viktigt. Så var det inte i kåkvärlden. Allt på kåken fungerar efter vilken status man har som person. Ju högre status man har så kan man besluta om vissa saker på kåken. Att jag nu fått en plats att sitta på, är ju att gå i rätt riktning. Jag fick ju börja från början som alla andra personer på kåken. Det fanns tyvärr inga genvägar att ta.

Den intagne frågade efter ett tag om jag ville ta mer mat. Det var inget som jag ville ha, svarade jag honom. När den intagne hade ätit upp sin mat, gick vi tillbaka till avdelningen.

Nu var typ klockan 17:00 på dagen, så det var ju inte alls lätt att få dagen att gå. Det blir ju en trög dag så länge man kilas in. Ingen av de intagna vill eller vågar umgås med en person som håller på att kilas in. Jag fick hjälp av den intagne till min cell efter vi ätit. Det var en liten konstig situation som nu uppkommit. Nästan alla grabbarna grus ville hålla sig på sin kant så länge jag skulle kilas in. Det gällde dock inte den intagne som hjälpte mig varje dag. Det var ju lite konstigt eftersom jag nu i efterhand kan berätta att den intagne var i den innersta kretsen. För min del så var det bara att te sig runt på avdelningen så dagen gick.

Jag gick ut från min cell och tog mig ut från min avdelning. Vill gärna ge dig som läser en bild hur det såg ut på kåken jag satt på. När jag kommer ut från mitt ben (avdelning) så låg tvättstugan till höger direkt. Rakt fram låg plitkuren. Där satt oftast två plitar eftersom de inte hade "Ensamarbete" av säkerhetsskäl. Till höger om plitkuren fanns det 1st TV, 1st soffa och några fåtöljer. Där kunde alla intagna sitta och titta på TV eller spela fotbollsspel. Till höger om soffan fanns två stycken mikrovågsugnar som internerna kunde värma sin mat som de köpt i kiosken som var varje tisdag. Så innan man kom in på avdelningen så fanns ett gym till höger och en trappa upp till korttidsavdelningen på övervåningen. På övervåningen satt alla med korta straff, det vill säga alla "korttidsvoltare" även kallad kaffevoltare. Som de ofta kallas för.

Hela A-huset var vid den tidpunkten en korttidsavdelning. VB:n och plitarna placerade alla med korta straff på A-huset. För min del som hade en långvolta, och sen skulle sitta på B-huset, blev satt på A-huset tills jag var i bättre skick och kunde börja gå i trappor själv. Hela B-huset var ju bara att gå i trappor hela dagen så plitarna ansåg att det inte var bra för mig. Det var förmodligen ett bra beslut som de hade tagit. Dagarna gick ju inte så fort. Det hade precis varit helg, så det var lite tungt att få veckan att gå. Jag som person är ju otroligt envis. Att först ha en hjärtattack och sen Stroke borgar ju inte för att jag skulle kunna skriva ner dessa rader. Envis som jag var, tog jag mig runt på avdelningen i snigelfart. För varje dag som gick, blev jag ju starkare och ville gärna testa olika saker. Plitarna var ju inte så glada över vissa saker. De ville ju inte att jag skulle slå mig.

Att gå i trappor var ju inte alls så lätt. Jag bara kände att jag måste prova att gå i trappor och att testa min balans, som inte alls var så bra. Grabbarna grus hjälpte mig med att gå, även om de var på sin vakt. Under tiden som jag håller på att kilas in. Att mitt liv på kåken var så intetsägande var ju mycket för att folk inte visste hur det skulle vara. De visste ju inte alls vad de skulle säga eller göra.

Kapitel 25: Inkilning

För hur gör man eller säger till en person som inte har kilats in. Det är inte så lätt för Grabbarna grus. Det var ju klart att de ville hjälpa mig, frågan var ju bara hur Grabbarna grus skulle göra? De flesta personer vill hjälpa till. Du som läser ska veta, att det är inte alls lätt att bara hjälpa en annan person på kåken. Som person måste man ju tänka på sin image. Hur skulle andra interner uppskatta dig då... Som svag eller?

För mig var det ju bara att få dagen att gå fast jag tyckte det var så trögt med alla tankar som jag hade, om att jag skulle sitta i många år på kåken. Det var ju bara att sysselsätta sig med något som fick tiden att gå, så man kunde få veckan att gå.

Jag satte mig vid bordet inne på benet (avdelningen) som jag satt på. Den intagne som brukade hjälpa mig kom förbi på min avdelning. Jag frågade honom om det fanns ett schackspel. Han svarade att han skulle höra om det fanns något. Han gick iväg och kom tillbaka efter ett tag med ett schackspel som han hade hittat. Nu var det bara ett litet problem. Han som hämtade schackspelet spelade inte. Själv hade inte jag någon som ville sitta vid mitt bord, så länge som jag inte vara inkilad. Som läsare kan man ju tycka att det var ett litet problem, när en person inte var inkilad... Du förstår längre fram hur viktigt det är, att vara inkilad. Jag satt ju där med ett schackspel utan att ha någon att spela med. Jag började ställa upp pjäserna. När det var klart, satt jag där själv. Inte vill några av Grabbarna grus komma dit och spela. Så för min del var det ju bara att hoppa in på min cell och vänta på att det blev kväll. Kvällen kom, och plitarna kom och låste min cell efter de sagt god natt. Ännu en dag hade gått på kåken. Där satt jag i min ensamhet och visste inte alls vad jag skulle göra. Det var ju tidigt på kvällen. Klockan var ju bara 18:45 när cellen skulle låsas. Så det blev ju en del tankar under kvällen som var väldigt tråkig. Jag visste ju inte vad man skulle göra. Det var att inta sängen och se på TV, så kvällen gick. När jag vaknade på morgonen så stod schackspelet orört. Där var ingen som hade spelat. Nu stod ju bara schackspelet uppställt några timmar efter jag gått till min cell. Plitarna låste upp min cell klockan 06:45 varje dag. Som intagen får man endast sitta inlåst på sin cell 12 timmar om inget annat gäller. Så ännu en dag på kåken var ett faktum som jag skulle ta mig igenom. Så var det ju nersläpp måndag-fredag som intagen ska gå till. Annars blir det ju en arbetsvägran, och det vill man ju inte få. För min del blev det ju inlåsning på sitt ben (avdelning) under dagarna. Det var ju lite tråkigt att sitta på sin avdelning hela dagen när de andra intagna var på sin sysselsättning. Att sitta på sitt ben (avdelning) hela dagen gör ju att man blir passiv som person. Då ska du som läser veta att ovanstående dagliga rutiner skulle jag ha i många år framöver. Sysselsättningsplikten som gällde var obligatorisk. Det som fanns att göra om man satt på A-huset om man hade sysselsättning, var att vara i verkstaden eller i skolan. För några lämpliga personer som fått sin säkerhetsnivå sänkt av kriminalvården kunde man få sin sysselsättning i köket. Eftersom de två plitar som placerade de intagna i köket, hade tydligen vissa riktlinjer att följa om en intern skulle få sin sysselsättning i köket. Pliten Milla var ju en av de som var ansvariga för placering i köket. Plitarna var ju styrda av den säkerhetsnivå som kriminalvården satt. För att du som läser ska förstå, ska jag kort försöka att förklara detta.

Kapitel 26: ASI Utredning & Minne

Varje år ska ju en ASI-utredning göras. Som sätter vilken säkerhetsnivå som en intern ska ha.

En ASI-utredning går till så att en plit eller programledare ställer en massa frågor som man som en intern ska svara på. ASI-utredningen tar cirka 45 minuter till en timme. När programledaren eller pliten ställt samtliga frågor så ska ASI-utredningen sammanställas innan kriminalvården kan sätta din sammanställning.

Man är alltid själv med programledaren under utredningen. Förmodligen skickas det resultat till regionen, sedan sätts en säkerhetsnivå för en intern. För min del var det inget alternativ att gå på en sysselsättning. Min hälsa var för dålig, för att jag skulle ha en sysselsättning. Min balans var väldigt dålig, för inte tala om att jag ofta blev hjärntrött och då måste jag sova. Att få en sysselsättning betyder ju att jag måste orka det varje dag. För min del var det ju inget alternativ med sysselsättning som jag skulle gå på varje dag.

Så det blev för mig att stanna på mitt ben (avdelning) och att sitta inlåst på vardagarna dagarna igenom. Visst var det drygt att få dagarna att rulla på. Men vad hade jag för val.

Vid tidpunkten kunde jag inte ens skriva då min finmotorik inte alls fungerade. Så att skriva min bok var ju omöjligt, just då. Det blev ju bara en massa minneslappar så jag kunde komma ihåg vad jag skulle skriva senare.

Mitt korttidsminne var ju kort och då menar jag kort. Jag var ju tvungen att skriva ner plitarnas namn. För annars skulle bara en plit vara en person nästa dag. Jag upplevde allt svårt, att få kämpa för en liten skitsak, blev ju min vardag. Så mitt dåliga minne gjorde ju att jag hela tiden fick skriva lappar för att jag skulle slippa gissa, vad en plit eller vad jag "grabb grus" hette. Troligen vad det min räddning att skriva mina minneslappar, så jag hade något att göra på dagarna. Nu var det cirka 1 timme till promenad och sedan lunch så att tiden gick. Den intagne hjälpte mig på promenaden så jag kunde gå runt. När man kom ut på promenaden fanns det tre bänkar till vänster några meter bort. Det stod även ett bord där. Rakt fram gick en asfalterad gång med kraftig lutning ner till typ en rökruta. Det fanns ett antal tändare fastlåsta på säkerhetsnätet. Ville man få en cigg var man tvungen att säga sitt cell/rumsnummer så tog plitarna en cigg från den lådan. Vi fick inte ens ha våra egna cigg, även om grabbarna grus hade betalt dessa. Jag började gå lite på promenadslingan med en intagnes hjälp. Det tog väldigt mycket energi av mig. Jag blev ju trött efter några minuter så jag fick hjälp av den intagne att gå till min cell. Jag var ju bara tvungen att sova, blev ju hjärntrött av promenaden. Den intagne skulle knacka på min celldörr när han kom in, så jag inte missade maten. Den intagne knackade på min celldörr efter en timme efter han varit på promenad.

Jag och den intagne gick till matsalen och den intagne hjälpte till som vanligt. Jag hade så svårt att ta till mig att mitt liv skulle vara så i många år.

Det var nästan overkligt att jag skulle behöva genomgå detta helvete. Jag satt fast i ett system som bevisligen inte alls fungerar. Jag och alla andra intagna försökte ju att få dagen att gå. Det var ju ingen lätt uppgift. De flesta av de intagna ville bort från kåken och många av dessa sjöng sin klagosång. Att bara höra hur dåligt de ansåg att kriminalvården var och att dem ansåg att det var dålig mat kåken. I själva verket så var det kockar som såg till att vi hade bra mat varje dag.

Vi satt ju inte på en restaurang, utan på en kåk och skulle avtjäna ett straff. För mig som haft stroke och hjärtinfarkt är det svårt att klaga. Även om jag upplevde att många dagar var hårda, tuffa, för att inte säga att man kände att vissa saker var väldigt orättvisa. Att inte vara inkilad är ju en sak som påverkade mig väldigt mycket. Jag uppfattade det väldigt jobbigt, och även om man inte satt på isoleringen, så var jag väldigt isolerad under den tiden som jag inte var inkilad. Lunchen var klar och vi gick tillbaka från matsalen. Halva dagen hade ju snart gått och jag skulle ju bara få den andra halvan att rulla på. Vi gick ut från matsalen och kom ut i korridoren som var cirka 20 meter lång. När vi väl var inne på avdelningen igen så låg ju plitkuren direkt till vänster när vi kom in på avdelningen. Den intagne var vänlig och följde mig till min cell som han alltid gjorde. När jag sitter vid mitt skrivbord, knackar det på min dörr. Där kom två litar in på min cell och frågade om jag ville få en rollator från hjälpmedelscentralen eftersom kåken kunde hämta en sådan där om jag ville ha det.

Jag svarade plitarna att jag skulle tänka på detta och återkomma i frågan. När jag senare talade med den intagna som alltid hjälpt mig, så var det ju inte så givet att vi skulle använda plitarna och hjälpmedelscentralen för att få en rollator. Ganska omgående gick den intagna från min cell. Ärligt talat var jag ganska säker på att den intagne förmodligen var lite sur eftersom jag talat med plitarna. Även om det var en viktig sak, som skulle få min dag att fungera. Jag var ju inte ens inkilad när denna situation uppkom. Det var ju klart att jag undrade hur den intagne hade reagerat över denna situation. Frågan var ju bara vad han gjorde just nu och hur detta skulle påverka mig personligen. Jag kunde ju inte gå så snabbt, jag var ju väldigt beroende av den intagne så jag kunde få ut så mycket av dagen. Denna uppkomna situation kunde bli ett stort problem.

Efter cirka en timme kom den intagne tillbaka till min cell. Några av de interna hade tydligen hittat en gammal "städvagn" som inte såg mycket ut för världen. Jag kände ju att jag ville se den gamla städvagnen som grabbarna grus hade hittat.

När jag väl kom fram till den gamla städvagnen så undrade jag ärligt om grabbarna grus skämtade med mig. För det var troligen den sämsta vagn jag sett i hela mitt liv. Den var ju i så dåligt skick att det är svårt att beskriva. Det fanns ju fyra hjul och en ram, sen var resten bara skit, på ren svenska. Grabbarna grus var helt övertygade om att lite service och lite färg skulle göra susen.

Själv var jag ju inte direkt övertygad om att lite färg kunde göra jobbet. Nästa dag ville grabbarna grus ta ned städvagnen på den mekaniska verkstaden. Några av de intagna gick till klienthandläggare Lundh som skulle godkänna att denna städvagn fick gå med ned till den mekaniska verkstaden. Klienthandläggaren talade med Kvinspen (kriminalvårdsinspektören) som tog ett beslut om att städvagnen fick gå ned till mekaniska verkstaden. De intagna hjälpte mig tillbaka till min cell, så jag kunde vila. Det var inte utan att jag funderade om grabbarna grus skämtade med mig. Jag hade ju inte kilats in, så det var ju en del saker som jag funderade över. Kunde vara så att grabbarna grus skämtade med mig. För det var ju en mycket dålig städvagn som knappt höll ihop, så jag var ju lite misstänksam över denna situation. Samtidigt var det ju svårt att se att de intagna ville skämta med mig.

Faktum var ju att jag skulle kilas in, så det var ju inte omöjligt att de intagna ville se hur jag reagerade om en dålig vagn kom tillbaka från den mekaniska verkstaden. Jag var ju lite nyfiken på hur resultatet skulle vara på denna dåliga städvagn. Den intagne som alltid hjälpte mig gjorde det varje dag så dagarna rullade på ganska bra. Det var samma saker varje dag, det var ganska tråkigt, men jag hade ju inte något val.

Det hade kommit en ny kille på vårt ben (avdelning) som spelade schack, så dagarna blev ju lite bättre. Han hade ju samma situation som jag hade och han var ju inte heller inkilad. Så vi hade ju samma situation så det blev ju att vi höll ihop. Vi spelade några matcher schack och sen gick jag in på min cell.

När jag var på min cell, började jag att ta nya kläder, en handduk och schampo eftersom jag ville gå och duscha. Det skulle komma en plit, så jag kunde gå till duschen. Den pliten som kom, heter eller kallades för "Fröken Kallvatten" för att hon gärna ville köra samtliga duschar som jag gjorde i en biltvätt... Hon sa det med glimten i ögat. För varje gång som jag ville duscha så var jag tvungen att gå ut till sjukavdelningen och då blev det att jag pratade lite med denna ilskna finska... Jag menar "Fröken Kallvatten". Nej! hon var väldigt snäll och det blev ju en hel del ordväxling. Eftersom jag hade så dålig balans så fick jag hålla en hand i väggen och mina kläder i andra handen. Eftersom jag blir trött ganska lätt, så var jag tvungen att sitta ned och vila.

Nu ska du veta som läser, att det var cirka 60-70 meter från min cell, till sjukavdelningen jag skulle gå. För mig var det otroligt långt. Inte nog med det. Jag skulle ju gå lika långt tillbaka. Jag tyckte ju att det var en lång väg att gå. När jag väl kom fram till sjukavdelningen och skulle ta en dusch var jag väldigt trött. Pliten "Fröken Kallvatten" fick gå och hämtade en stol som tålde vatten.

När jag fått en vattentålig stol, så var det bara att gå. Det var bara att sitta ned på stolen så jag kunde ta av kläderna. Att bara ta av sig strumporna var ju ett heltidsarbete. Allt blir ju väldigt svårt när jag inte hade någon balans.

För en vanlig person som har sin balans är det kanske 5-10 minuters jobb. För mig tog det cirka en timme. Ja, allt var ju svårt att göra för mig, inte minst att gå till sjukavdelningen för ta en dusch som blev ett jobb för mig. Tror det blir ganska svårt att förstå för en person som inte är drabbad av denna yrsel och förlusten av den givna balansen. En balans som lös med sin frånvaro hos mig. Inte för att plitarna jäktade mig när jag skulle till duschen. Det var nog mer att jag själv kände en inre stress. Att bara gå till duschen varje dag tog cirka 7 timmar om dagen. Plitarna hade ju sin lön för detta. Det var nog mer mitt samvete att jag faktiskt tog en timme om dagen, för en enkel sak som att duscha. Pliten "Fröken Kallvatten" ropade aldrig om att jag skulle skynda mig. Däremot kunde hon höra om allt var bra, så inte jag hade ramlat. Så gjorde alla plitar.

Även pliten "Läromästaren" hade jag en del med att göra, som också var en av de plitar som följde med mig när jag skulle till sjukavdelningen. När jag var klar i duschen, så följde alltid pliten mig tillbaka till avdelningen. Det var ju mitt på dagen och som vanligt var ju alla dörrar låsta. Så pliten som var med fick låsa upp alla dörrar. Det var en bit för mig att gå. Först skulle vi gå en liten bit i en korridor, till vänster låg personalavdelningen, till höger gick en korridor som där fanns två besöksrum till vänster i korridoren, sedan ett rum, som tillhörde personalen till höger, till vänster låg ett rum som insatsstyrkan hade sina kläder och annan utrustning. Längst inne i den korridoren låg en sjukavdelning med en singelcell och en annan dusch. I den korridoren jag skulle gå i, fanns ett kontor till höger som VB:n (Verkställande befäl) satt i. Därefter fanns ett rum till vänster som kyrkan nyttjade.

Sedan var det en massa små skåp som de besökande skulle använda. En metalldetektor till höger rakt fram satt CV (Centralvakten) som satt inlåsta när det kom en intagen. Anledningen var ju att de kunde öppna slussen som leder ut, vilket absolut inte fick hända. Därför var den dörren alltid låst, så fort en intagen kom förbi. Efter CV (Centralvakten) fanns det en dörr som var låst. Efter den dörren satt SSK med låst dörr till höger. Till vänster direkt fanns det en låst dörr sen var det en trappa som leder till mekaniska verkstaden, omklädningsrum och till skolan om man ville studera. Om vi håller oss där uppe så fanns det en annan dörr till vänster, som leder till B-huset, vilket jag återkommer till senare. Till höger fanns ytterligare en metalldetektor som de intagna skulle gå igenom efter de varit i mekaniska verkstaden eller skolan vid uppsläpp. Därefter var det ytterligare en låst dörr, sedan till höger låg den matsal som jag åt i varje dag. Några meter längre fram vad det en låst dörr igen. Sedan var det cirka 10 meter till nästa låsta dörr. Efter den dörren fanns ett gym till höger en trappa till vänster som leder upp till korttidsavdelningen på A-huset. Sedan var det en till låst dörr, sedan var jag inne på avdelningen nere på A-huset.

Eftersom det var mitt på dagen och att det inte hade varit uppsläpp var ju min avdelning även låst. Vill säga ytterliga en dörr till.

Pliten "Fröken Kallvatten" hjälpte mig så jag kom till min cell, sedan gick hon därifrån. Denna övning var det varje dag. Det låter säkert inte så svårt för en vanlig person med en god balans. För mig var det väldigt svårt, för inte säga en ren utmaning att gå i dessa korridorer nästan varje dag. Väl inne på min cell började jag lägga min skittvätt i tvättkorgen. Min handduk som var lite fuktig fick jag hänga inne på toaletten på en krok.

När det var gjort ville jag gå ut på avdelningen. Det hade kommit en ny intagen på vår avdelning. Den nya intagna kunde tydligen efter samtal spela schack. Ärligt talat tyckte jag det kändes bra. Då kunde ju min dag rulla på lite lättare.

Den första dagen som den intagna kom till avdelningen blev det ju bara att prata lite. Dels om vad den intagne satt för och hur länge han skulle avtjäna ett straff. Det visade sig att han hade 3 månader för droger. Han skulle alltså vara här på kåken i 90 dagar. Den intagne ville ju landa och ta upp sitt startpaket som plitarna hade gett honom. Så när vi snackar i cirka en timme gick han till sin cell för att packa upp och att komma till rätta. Jag visste ju inte vad jag skulle göra. Jag tyckte det var svårt att få dagen att gå. Jag stod och tittade i fönstret i vårt fikarum. Det fanns ju inte så mycket att titta på. Det var en vinkel-byggnad så man kunde ju se avdelningen där uppe. Sen var det en kulle jag kunde se om jag tittade lite till höger. Bakom den kullen stod en hög mast med en kamera längst uppe. Tittade jag rakt fram var det ett antal staket med sylvass taggtråd. Längst fram låg det en grusväg som det brukade gå vanliga personer på. Jag tyckte det var en jobbig känsla att inte kunna se vad jag ville titta på. Som person vill man ju få nya intryck varje dag och inte att se samma sak varje dag! Jag tror det kan vara svårt att för-stå för dig som läser. Du kan ju själv prova att titta på samma sak i en vecka. Då förstår du det blir jobbigt att titta på samma utsikt efter en månad, eller några år. Du har kanske lättare att förstå att det händer en massa saker med en person rent mentalt att se intetsägande utsikt. Jag tyckte inte alls det ar ett problem i början av straffet. Det var nog efter någon månad som jag tyckte det var väldigt jobbigt. När jag hade tröttnat på att titta ut genom fönstret så gick jag tillbaka till min cell med stöd av väggen. Inne på min cell började jag fundera på hur det gick med den städvagn som klienthandläggaren Lundh hade gett grönt ljus till att renovera. Det var ju riktigt trögt att få dagen att gå, eftersom jag inte hade kilats in på avdelningen. Det blev ju mycket tid att slå hål på och de tankar jag hade för stunden lös ju inte med sin frånvaro direkt. Att man kan bli så insnöad om en person inte har något att göra. Jag var ju inte något undantag. Fan! Det var ju skittråkigt att sitta på kåken och avtjäna ett långt straff. För mig blev det ju at sova, till de intagna kom tillbaka till avdelningen från uppsläppet. Är något positivt med stroke, så är det att man kan sova mycket. Man blir ofta hjärntrött. Det är ju inte alls bra. På kåken betyder hjärntrötthet strafflindring. Efter jag sovit i cirka 45 minuter kom de intagna tillbaka från uppsläppet. De var tillbaka och den intagne som alltid hjälpte mig till matsalen, knackade på min dörr. Jag ropade att de kunde öppna dörren. Inte en själ kom in. Jag ropade igen, men även nu blev det samma resultat. Jag var ju själv tvungen att hoppa till min dörr.

Kapitel 27: Gåvan Hot Rod

När jag öppnade min dörr stod där fem intagna som hade gjort en sak de ville ge till mig. Två av de intagna går åt sidan, och där stod den gamla städvagnen som de intagna hade renoverat. De intagna hade svetsat hållare för att jag skulle sätta min kaffemugg och även svetsat en hållare för en läskflaska. De hade även pulver lackat den i röd färg. Som ni ser på bilden är den riktigt fin och de intagna har gjort ett mycket bra arbete. Inte alls så konstigt att de intagna ville visa upp sitt arbete som de hade gjort. Även den så kallade nummerplåten med mina initialer där det stod JP på, hade grabbarna grus svetsat på. Ärligt talat så förväntade jag mig stora problem när jag öppnade min dörr, och det stod fem stycken intagna. Jag vet att jag tänkte, att jag inte faller själv. Förmodligen var det enda som jag hann tänka. Sen gick två av de intagna till sidan för att visa upp den nya städvagn som de hade renoverat. Den nya städvagnen hade även fått ett namn som var "Hot Rod" som de intagna hade svetsat in. Att grabbarna grus hade gjort i ordning denna städvagn betydde även att jag nu var inkilad på hela avdelningen. Så det blev ju en mycket bra fredag, så helgen kunde även bli bra. Det blev ju att spela en del schack under kvällen. Nu fanns det ju en hel del personer att spela schack med. Nu när jag var inkilad. När jag hade fått "Hot Rod" blev ju mitt liv lite enklare och jag var ju inte alls beroende av någon intagen, för min dag skulle rulla på som vanligt. Efter jag spelat schack gick jag tillbaka till min cell. Nu hade jag ju min "Hot Rod". Inne på min cell hade jag nu en till sak att få plats med. Varje kväll var ju min vagn parkerad i min cell. "Hot Rod" stod på sin plats. Jag hoppade fram till min säng med stöd av väggen. För min del blev det att titta på lite TV, så tiden gick. Det var ju på kvällen och plitarna kom och sa god natt i vanlig ordning, innan de låste celldörren. Jag försökte att ta mig till toaletten så jag kunde borsta mina tänder och göra mig klar inför kvällen. Sen var det bara att försöka ta sig tillbaka till sängen igen. Jag tittade på lite TV i någon timme och sen höll jag på att slumra till. Jag tittade på klockan och den var ca 21:30. Så jag satte mig på sängkanten och började att ta av kläderna, så jag kunde krypa ner i sängen. Det var ännu en magisk natt på kåken att ta sig igenom. Jag sov hela natten och på morgonen när jag vaknade såg jag något rött som stod vid min celldörr. Jag var ju tvungen att ta på mig mina glasögon eftersom jag inte kunde se så långt. Jag hade ju även prismaglas som förskjuter, så man inte ser dubbelt. Att man har haft en Stroke betyder även att man har ett korttidsminne som en guldfisk. I det fallet undrade jag självklart vad det röda som fanns i min cell var. När jag fick på mina glasögon såg jag ju vad det var. Klart det blev tankar och funderingar när jag blivit klar över att det var den vagn som jag fått av de intagna. För mig betyder ju det en helt annan möjlighet att ta mig fram själv. Så det var klart att det blev en massa tankar jag hade på de olika möjligheterna som nu var ett faktum. Jag låg kvar i min säng och tänkte ganska länge. Det var bara 20 minuter innan plitarna skulle låsa upp min celldörr, så nu blev det ju för mig att ta mig upp ur min säng och in på toaletten, borsta tänderna och göra mig klar för dagen. Plitarna låste upp min dörr klockan 06:45 i vanlig ordning. När plitarna låst upp min celldörr så tittade de in i cellen och sa god morgon. Sedan stängde plitarna celldörren.

Kapitel 28: Ny dag

Alltså! Dagen hade börjat!

Jag kunde ju själv ta mig fram med den nya vagn som de intagna hade renoverat. Jag tyckte det kändes lite konstigt. Jag var ju van att den intagne kom till min cell varje dag. Nu var jag ju själv och skulle klara det mesta själv, så nog var det en märklig känsla som jag kände. Jag påbörjade att öppna min celldörr med det runda handtag som bara det var en utmaning. Sen tog jag ut "Hot Rod" som de intagna hade levererat. Nu stod jag för första gången i korridoren med min nya vagn och framförallt så var jag själv. Alla intagna som var kvar på avdelningen var helt tysta och tittade på. Plitarna i plitkuren sa inte heller så mycket. jag skulle ju dit och hämta min medicin som jag gjorde varje morgon, innan jag gick till matsalen och åt min frukost. På vägen till plitkuren kunde man se att klienthandläggare Lundh satt på sitt kontor. Hon hade ofta sin kontorsdörr öppen, så att förmodligen luftintaget blev bättre. Även klienthandläggare Lundh sa inte så mycket. Det var väl hennes blick som bara sa att det var roligt att jag kunde klara mig bättre själv nu. När jag kom i plitkuren och skulle hämta min medicin, så tyckte plitarna att det var roligt att jag kunde ta mig fram själv och att de var ovana att se mig gå iväg själv på egen hand. När jag fått hjälp med min medicin gick jag iväg till matsalen för att äta frukost. Även kocken Monkan och Sandowitch tyckte det var roligt att jag nu fått en vagn så jag kunde ta mig fram själv. Jag fick ju parkera min vagn och ta lite stöd av de intagna för att jag skulle kunna hämta min mat och gå till bordet där jag skulle sitta. Jag hade ju min plats vid bordet, som nu var helig. Man var ju tvungen att försvara och förtjäna sin plast vid bordet. Jag satte mig ned vid bordet och började äta min frukost som bestod av två smörgåsar med pålägg och havregrynsgröt. Så kom det fram en intagen som tittade på min vagn och sa att den blivit väldigt fin. Förmodligen var det en intagen som sett den vagnen innan den blivit renoverad. Jag sa tack för hans positiva inställning till min vagn. Sen gick den intagne därifrån. Till och med matvakten tyckte att min vagn hade blivit bra. Jag tyckte det var bra att de tyckte om vagnen, som för mig uppfyllde ett viktigt syfte. När jag ätit upp min frukost började nästa utmaning för mig. Att sätta tillbaka min disk till dem i köket. Som tur var, kom kocken Monkan och hjälpte mig, med de saker som skulle tillbaka. Jag tackade kocken Monkan för hjälpen och påbörjade upplåsningen på hjulen som var monterat där som en säkerhetsåtgärd, så inte vagnen skulle börja rulla därifrån. Jag började gå mot utgången i matsalen som låg cirka 20 meter från avdelningen jag satt på. när jag kom ut från matsalen med min vagn var det klinkers på golvet jag skulle gå på, vilket betyder att det var skarvar i hela golvet. Hjulen på vagnen var ju hårda så det blev ett ganska högt ljud från skarvarna i golvet och hjulen på vagnen. Det var så högt ljud att plitarna i plitkuren kunde höra när jag kom med min vagn. När jag kom in på avdelningen igen så visste ju plitarna jag kom. Det var ju gräsligt högljutt från min vagn som rullade över det klinkergolv som fanns. Inne på avdelningen så var det att hämta tidningen för dagen, så jag hade något att göra på dagen. Snart var det ju nersläpp och nästan alla de intagna samlades framför matsalen så de från verkstaden och skola kunde kryssa av dem. De som inte kom dit blev det arbetsvägran på. Sysselsättningen var ju obligatorisk så det var ju inte så mycket att välja för grabbarna grus. De hade bara möjlighet att sjukskriva sig eller att ta en arbetsvägran. Vid en arbetsvägran blir det ju förhör som kan leda till en varning. För min del blev det ju inlåsning på min avdelning under arbetstid. Jag hade ju introduktion i tio dagar. Sen var ju frågan vad jag skulle göra eftersom jag hade väldigt svårt med balansen. Det var ju ett problem som de två plitarna hade i samråd med klienthandläggare Lundh. Jag började läsa den dagstidning som jag hämtat i TV-rummet.

I mitten av TV-rummet står ett bord. När jag stod där, kunde man se in i plitkuren om jag vände mig till vänster och vände jag mig till höger kunde jag se klienthandläggare Lundhs kontor, så du vet, som läser får en bild av hur det såg ut. Jag hade ju några dagar kvar på min introduktion innan jag skulle få en sysselsättning tilldelad. Jag försökte ju att få dagarna att gå. Eftersom jag skulle sitta på denna kåk länge, så vore det bra om jag hade något att göra om dagarna. Vid tidpunkten kunde jag inte skriva min bok. Då hade förmodligen tiden gått fortare.

Nej! För mig blev det ju att gå in på min cell och försöka få ordning på de kläder som jag fått av plitarna. Det var ju inte alls lätt med dålig balans att stå upp och lägga in en tröja i en hylla. Jag tog ju mycket för givet, som sen bara blev skit, och ett problem för mig. Jag tar ju för givet, att man som person ska kunna stå upp. Det fungerade inte alls för mig då min balans är väldigt dålig. Jag började inse att detta inte skulle fungera. Frågan var ju hur jag skulle få det att fungera. Jag satte mig på sängkanten och verkligen fungera över detta problem. Jag funderade länge och väl, innan jag ville prova min idé, rent praktiskt. Jag började med att lägga alla mina kläder på sängen. Sen började jag vika ihop alla kläder som jag hade.

Därefter reste jag mig upp och tog stöd och balans av min säng genom att sätta emot mitt ben mot sängen. Sen började jag lägga alla mina vikta kläder på skrivbordet. Därefter satte jag min hand på skrivbordet för att få stöd av stolen som stod vid skrivbordet, sen satte jag mitt ena ben mot hyllan så jag kunde lägga in mina kläder snyggt i hyllan. Otroligt vad man kan lösa om man bara vill. Jag blev ju själv förvånad över att jag kunde lösa det. Jag blev även riktigt trött, eftersom jag lätt blir hjärntrött. Så jag fick ju lägga mig ned på sängen så jag kunde vila lite.

Mina tankar gick ju till det kläder jag vikt ihop, för inte tala om att jag hade lagt upp dessa i hyllan snyggt. Jag somnade faktiskt några timmar när jag hade lagt mig. När jag vaknade igen, så var det mat i matsalen. Den intagne behövde ju inte komma till min celldörr för att hjälpa mig.

Jag hade ju min vagn (Hot Rod) som grabbarna grus hade gjort så nu kunde jag ju själv gå till matsalen och äta. Jag fick dock hjälp med brickan så maten kom fram till bordet på ett säkert sätt. Som sagt, hade jag min plats vid ett bord. Där satt jag varje dag och åt min mat, alla måltider.

Det märktes kraftigt att jag blivit inkilad på avdelningen. Allt blev ju så mycket lättare att göra. Jag fick ju hjälp av alla de intagna och inte av en viss person. För även om jag fått en egen vagn så jag kunde ta mig fram, så behövde jag hjälp vissa stunder som när jag skulle ut på den dagliga promenaden, som var i en timme varje dag innan lunchen.

Kapitel 28: Inkilad

Då var det ju inte så bra med en vagn att gå runt med. Det var ju en promenadrunda som gjorde att man både kunde gå i trappa, och i en terräng som går upp och ned. Att då ha en vagn är ju inte alls bra vid sådana tillfällen. Jag fick ju ställa min vagn vid dörren när man skulle gå ut till promenaden som tog två av grabbarna grus i mina armar på var sin sida och började leda mig nedför den gång som leder ned till rökrutan. Nere vid rökrutan fanns två bänkar som stod i ett L-format format. Sedan var det en grill som vi endast fick grilla kycklingkorv i första året. Därefter fanns det två bänkar som de intagna satt och rökte på. Bakom dessa bänkar stod två plitar, var av en hämtade cigg till de intagna när de sagt vilket cell/rumsnummer de hade. Sen hämtade pliten en cigg i den låda med cell/rumsnummer som den intagne upp-gav. Den andra pliten bakom stängslet hade ett bevak-ningsuppdrag, förmodligen hade den andra pliten också det, men troligen inte aktivt. Plitarna bakom stängslet fick aldrig öppna upp den dörr som fanns i stängslet av ren säkerhet. Utanför stängslet stod ytligare två plitar. En av de plitarna stod vid det träd och sten som fanns inne på promenaden som skulle se vad de intagna hade för sig på promenaden. Den pliten och pliten som stod vid dör-ren när man gick ut på promenaden, hade rena bevak-

www.forfattarskap.eu

ningsuppdrag. Jag och de andra intagna kunde endast gå runt i cirkulära rörelser. Så fort man stannade eller böjde sig ned för att knyta sina skor blev ju plitarna väldigt observanta på vad vi intagna gjorde. Det var ganska svårt att gå hela tiden, då jag blev trött så fort. I början blev det endast ett varv, sedan var jag så trött grabbarna grus fick leda mig upp till min vagn så jag kunde gå till min cell och vila. Jag var så hjärntrött att jag ofta somnade till en stund. Ofta sov jag så länge att de intagna knackade på min dörr så jag inte skulle missa maten. Det blev för mig att snabbt ta mig till matsalen så jag inte missade måltiden. Även om jag satt på kåken fick jag mycket hjälp av de intagna. Tror faktiskt inte jag hade fått den hjälpen i samhället som grabbarna grus gjorde. Det var en otrolig hjälp jag fick av dem. Jag gick tillbaka från matsalen efter jag ätit min mat. Jag vet att jag tänkte att det var mat hela tiden. Tre gånger om dagen var det mat i matsalen. Det var hårda bud på kåken, men mat fick vi i överflöd.

Nu hade jag min lilla promenad med min vagn till avdelningen, sen blev det inlåsning på min avdelning igen under sysselsättningen. Det var ju sista dagen på veckan och sista dagen som jag var inlåst på avdelningen. På helgen var man inte alls inlåst på sin avdelning. Under helgen var alla avdelningar öppna. Så det var ju bara att gå runt med sin vagn. Jag fick ju en träning varje dag.

Men just nu var det ju fredag och jag var ju inlåst på mitt ben under sysselsättningen. För mig var det ju inte alls mycket att göra på eftermiddagen så det blev mest för mig att sova. Det är ju faktiskt så att en hjärna läker under tiden man sover, så för mig var det ju bra att sova i dubbel bemärkelse. Jag både läkte och fick en strafflindring genom att sova. Det var ju bra för mig att jag blev hjärntrött så jag kunde sova.

Efter jag vaknat av att plitarna hade gjort sin dagliga rutin hade jag svårt att sova igen.

För dig som inte vet vad daglig rutin är så ska jag försöka förklara vad det är. Plitarna gjorde en daglig rutin varje dag som det hörs av namnet. Vid en daglig rutin ska en plit se så allt fungerar, lampor och liknande saker. De känner på olika saker så att det inte sitter löst. En plit skall även se till att högtalarsystemet fungerar genom att ringa den plit som sitter ute i plitkuren.

De ska dels se om ljudet är bra och att de hör vad den andra pliten säger. Sen ska pliten gå in på toaletten och se om lamporna tänds, de ska även spola i toaletten så inte droger finns gömda nere i toaletten. Efter det var pliten klar med den dagliga rutinen. Denna rutin gjorde plitarna varje dag sju dagar i veckan. Plitarna hade olika tider varje dag, för att genomföra den dagliga rutinen.

Anledningen att plitarna utförde denna rutin varje dag, var för vi intagna inte skulle känna oss säkra på kåken, när plitarna kom på sin dagliga rutin. När det gäller grundliga rutinen så var den ganska omfattande. Vid varje grundlig rutin var det alltid två plitar. En av plitarna hade en ryggsäck med kamerautrustning och annan utrustning som var bra att ha. Om man var på sin cell var en plit tvungen att göra en kroppslig besiktning innan man kunde gå därifrån. Sedan fick man gå ut från sin cell så plitarna kunde påbörja den grundliga besiktningen. Sedan låste plitarna in sig på cellen. Därefter började plitarna söka igenom hela cellen. Kameran hade de till ventilationen och andra så utrymmen som plitarna inte själv kunde se. Där var ju en kamera bra att ha. Efter att cellen var genomsökt tog även plitarna plastpåsen i papperskorgen om den intagna hade slängt något olämpligt där.

Var plitarna osäkra om det fanns några droger kunde de ju ta upp det med säkerhetssamordnaren, alt. VB:n som då tog in en narkotikahund. Både VB:n och säkerhetssamordnaren hade mycket befogenheter, så ett beslut från dessa personer vägde ju tungt. Det kunde ju betyda konsekvenser för en person som plitarna trodde hade droger. En narkotikahund som markerar på en intagnes cell fick lämna UP (Urinprov) direkt.

Nu var det ju inte en grundlig rutin som gjorde att jag vaknade. Det var bara en daglig rutin som skulle genomföras. Hur som helst kunde jag inte somna efter denna dagliga rutin. Tur var väl det, eftersom det bara var tjugo minuter tills vi skulle äta middag. Jag fick ännu en gång gå iväg med min vagn som de intagna hade gjort. För mig var det ju samma rutin vid alla måltider. Jag fick ju stöd och balans genom att de intagna stod stilla så jag kunde hålla en hand på dessa intagnas axlar så min balans blev stabil.

Kapitel 29: Hjälp av Grabbarna Grus

De andra intagna tog min mat till bordet, så maten kom fram på ett stabilt sätt. Jag hade ju min vagn, men det blev ju svårt att gå med en vagn inne på matsalen då alla intagna gick runt där. För mig var det ju snabbare att ställa min vagn vid bordet jag satt vid och slå i bromsarna på "Hot Roden" jag hade. Jag åt upp min mat och gick därifrån som vanligt. Det var samma runda igen för mig att gå. Samma tråkiga klinkersgolv att gå tillbaka på med en massa skarvar på. Eftersom hjulen på min kärra var så hårda, blev det ett ganska högt ljud som blev när dessa två möttes. Faktum med, så var dagarna och rutinerna ganska lika varje dag. Helgerna var dryga att ta sig igenom. Det är ett ganska konstigt syndrom att man som person upplever att helgerna är så dryga när man sitter på kåken.

Det är ju exakt tvärtom när man är ute i samhället. Då tycker man att helgerna är för korta. Det är ju märkligt att man känner det så.

 www.forfattarskap.eu

Ja ja, nu var jag ju tillbaka på avdelningen efter att jag ätit mat i matsalen. Plitarna i plitkuren hörde som vanligt att Persson var på väg tillbaka från matsalen. För mig var det ju bara att ta det lugnt när jag kommit tillbaka in på avdelningen. Imorgon var det ju helg och jag skulle för första gången uppleva en helg på avdelningen. Så jag var ju lite nyfiken på hur en helg på avdelningen var. Det var ju onekligen en känsla som jag ville uppleva i verkligheten. Som sagt var ju avdelningen öppen på helgerna, hela dagen. Det var mindre plitar på helgen och det tyckte många av de intagna var bra. För min del har jag bara haft problem med en plit en gång, men det löste sig. För mig blev det att spela lite schack så att det kunde bli kväll. Det blev ju en hel del förluster i schack i början när jag började spela. För mig var det ju en bra träning att bara spela. Klart jag ville vinna, även om vinsterna lyste med sin frånvaro. Det blev ju en del matcher schack med de intagna, jag var ju inkilad, så det var ju ganska lätt att hitta intagna som ville spela. Vi satt ofta inne på min avdelning och spelade. Vi satt vid det bordet jag tidigare beskrev som fanns inne på varje avdelning. Till vänster om mig var det ett annat bord som det stod en kaffekokare och en äggmaskin. Framför mig fanns en spaljé som var naturfärgar och därefter en korridor som det var fem stycken celler i. Sen fanns det en dusch på varje avdelning, som sagt. Bakom mig var det två fönster och en ventil. Till höger om fönstren var det en kyl med frys där nere. Till höger om kyl/frys fanns det en vask och diskställ.

Ovanför vasken fanns det två skåp och under vasken två skåp. Så nu förstår du som läser hur det såg ut på avdelningen. Det såg ju likadant ut på de andra avdelningarna.

För mig var det så mycket att göra än att gå in på min cell efter jag spelat schack och att invänta kvällen. Det var ju bara en timme till att plitarna kom och låste cellen, så var dagen slut. För många av grabbarna grus var det ju en höjdpunkt när plitarna kom och låste. Jag förstod ju inte först varför de intagna tyckte att det var en höjdpunkt att plitarna kom och låste cellerna. Det var ju klart jag var lite nyfiken, varför vissa intagna tyckte så.

Nu i efterhand kan jag berätta att det fanns två stycken anledningar till detta. Många av de intagna tyckte att det var skönt att bli inlåst i sin cell för då kunde dem vara sig själva. När plitarna sagt godnatt och låst, började dessa interna leva ett helt annat liv. De kunde vara sig själva och som de brukar vara i friheten. Dessa intagna är ju osäkra på sig själv. De kunde ju koppla av kåklivet när inlåsning var ett faktum. De som var riktigt osäker på sig själv och situationen, kunde gråta sig till sömns genom hela natten. Vi som satt nere på A-huset, kunde ju höra de där uppe på A-husets övervåning. Det var ju ganska frustrerande att behöva höra när en av kaffevoltarna gråtit sig igenom natten. För oss intagna som sov där nere på A-huset var det ju ganska irriterande att inte kunna sova på grund av denna intagnes gråtande. Vad som händer en sådan intern, kommer jag ta upp senare i boken.

När det gäller den andra anledningen, varför vissa intagna ville att plitarna skulle lås cellen. Det var faktiskt så att ett viktigt hjul som gjorde att allt fungerade i vanlig ordning på kåken. Självklart undrar du vad som hände, vilket jag kommer att förklara för dig. Jag vill bara att du ska få en helhetsbild av hur det fungerar på kåken. Det är ju frustrerande att inte kunna se helheten, utan bara få några fragment över situationer som hänt. Först vill jag bara avsluta med att säga att jag tog min vagn och gick till min cell och som ni vet, inväntade plitarna skulle låsa min cell. Det blev att titta lite på tv och invänta att tröttheten, så jag kunde sova. Nu blev det ju inte mycket av att sova, då den intagne, som sagt var ledsen hela natten. Jag fick slå på Tv:n igen eftersom det var omöjligt för mig att sova. Till sist fick jag några timmars sömn, efter den intagnes "Klagosång" hela natten. Jag var ganska trött och jag var ju inte mindre trött då jag led av hjärntrötthet. På morgonen gjorde jag mig klar och borstade mina tänder. Ännu en dag på kåken var jag klar för. Eftersom jag var så trött, var det bara fem minuter innan plitarna skulle låsa upp min cell och säga godmorgon. Jag började ta min vagn från min cell som jag alltid gjorde. Idag var det ju helg och det var inte frukost. De intagna fick endast två stycken måltider. Det blev brunch klockan 10:00 som skulle både vara frukost och lunch, det skulle ju vara en kraftig frukost som vi intagna skulle klara oss på tills klockan 16:00 då det var middag. De intagna stod ju redo klockan 9:50 vid den låsta dörren utanför plitkuren vid trappan och väntade på att plitarna skulle öppna dörren. Plitarna väntade på att köket skulle ringa till plitkuren och säga att allt var klart. Efter det samtalet öppnade plitarna dörren som gick fram till matsalen. Det är en dörr till innan man kom till matsalen. Oftast var den dörren redan öppnad, så vi kunde gå in på matsalen. Jag vet inte ärligt talat varför de intagna vill skynda sig till matsalen. Det var ju en lång kö. Att se dem intagna som verkligen sprang dit och de intagna som satt på ovanvåningen sprang ned i trappan. Det såg ut som ett ko-släpp när alla ville fram och hinna först till matsalen. Själv tog jag det mycket lugnt. Det var ju ganska svårt att skynda sig när man har en vagn. Då tar man det lugnt, så jag såg det alls möjligt att stressa. Jag tog ju det lugnt, och när jag var framme vid matsalen så var det ju inte så lång kö. Jag gick ju direkt till mitt bord och den intagne var ju nästan framme hos kocken och skulle få maten. Den intagne vände sig alltid mot mig vid bordet om det fanns mer än en stol att välja på. Sen var han vänligt att komma med min mat. Jag brukade vänta att äta tills den intagne kom till bordet. Vi åt vår mat sen hjälpte den intagne mig med grejorna som skulle tillbaka.

Under tiden som den intagne satte tillbaka sakerna till disken, så tog jag och låste upp hjulen på min kärra. Av någon anledning vända jag mig om och bara tittade lite runt. Precis när jag vände mig om, så såg jag hur två av grabbarna grus kommunicerade genom att säga några kryptiska ord följda av en blick som sa mer än tusen ord.

De intagna såg ju att jag tittade på dem. Så dem slutade att prata med varandra. De började bara gå ut från matsalen. Själv väntade jag på den intagne som hjälpte mig, skulle bli färdig, han hade ju börjat tala med en av kockarna. De hade ju något att diskutera som tog sin tid bevisligen.

Den intagne hade pratat klart med kocken efter några minuter. Jag ville inte ta upp det jag sett med den intagne som hjälpt mig. För det kanske inte vara något. Jag tyckte ju det verkade konstigt. Jag resonerade med mig själv i det tysta. Tyvärr gav det ju inte detta resonemang något svar. Utan tvekan var det en fråga som jag funderade på. Jag vara ganska snabbt tillbaka på avdelningen. Det var tydligen en fråga som engagerade mig. Jag tog ju inte ens in de ljud som uppstod när jag körde vagnen över skarvarna i klinkergolvet. Jag var ju tvungen att släppa den frågan så jag kunde tänka som vanligt. Det var ju som sagt helg, så fanns ju inte mycket att göra.

Det går ju att fördriva tiden när man är ny på avdelningen. Jag fick ju nya intryck som jag hade att tänka på. När man varit på en avdelning ett tag finns ju inga nya intryck. Jag hade ju svårt att få helgen att gå, även om jag hade nya intryck att aktivera min hjärna med. Då kom en intagen och frågade om vi skulle spela schack. Det var ju både roligt och jag fick ju tiden att gå. Jag fick även den viktiga träning som jag behövde efter den stroke jag haft. Det är ju svårt att hålla reda på alla tankar som man har. Dels är det en del uträkningar som man har att göra. Man ska ju helst se vad motståndaren ska göra för nästa drag.

Kapitel 30: Tankar

Att kunna hantera en massa tankar för en person som haft Stroke, är ungefär som att slänga upp plockepinn i luften och där varje pinne symboliserar en tanke. Jag var mycket glad om jag kunde hantera en tanke. Schack är ju ett spel som kräver att man som person kan tänka många tankar åt gången. I början av mitt straff var det ganska lätt att slå mig i schack. Ju mer jag spelade ju bättre blev jag på att hantera de tankar jag hade. Även om jag blev bättre på att hantera alla de tankar jag hade, så kunde jag ju inte bara fokusera på schack. Att ställa upp som ordförande i förtroenderådet betyder ju att grabbarna grus har förtroende för en. Den nuvarande ordföranden skulle mucka om två veckor och de intagna behövde rösta fram en ny ordförande. Klart det kändes bra att de intagna frågade mig om jag ville ställa upp i valet. Vi var ju två man som ställde upp som kandiderande till ordförandeposten. Jag gick in på min cell och funderade om jag kunde tillföra något som ordförande om jag blev vald. Jag vet att jag satte mig vid mitt skrivbord och verkligen funderade om jag skulle ställa upp i valet. Det blev mycket funderande om jag kunde tillföra något. Även om det var ganska hedrande att de intagna ville att jag skulle ställa upp i valet. För mig blev det ju mycket att tänka på. Jag hade cirka en vecka kvar innan de intagna ville få ett beslut från mig om jag ville ställa upp som kandidat i förtroenderådet som ordförande.

Jag satte inte ens på min TV under hela kvällen och jag förflyttade mig endast till sägen där tankar och funderingar tagit ett krafttag om mig. Det var så mycket att tänka på, så jag somnade med kläderna på och sov hela natten.

För mig var det ju att försöka få mitt eget liv tillbaka. Även om jag visset det skulle bli svårt och det skulle betyda mycket träning. Jag var ju helt besatt att komma tillbaka till livet, där jag kunde utföra alla saker själv. För det är ganska mycket man tar förgivet. Verkligheten hade ju hunnit ifatt mig och jag var ju tvungen att inse verkligheten var bara var tankar jag hade funderat på, under tiden jag gick tillbaka till min avdelning. När jag väl var på avdelningen så fanns det ju inte så mycket att göra. Det som var positivt var att jag var inkilad. Grabbarna grus visste att de kunde lite på mig nu. Som sagt var det ju inte så mycket att göra om dagarna, även om det oftast kändes trögt om dagarna så var jag ju tvungen att sysselsätta mig med något.

Några av grabbarna grus frågade mig om jag ville ställa upp som ordförande i förtroenderådet. För dig som läser och som inte vet vad förtroenderådet är, ska jag försöka förklara vad det är, lite kort. Förtroenderådet är de intagnas eget fackförening. Förtroenderådet ska föra de intagnas talan mm. På morgonen när jag vaknade så kunde jag fastställa att jag somnat med kläderna på och att jag befann mig på kåken.

När jag hade tagit mig till toaletten, bytt kläder och höll på att borsta mina tänder så kom tanken tillbaka på ordförandeposten som de intagna ville att jag skulle kandidera till. När jag gjort mig klar för dagen och skulle gå ut från toaletten, gjorde ju stroken sig påmind. Jag hade ju väldigt dålig balans och det märkte jag när jag skulle gå ut från toaletten. Jag blev väldigt yr i huvudet som känns som när man får blodtrycksfall, som gjorde att min balans dålig. När jag hade tagit mig ut från toaletten med min dåliga balans, så kom plitarna och öppnade min cell för dagen. Nu var ju det ännu en dag på kåken att ta sig igenom. Det var samma rutiner varje dag som jag skulle göra, vill säga gå till matsalen, duscha och spela lite schack. Så var det tänkt att jag skulle ha det i några år. Ärligt talat så var jag ganska fokuserad om ordförandeuppdragen. Jag visste ju inte om jag kunde tillföra något som skulle vara till fördel för grabbarna grus. Jag ville ju göra ett bra jobb om jag blev vald till ordförande. Även om jag brukade mycket av min energi, på att fokusera på ett eventuellt ordförandeskap, så var det mycket saker som gjorde att jag lyfte på ögonbrynen, både en och två gånger. Den nuvarande ordföranden hade ju en del saker att sköta. Frågan var ju vad han gjorde? Vad var det jag skulle kandidera till? Frågorna var ganska många. Svar på dessa frågor, var inte lätt för mig att besvara. Hur skulle jag kunna kandidera till en post, som bara symboliserar en massa frågor utan svar. Jag insåg ju ganska snart att förtroenderådet, inte bestod av att handla i kiosken och sätta upp ett kvitto som verifikationer. Även om det fanns en massa pärmar som innehöll en massa kvitto. Andra pärmar innehöll en massa överklagande till förvaltningsrätten och JO. Att förtroenderådet var som en fackförening för grabbarna grus var ju ganska givet. Det till och med fanns en instruktionsbok, vad förtroende skulle innehålla.

Så långt tyckte jag det verkade seriöst och genomtänkt. Som sagt hade ju bara dagen börjat och jag skulle ju gå till plitkuren och hämta min medicin för dagen. Därefter var det att gå till matsalen med min "Hot Rod" som det verkligen hördes om när jag gick i korridoren över skarvarna

Kapitel 31: Matsalen

Jag åt min smörgås och vissa dagar var det mannagrynsgröt, vilket jag tyckte mycket om. Det blev ju samma sorts frukost varje dag. Varför ändra något man tycker om. Som vanligt var det ju att ställa tillbaka vissa saker när man ätit upp sin mat, det var ganska trevligt att tala lite med kockarna när jag hade ätit upp. De var ju ganska roliga och trevliga, även om de jobbade på kåken.

När jag talat färdigt med de i köket, så gick jag tillbaka till avdelningen. När jag kom tillbaka till min cell så skulle jag tala med min kontaktperson om vad jag skulle jobba med om dagarna.

Robin som var min första kontaktperson på kåken, hade talat med de plitar som var ansvariga för placering som berörde arbete. De plitarna ansåg ju att ett städjobb var aktuellt för mig. De ansåg att min balans var så dålig att jag kanske kunde öva upp den om jag städade. De hade satt en person till på städning eftersom jag ofta blev trött. Det kanske blev svårt att hinna det själv. Det var ju bara natten att ta sig igenom. För på morgonen dagen efter skulle jag börja arbete på städ. Det verkade ju intressant att påbörja sitt arbete. Jag hade ju en massa tankar på hur det skulle vara att börja arbeta. Inte minst undrade jag ju hur min balans skulle påverkas och om jag skulle bli hjärntrött av alla nya intryck. Frågan var ju hur det skulle bli om jag blev trött. Jag var ganska säker på att jag skulle bli påverkad att börja jobba. Det var ju bara funderingar som jag hade, och det var ju bara att prova, innan jag kunde uttala mig. Nästan varje dag var den andra ganska lik. Jag tyckte inte alls om den hjärntröttheten jag led av men jag kunde tyvärr inte göra så mycket för att lösa detta problem. Rutinerna var ganska lika och det var ju inte så stora förändringar mellan helg och vardagar, dem var rent ut sagt tunga att ta sig igenom. Jag gjorde nästan samma sak varje dag. Min kontaktperson på kåken kom in på min cell och förklarade att fängelseledningen ville att jag skulle flytta. Jag skulle flytta till långtidsavdelningen när jag blivit bättre och kunde gå i trappor. Fängelseledningen hade ju satt mig på A-huset där det inte fanns några trappor. Jag var ju inte direkt så imponerad över att flytta, men vad hade jag för val. Hade fängelseledningen fått för sig något så var det så. Det var inte mycket som man kunde göra åt saken och ännu mindre som en person kunde göra åt det. Får väl citera klienthandläggare Lundhs utlåtande.

Klienthandläggare Lundhs utlåtande var följande.

Citat:
Att klienter får bestämma när denna ska på toaletten annars bestämmer fängelseledningen över vad klienterna ska göra. Slutcitat.

Så var det verkligen, jag var tvungen att flytta till B-huset. Jag fick reda på denna flytt på en tisdag och att det kommer en plit från B-huset på fredag som skulle hämta mina saker. Nu hade jag några dagar på mig att packa ned mina saker, det var ju som sagt bara tisdag och det var några dagar till fredag. Jag hade ju en tjock madrass som tillhörde min säng som skulle flyttas över till B-huset. Jag som ganska nyligen blivit ordförande i förtro-enderådet och alla Grabbarna grus som kom med sina problem blir ju av med sin ordförande. Flytta klienter så enkelt var ju typiskt kriminalvården, det var en myndig-het som var totalt utan empati. Jag hade ju inte så myck-et att sätta emot när kriminalvården fått för sig något. Det var ju bara att hänga med på denna resa utan pro-test. Jag skulle ju flytta på fredag så det var ju som sagt några dagar kvar till denna fredag. På fredagen kom det ju en plit som skulle flytta mina saker. Det var ju ganska mycket att flytta och det mesta jag hade samlat på mig, låg ju i plastpåsar. Det var en kvinnlig plit i uniform som skulle hämta mina saker. Det såg ganska tungt ut när hon bar mina saker. Själv hade jag ju min "Hot Rod" fullastad med saker som skulle in på min cell på B-huset. Normalt sett får man ju inte titta på en ny avdelning innan man kommer dit men tro det eller ej, så gjorde kriminalvården eller fängelseledningen ett undantag och jag fick verkligen titta innan jag flyttade, så jag visste om det gick att vara på denna avdelning som bestod av en massa trappor, så jag visste hur det såg ut på denna avdelning innan jag flyttade dit.

Killarna på A-huset var ju inte direkt imponerade över att jag skulle flytta till B-huset. Så för mig var det ju blandade känslor över denna uppkomna situation, som jag inte kunde göra något åt. När jag kom in på B-huset kom alla Grabbarna grus och hälsade. Det var ju bevisligen ett helt annat klimat och där man skulle förtjäna respekt. Vissa av Grabbarna grus gick runt på avdelningen och visade mig hur allt fungerade. Alla Grabbarna grus hade ju sin lilla ruta i kylskåp och frys där man kunde sätta sina saker från kiosken man hade handlat. Under varje vask satt ett nummer och där skulle man sätta den mugg som tillhörde den cell man kommit till. Allt var ju i sin ordning. I och med att jag kom till B-huset en helg var det ju inte mycket aktiviteter att sysselsätta sig med, så det blev ju ganska trist. Det hade ju varit bättre om jag hade kommit till B-huset en vanlig arbetsdag, då hade ju verkstaden varit igång. Nu blev det söndag, och som lördagen, var den förbannat tråkig. Helgen blev att jag funderade vad jag skulle göra om dagarna, så kallade vardagarna. Plitarna tyckte jag kunde städa på avdelningen. Det var klart att jag kunde städa lite på avdelningen, det var ju bra för min balans. En balans som jag uppenbarligen inte hade så mycket av, och den var väldigt väldigt dåligt. Jag stödde mig varje dag genom att hålla min hand mot väggen så jag fick någon form av balans. Det var en ganska tung tid att sitta på både på kåken och samtidigt lära sig att gå och hålla balansen. Jag skulle ju ta jobbet på B-huset, vilket jag gjorde. Det var ju inte så jättelätt och gå runt med städkvasten eller moppen som fanns eftersom jag fick hålla en hand mot väggen för att jag skulle kunna hålla balansen och inte ramla. Så visst var det jobbigt. Jag hade detta i en vecka och jag kan säga att städa, ger faktiskt bättre balans fast det är tråkigt. För varje dag som gick, varje vecka som gick, så blev jag faktiskt bättre.

Till B-huset...

Återigen hälsade Grabbarna grus, tog i hand och var artiga, som man skulle göra på kåken och när detta var avklarat så blev det tyst åter igen. En tystnad som var lite pinsam faktiskt så jag gick ju runt så gott det gick eftersom, jag fick ju hålla mig i någonting så jag kunde gå och upprätthålla den dåliga balansen som jag hade.

Kapitel 32: Cellen

När jag kom in i min cell för första gången så var det lite tungt, rent mentalt. Åter igen tänkte jag att jag skulle sitta här i många år, och det tyckte jag var jobbigt. På kvällen när pliten låste in oss var jag ganska trött. Jag gick bara in och borstade mina tänder, sen kröp jag ned i min säng och sov hela natten. Som sagt, jag sov hela natten, men då ska ni veta att när plitarna stängde dörren och låste cellen redan klockan 18:45 på kvällen, att då var man ganska trött. Jag var så trött, så jag inte ens satte på Tv:n, jag var utan tvekan så trött att jag har svårt att minnas den här dagen. Morgonen var ett faktum, plitarna låste upp cellen 06:45. Det får ju inte vara mer än 12 timmar mellan inlåsning och upplåsning. På morgonen satt jag på Tv:n, det var ju helg och lördag så det var inte den obligatoriska arbetsplikten som gällde idag. Då kunde jag ligga lite längre än vanligt. På helgerna är det lite bättre frukost, som sagt. Den serverades klockan 09:00 på helgerna, den skulle räcka fram till 16:00 då vi fick middag. Det var en frukost som alla Grabbar grus ville ha. På B-huset hade vi två kök och där alla intagna sparade mat för att kunna tillaga den senare i köket. Plitarna gillade inte att vi Grabbar grus satte undan mat för att tillaga den senare. Vid lunchtid på vardagarna, så stängde plitarna dörrarna till varje enskild avdelning. På grund av, ja det vet jag inte, men förmodligen var det en säkerhetsåtgärd eftersom det fanns för få plitar under den tiden, och under tiden som vederbörande och dem andra Grabbarna grus var nere på metallverkstaden så var det mindre med plitar i plitkuren. Jag brukade gå och sätta mig och titta på Tv. Det fanns ett Tv-rum på varje enskild avdelning. På B-huset fanns det fyra stycken avdelningen, och fyra stora Tv-apparater på omkring 50 tum. En soffa och två fåtöljer på varje avdelning där vi kunde sitta och titta på Tv.

På förmiddagen när dem kom upp från sina verksamheter så öppnade plitarna upp avdelningen, varje enskild dörr. För på förmiddagen på vardagarna klockan 12:00 så var vi tvungna och gå ned i den allmänna matsalen och

inta lunchen. Alla andra måltider åt vi uppe på avdel-
ningen på B-huset. När vi hade ätit eller rättare sagt, när
jag väl hade tagit mig ned till matsalen med alla dessa
trappor, och ätit min mat, så var det samma visa igen. Jag
skulle gå tillbaka. Det innebar att två av Grabbarna grus
fick ta Hot Roden och en fick hjälpa mig nedför trappan.
Han höll ut sin ena arm så att jag skulle min hand på hans
arm som balans och sen den andra handen höll jag på
trappräcket, så gick jag med en fot åt gången nedför
trappan. När jag kom ned för trappan så gick jag ut ge-
nom en dörr, där stod en metalldetektor som dem på
metallverkstaden gick igenom när dem kom upp ifrån
metallverkstaden till lunchen. När jag kom till matsalen
var jag ganska trött. Man blir ganska trött när man går
dagarna igenom och rör sig som en jävla snigel. Hela
kroppen spretade emot och ville inte. Det hade varit
mycket enklare att lägga sig ned och säga, nej jag vill inte.
Det var inget alternativ för mig. Har alltid varit envis, och
en riktig tjurskalle. Jag vill gärna att saker och ting ska
fungera på mitt sätt, annars får det fan i mig kvitta. Det
var väl ganska tur att jag var så envis annars hade jag inte
kommit så långt i min rehabilitering som jag gjort nu.

Bara en tanke...
Jag vill faktiskt vända mig till vissa plitar som var bra!
Först vill jag säga till "Margareta Falköga" du såg alltid till
att jag blev bättre med dina tråkiga övningar. Exempel 1:
Alla som skulle skriva en Hemställan fick låna en penna
av plitarna... dock inte ja nääää. Margareta Falköga
tyckte först jag skulle göra hennes övningar, sen kunde

jag få låna en penna av Falköga. Hennes aktiekurs var inte direkt bra vid sådana tillfällen. Hon gjorde alltid så... Hon var bara för mycket! Ja vet jag undvek att gå in i plitkuren ibland! Vid de tillfällen så kom falköga smygande som en dålig halsbränna, och undra om allt var okej. Falköga var alltid så... Jag kan nu säga, att du Falköga är en stor anledning till att jag kan gå själv och att min balans blivit så bra, så jag nästan kan springa från en PLIT... Tack ska du ha Falköga för all din hjälp!

Pliten Cecilia, du blev ju programledare och jag var ju bland dem först drabbade☺ och du gjorde faktisk ett bra arbete. Tack vare dig så har jag ganska sunda tankar. Jag hoppas verkligen vi aldrig träffas på arbetet igen, då har man ju misslyckas totalt.
Tack för all hjälp och värderingar.

Till övriga plitar vill jag också ge en hälsning på A-huset och B-huset.

Åter till min livshistoria...

Efter maten så gick vi uppför trappan på samma sätt som vi hade gått ned. Vi kom i en lång korridor som innehöll två dörrar. När vi kom in på avledningen så var det en tvättstuga, ett biljardrum med en darttavla som man kunde, ja, slå kål på helgerna om man nu orkade, för man blev ju ganska passiv av att sitta på kåken år ut och år in. När jag kom in på avdelningen, så till vänster direkt var det klienthandläggaren Åsa-Rosa kontor, som hon även kallades för. Det var chefens högra hand, eller även kallad Lill-Chefen bland Grabbarna grus. Dem ville gärna hålla henne på gott humör, för blev hon vresig så blev det ganska säkert avslag, även hos chefen, för sa Åsa-Rosa något till chefen så blev det oftast så. Så visst har kvinnor makt, det är helt säkert.

Efter klienthandläggaren Åsa-Rosas kontor på vänster sida så låg plitkuren direkt därefter, och till höger fanns en hiss som gick ned till silververkstaden. Till höger igen kom man in på andra köksavdelningen, och andra avdelningen. Där det fanns ett litet bord, två soffor, och lite schack och lite andra spel. I det andra rummet intill denna soffa så var det ett pingisbord och lite annat. Oftast så satt Grabbarna grus där och spelade poker, men det kommer vi in på sen.

Vi återgår till denna dystra historia om kriminalvården...

Vi går tillbaka och ser nu rakt in i plitkuren, där sitter åtminstone två stycken plitar dygnet runt. Till höger så har man en dörrpost och till höger går en trappa ned till silververkstaden. Går man in på avdelningen så har vi ett annat kök där till vänster, och går man rakt fram så är det där också ett bord och två soffor som man kunde sitta i. det betyder att det var två lag. Utlänningar mot svenskar, tyvärr. Hur det än var så var det så. Oftast gick vi in till vårt kök till vänster, satte mig vid det runda bordet och tittade ut genom fönstret och man fick se helt vanliga människor, den civilisation som fanns bakom murarna och den eviga kriminalvården, för så här är det inom kriminalvården är det en helt sluten värld. En värld som gör att man blir helt nojig och bara på tanken på tanken att man ska komma ut en dag och bli en del av samhället, eller det korrupta samhälle som finns där ute. Det är visserligen hårt på anstalten och kåken, men det är i alla fall ärligt. Det är väl ganska mycket mer än vad man kan säga om svenssonlivet. Efter jag hade suttit och tittat på de så kallade svenssons i fönstret, så valde jag ofta att gå in på min cell igen. Jag hade lite svårt att hantera känslor och tankar som jag hade att man skulle sitta på kåken i så många år. Det är ganska svårt att sätta sig in i en sådan situation när man inte själv har upplevt det. Att sitta inom kriminalvården innebär ju frihetsberövande. Inte så som många andra tror att det är en massa straff och bara äta vatten och skorpor, så är det inte. Det handlar om att man inte har någonting, man har ingen dator, inget internet eller överhuvudtaget ingenting, det enda du har gott om är tid. Tid i massor. När du kommer till kriminalvården så blir det att du blir passiv på något sätt, rent mentalt. Du försöker ändå hålla näsan över vattenytan men det är ganska svårt. Som sagt, jag valde att gå in på min cell, jag blev trött och det blev jag ganska ofta eftersom jag blev hjärntrött. Det var ju någon form av strafflindring, för jag kunde ju i alla fall sova bort en del av den tiden som mitt straff bestod av. Så visst, vissa tycker det var strafflindring, för min egen del var det lite mer som ett rent helvete. Jag hoppas verkligen, att du som läser dessa rader sätter dig in i situationen där du totalt inte kan röra dig, när du inte kan gå, där du inte har balans, där du inte har någonting mer än ett jäkla intresse av att bli frisk och kunna gå som en helt normal människa med vanlig balans så du kan göra det som man normalt förväntas kunna göra. Det är sådana saker man inte kan göra när man haft Stroke. Man kan inte gå, man har ingen balans, så fort man vänder sig om så snurrar det till som om att man har supit i en hel vecka där man får ligga på soffan och sätta ner foten, ni vet precis vad jag menar, så känns det när man vänder sig om när man haft stroke.

Jag valde att vänja mig vid den här yrseln, som en läkare sa till mig, yrsel är inte farligt, men det är jäkligt obehagligt, och så är det faktiskt. Man kan lära sig leva med det, det är dock förbannat obehagligt, men kan man kan lära sig leva med det. Sen blir det bättre ju längre tiden går.

Ju mer man vänjer sig att vända sig om ju mindre snurrar det i huvudet, och det var väl det som gjorde att man orkade tänka och träna varenda eviga dag. Grabbarna grus eller rättare sagt, två stycken kom till min cell ganska dagligen och frågade om jag ville träna på gymmet.

Kapitel 33: Träning & Gym

Det var ju lite skillnad mellan A-huset och B-huset, för på B-huset fanns det ett gym, som vi kunde bruka varje dag. Där fanns ganska mycket. Eftersom att jag hade så fruktansvärt dålig balans fick jag lära mig att gå väldigt sakta på gåbandet. Den person som höll i träningen, han blev som någon slags P.T (Personlig tränare), för han stod bakom mig när jag skulle gå på gåbandet så jag kunde förbättra min balans. Nu gick det fruktansvärt sakta, jag tror det gick i 2 km/h. Det var så sakta så man nästan får halsbränna. Hur som helst, den här farten på gåbandet, ökade efter hand efter några veckor. Till sist så gick det hyfsat fort, kanske 5-6 km/h, och det var ganska mycket för mig. Dels så kunde jag släppa händerna och börja pendla med mina armar. Det är ingenting man kan göra när man haft stroke.

Det är väldigt väldigt svårt att sätta sig in i den situationen. Det var väldigt svårt att både gå och flytta armarna samtidigt, för har man haft stroke så innebär det att det ska gå signaler från hjärnan till benen fötter och armar och dem där signalerna som ska gå, dem var ju inte direkt bredbandshastighet på. Dem gick väldigt sakta och det orsakade problem när man skulle göra detta. Det som var svårast det var att gå samtidigt och att kolla åt sidorna, det hade jag väldiga problem med, oftast gick det inte alls, det fungerade helt enkelt inte. Det slutade med att jag höll på att åka av gåbandet efter mina fötter bara stannade av. När jag blev trött så gick jag av det här gåbandet. Jag gjorde några övningar med min P.T, för att kunna hålla upp min balans. Jag hade en sjukhusboll som jag skulle försöka hålla.

Allt det här verkar ju förbaskat lätt, men det var det inte. Jag tränade nästan varje dag, jag sa nästan, sen så var jag helt slut. Jag tränade kanske 20 minuter på en hel dag, men det kändes som 20 timmar, för jag var totalt slut. Det gav visserligen resultat, resultatet visade sig genom att jag kunde träna lite längre för varje vecka, kanske bara en halv minut till en minut längre, men för varje dag blev det lite bättre. Efter jag hade tränat så gick jag och duschade. Anstalten hade köpt in en liten stol för oss som inte kunde stå när vi duschade. Den var faktiskt en bra stol, jag kunde sitta ned så att det inte blev så halt. När man har schampo på golvet blir det halt. Jag gick dit med en plit nedför trappen i vanlig ordning, som hjälpte mig ned så jag kunde hålla balansen. Sen fick jag gå in och duscha på den så kallade sjukavdelningen, där jag kom in först. Sen hämtade pliten stolen och sen så fick jag stolen i duschen som var uppskattningsvis tre meter bred och fyra meter lång, det var en ganska stor dusch. Allt för att jag skulle kunna duscha i vanlig ordning. Det kändes bra att kunna sitta, och så fanns det en slang som man kunde hålla i så man inte behövde titta upp så man blev yr i huvudet. Sagt och gjort, så var det bara att torka sig och ta nya kläder och sen så kom pliten som satt utanför. När vi var klar så tog han stolen och sen så gick vi upp på avdelningen. Nu låter det som ett 5 minuters jobb, det tog kanske 45 minuter. Jag gick jättesakta, jag hade ingen balans, och det tog jättelång tid att duscha. Hur man än gjorde så tog det lång tid men det kanske minskade med tiden, men när jag började tog det 45 minuter till 1 timme, på slutet kanske det tog 15 minuter. När jag kom upp igen på avdelningen så var det bara att komma in och lägga sina saker på sin cell och sen gå och göra sina smörgåsar eller vad det nu var till kvällen innan plitarna låste cellen. Då fick man gå tillbaka till köket, göra sina mackor och det måste jag säga, och det säger jag bara en gång, Grabbarna grus som hjälpte mig, dem var jättesnälla, dem var alltid jättesnälla. Dem försökte hjälpa mig med både kaffe, mackor, allt. Det fanns ingenting som påvisade att det var några negativa, dåliga människor, tvärtom det var riktigt bra människor. Jag vet att jag stod och skulle ta skinka som kriminalvården hade på ett stort fat.

Den ena killen, han kallades för Biggi, och han var riktigt stor. Nu är det så när man haft stroke så har man ingen finmotorik, och Big ville att jag skulle ta det lugnt, i min egen takt. Nu var det bara så att det var 4-5 meter kö efter mig, som var ganska stressande för min egen del. Men Biggi, som var 2 meter lång och lika bred, så han var riktigt ruskigt stor, han håller upp fatet med den kokta medvursten och så ville han att jag skulle ta en gaffel med min högra hand, och ta den här medvursten. Nu kan man ju säga att det inte gick direkt fort, det gick väldigt sakta, och när jag precis fick upp en bit på gaffeln så ramlade den av igen. Biggi sa, ta det bara lugnt, och jag kände att kön blev ju bara längre bakom mig. Då vänder sig Biggi om och frågar till Grabbarna grus, är det någon som är stressad eller? Jag vet inte om det var hans storlek, för det var absolut ingen som var stressad. Nej, jag kunde ta det hur lugnt som helst. Nu tog det ju närmare 20 minuter innan jag var klar, och kön den var riktigt ruskigt lång, men jag fick till sist mina smörgåsar med pålägg, ost och medvurst, och sen så blev det lite gladpack på dem. Det låter väldigt lätt, men som sagt, det var väldigt svårt. När jag fått det inplastat och klart så hjälpte

Big mig in med fatet på min cell, eftersom jag fick hålla min ena hand mot väggen då jag skulle bibehålla den balans som jag hade arbetat upp. Nu var jag trött, så då blev jag väldigt ostadig, men till sist så kom jag till min cell och Big hade mackorna på fatet, han gick in i min cell, ställde det på mitt skrivbord. Jag tackade så hemskt mycket. En kvart senare så när Biggi hade gått, så kom plitarna och sa godnatt som dem brukade göra, låste dörren och sen var man själv. Fick sätta på Tv:n, äta lite smörgåsar och borsta mina tänder, sen var det god natt. För nu var jag väldigt trött.

Kapitel 34: Titta lite på tv:n

Jag såg lite Tv på kvällen när plitarna hade låst min dörr. Jag satt nog mest och funderade på lite olika saker. Dels ankomstsamtalet som man får när man kommer till en anstalt, när man skulle ringa till sina barn vart man satt så dem visste var man var. Jag tror det tog mer än vad jag själv hade trott. För när man sitter där i sin ensamhet och tittar på sin anslagstavla som är i detta fall, helt tom eftersom jag hade flyttat från A-huset till B-huset, så går gärna tankarna till ens barn. Hur ska man kunna förklara för sina barn som inte längre är barn, utan vuxna människor, att pappa sitter för sista gången och att det verkligen är sista gången. Det kändes som att jag inte ens ville påbörja den meningen inför mina barn.

Nu var det bara en tanke som jag hade, men den tog mycket energi från mig. Jag tittade på lite på Tv, försökte skingra tankarna som jag hade på mina barn och framför allt mina barnbarn som väntade på sin farfar. Farfar som tackade dem genom att sitta på kåken. Jag tittade lite på Tv en ganska lång stund och jag kände att jag började blir trött, det var dags att, som dem säger i kriminalvården, att borsta tänderna och gå och lägga sig. Sagt och gjort, så gjorde jag det. Jag gick och la mig i sängen och förmodligen somnade jag ganska fort. Jag vaknade ganska tidigt nästa morgon och jag hade nya tankar som jag funderade på. Än en gång så var mina barn i fokus. Jag kunde inte släppa dem. Hur som helst, jag gick upp, tvättade mig och borstade tänderna och väntade på lite frukost. Än så var det helg, det var söndag, och jag säga det att det var nog en av de tråkigaste söndagarna jag varit med om i hela mitt liv. Det hände absolut ingenting. Enda skillnaden från A-huset och B-huset, var att B-huset var en motivationsavdelning för långtidsvoltare, alltså vi med lång straff. Då kunde vi baka på helgerna. Då fick vi ingredienser som mjöl, jäst eller vad vi nu behövde. Hur som helst dem bakade och på eftermiddagen när dem hade bakat så fick vi kaffe, muffins och annat. Man kan säga i efterhand att vissa av Grabbarna grus var ju ganska galna, det gäller dock inte mig, men jag satt där och jag var helt oskyldig som ni vet. Hur som helst, så var det ju beräknat att vi skulle kunna ta antal muffins per man, vilket vissa inte riktigt förstod, eller så kunde dem inte räkna, för vissa tog 5-6 stycken muffins och gömde lite i sin cell vilket resulterade i att vissa av Grabbarna grus blev helt utan muffins, och det kan jag i efterhand tycka att det är ju inte bra. För det skapar bara osämja bland Grabbarna grus, och framför allt mellan utländska och svenska medborgare. Faktum är så var det stöld från båda sidorna, både utländska och svenska, så det var egentligen ingen skillnad om dem var från ett annat land eller från Sverige. Tråkigt var det, för det var som sagt vissa som blev totalt utan sina muffins och kunde inte ens fika. När vi hade fikat på eftermiddagen, tagit vårt kaffe och muffins så var det ju inte så mycket man kunde göra.

Man kunde gå på sitt ben (avdelning) eller så kunde man gå in på sin cell eller så kunde man sitta i Tv-rummet. Hur som helst, det var en soffa där inne, två fåtöljer och ett bord, det kunde sitta åtta man på varje ben. Dem kunde spela kort eller vad dem nu hade för önskemål, det fanns olika spel, monopol och liknande, eller så kanske någon ville spela lite musik. Det enda som man inte fick ta in eftersom det var en säkerhetsanstalt, var brända skivor, men vi fick ta in vanliga skivor om vi hade ansökt om det. Vissa som var väldigt glada i musik hade gjort det, och spelade sin musik. Men nu var det ju så, att vissa var från ett annat land, och det lät ju inte roligt, ingen av oss som satt på benet förstod vad låten handlade om, för det lär mer om att någon bad än sjöng på ett annat språk. Jag gick som sagt in på mitt ben, satt där ett litet tag i Tv-rummet sen gick jag in på min cell, och jag ville börja packa upp från flytten från A-huset till B-huset. Det stod återigen en massa säckar inne på min cell som skulle packas upp. Det var inget som direkt drog för det var inte direkt roligt heller för delen att göra detta arbete. Jag började sätta in böcker och sen block, pennor och liknande som skulle ligga på mitt skrivbord. Det konstiga är att vi anses för farliga att ha några vapen eller något liknande, men pennor fick vi lov att inneha.

Kapitel 35: Städning av cell

Det tycker jag än i dag är väldigt märkligt, för man kan göra väldigt mycket med en penna. Men hur som helst, allt i köket var ju fastbundet, saxar och knivar och så vidare, men när vi kom till cellen så fick vi ha egna pennor. Mycket märkligt. Jag märkte när jag lagt mina saker på skrivbordet att den som hade haft cellen innan mig hade ju inte direkt städat. Det såg man ju i fönstret, på lister och i garderoberna att det var massa damm, och då ska vi inte tala om toaletten för den såg ut som att någon hade sprängt en handgranat. Det var bara att hämta ut ett par handskar i plitkuren och sen så försöka göra rent, genom att använda vissa kemikalier som vi fick lov att ha, dock var dem inte frätande, och hade dem varit det så hade vi inte fått ha dem. Jag gjorde rent allt som jag kunde med min dåliga balans, och efter några timmar så såg badrummet ganska bra ut. Jag kunde börja hänga upp mina handdukar och mina förnödenheter. Tandborste, tvål och liknande. Efter badrummet så började jag torka av lister, garderoben, fönsterkarmar och skrivbord, lite runt sängen som satt fast i väggen. Allt var ju betong, allt var inrutat. Allt glas var tjockt så att man inte skulle kunna rymma. Pansarglas satt överallt. Dem trodde nog att vi skulle rymma, vad tror dem egentligen om oss?

Efter jag hade städat så började jag packa upp dem andra två säckarna med mina kläder och hänga upp dem i garderoben, så det blev någorlunda beboligt. Sen var jag ärligt talat ganska trött. Jag fick lägga mig på sängen som jag hade bäddat. Det tog en hel kvar att bara få till täcket. Det verkar ju väldigt lätt men har man ingen balans så då är det inte lätt att släppa väggen och fokusera på att sträcka ut ett täcke. Det är väldigt svårt. Jag är ganska övertygad om att du förstår vad jag menar. Jag ägnar faktiskt hela den dagen och kvällen åt att komma iordning i min cell. Det såg rent ut sagt fördärvlig ut. Jag ville ju gärna kunna trivas, jag skulle ju vara där ganska länge och faktum är än hur man vrider och vänder på det så skulle det vara mitt hem, inte för att jag ville, utan för att jag var tvungen. När man sitter länge och tittar länge på saker och ting så får man mycket tid över att tänka på saker och ting, dels sina barn, och att man har varit en dålig pappa, varför inte mina barn kunde ringa sin pappa. Det är massa frågor som kommer upp i huvudet och framför allt när man håller på att städa sin cell. Jag ville ju gärna att mina barn skulle komma men som situationen var nu, så gick inte det. Jag fortsatte med min städning och försökte ignorera mina känslor som jag hade om mina barn som jag tyckte att jag hade svikit genom att sitta på kåken igen.

Dem hade ju inte gjort något. Dem ville ju bara ha sin pappa, och som tack för det så satt jag inne. Inte roligt att säga det men så var det. På morgonen så kom plitarna och öppnade. Jag hade varit så trött på kvällen så jag knappt kunde borsta mina tänder. Det var städning, upphängning av kläder, och iordningställande av min cell så jag skulle få ett drägligt liv.

Så visst hade jag sovit gott. När plitarna kom på morgonen så hade jag faktiskt ärligt talat just precis kommit upp. Jag var så trött så jag höll på att svimma. Man blir det och just nu så var jag nog psykiskt trött också. Allt hade förmodligen kommit över mig och jag tänkte på att, ja, nu var jag ju oskyldig men man fick sitta på kåken i alla fall. Sen tyckte ju att folk att det var väl kul att busen satt på kåken, och det kan man väl tycka. Men för mig var det ju så att det hade kommit över mig, jag hade väl kommit till insikt men allt som hade hänt, och framförallt hjärtinfarkten och den Strok som jag nu hade haft och gett men och gjort en viss svårighet att anpassa mig i det samhället och den kultur som fanns i samhället.

Jag kunde inte ens anpassa mig till kåken eftersom att allt var baserat på att man kunde gå, man kunde prata, man kunde röra sig generellt sett. Jag kunde inte något av det. Hur som helst så hade jag bestämt mig att jag skulle klara den här tiden. Vilket jag gjorde. Plitarna kom som sagt och öppnade min cell där på morgonen och en ny dag var ett faktum. Ett faktum att jag var tvungen att ta mig ut, träffa min nya vän och Grabbarna grus på B-huset. Det var återigen att kilas in. Det är konstigt att man kilas in på A-huset och sedan på B-huset, och nu ska man kilas in. Det känns som att tiden har stått still. Nu var det ju inte riktigt så som jag trodde. Jag började med att gå ut ifrån min cell, jag fick ju hålla mig längst väggen. Jag hade ju som sagt dålig balans. Jag gick ut mot köket och utanför köket så satt alla Grabbarna grus, och det blev ju helt tyst när jag kom. Det var väl ganska naturligt inslag eftersom jag var ny på avdelningen och alla ville veta vem Persson var och vad han satt inne för, ja du vet allt. Jag hade nu kommit till det som kallades långtidsavdelningen. Det var väl de mest skadade människor man kunde hitta på denna jord, trodde jag. Det var vi som hade gjort grova brott och fick långa fängelsestraff och fick sitta inne på kåken en mycket lång tid. Själv så reflekterade man inte över det man hade gjort. När jag gick in i köket efter jag hade hälsad på Grabbarna grus så gick åter till min plats där jag hade min mugg på kroken, skulle ta lite kaffe, då kom det en av Grabbarna grus och sa att han kunde hälla upp kaffet för att han såg att jag knappt kunde gå. Han hällde upp kaffe och sedan så satte han muggen på bordet, jag satte mig ned och drack mitt kaffe. Han tog sin mugg och han hällde upp kaffe till sig. Han började också prata om allt, väder och vind, som man gör inledningsvis. Det hände ju inte så mycket. Vi pratade om väder och vind och sedan kom det en till och en till, och snart var det 3-4 stycken som satt vid det runda bordet. Helt plötsligt var jag inte i fokus och det kändes ganska bra, även om det var så i början. Det skulle vara ett förtroende-möte under dagen enligt Grabbarna grus sa.

Kapitel 36: Förtroenderådets ordförande

Den ordförande som var på B-huset hade ju satt sin plats till förfogande och nu skulle det ju väljas en ny ordförande. Dom visste ju att jag hade varit ordförande på A-huset och ville att jag skulle fortsätta som ordförande här på B-huset, och om jag skulle vilja bli invald om jag kandiderade till den rollen. Nu var det ju några stycken gjorde det så frågan var ju varför skulle jag bli det. Ja, jag hade ju inte så mycket erfarenhet av B-huset, det kan jag inte säga. När jag hade A-huset så hade jag gott rykte och det är så man gör inom kåken, man blir förtroende val genom att ha ett bra rykte så efter lunchen fick vi gå in i ena köket. Alla Grabbarna grus kom, hela förtroenderådet kom, inklusive ordförande. Ordförande öppnade som sagt mötet och började med att ta upp dem frågorna som var ställda. Berättade vilken budget förtroenderådet hade, vilka tävlingar som skulle vara under helgen och vilka priser som var avsatt för vad, för att sedan säga att han ställde sin plats till förfogande som ordförande. När ordförande hade ställt sin till förfogande så skulle man lägga en lapp i en låda på det namn man tyckte skulle bli den nya ordföranden. Eftersom jag precis kommit dit så kunde jag inte rösta eftersom jag inte visste vad någon hette, och jag visste inte någonting om någon person. Tydligen visste folk vem jag var men det är ju alltid så, alla känner apan, men apan känner ingen. Det var ju bara att vänta och se vad som skulle bli av det här. Dom hade ju frågat mig innan om jag hade kunde tänka mig att ställa upp som ordförande, och då tänkte jag, varför skulle jag inte kunna göra det, eftersom jag ändå ska sitta så många år. Då är det väl bättre om man blir invald som ordförande så man kan lösa problem istället för att peta navelludd. När omröstningen var klar så tog ordförande lådan med alla lapparna i och sedan satte sekreteraren och gick igenom alla lappar. Där fanns bara två namn, en annan Grabb grus och mitt. Jag förstod inte riktigt ärligt talat varför mitt namn dök upp, men nu i efterhand så förstår jag att det var baserat på att jag var ordförande på A-huset. Du vet allt med kriminalitet är som ett stort spindelnät, och när det gäller det här ordförandeskapet så är det en förtroendepost, och det kan man tycka är både bra och dåligt. Men i detta fall så stod det mellan 6-7 röster mellan mig och den andra Grabben grus, så då blev det jag som blev vald som ordförande i förtroende-rådet. Vilket kändes bra. Det slutade med att dem ropade upp mig som den nya ordföranden. Alla applåderade, utom jag. Jag var nog mer i chock. Jag var nog lite mer förvånad, men nu var det ju så att jag hade ställt upp och jag hade blivit vald så nu var det bara att ta itu med eventuella problem som skulle komma, för dem kom helt säkert. Dåvarande ordföranden lämnade nu över alla pärmar, alla verifikationer som rörde förtroenderådet till mig som nu var nya ordföranden. Det blev även en vald en ny sekreterare i förtroenderådet som skulle hjälpa mig som ordförande så att jag inte behövde göra allt. Sen blev det även vald en fritidsansvarig. När jag fått dessa så hjälpte en av Grabbarna grus mig att bära tillbaka pärmarna till min cell. När vi kom in till min cell så satt jag upp mina pärmar och det kändes lite konstigt. Jag visste att det här kanske skulle bli jobbigt. Jag visste inte just då vad jag hade gått med på men den resan kommer ni att vara med på nu. Den Grabb grus som hjälpte mig att lyfta in pärmarna i min cell gick därifrån, och jag började titta lite i pärmarna, och jag insåg ganska snabbt att nu så var det en helt annan fabrik jag hade med att göra. Här var det ordning och reda, underskrivna dokument, protokoll, kvitton, verifikationer. Oftast var det ekobrottslingar som var i förtroenderådet. Det var allt från advokater, you name it, det var höga, höga tjänstemän, och ändå satt dem på kåken. Men jag valde att läsa igenom och då kunde man utröna en sak, det fanns ett pågående krig mellan plitarna och interner, det var ju i och för sig inget nytt, men nu hade det tydligen landat på en helt annan nivå. En nivå som skulle göra att man hela tiden var på sin vakt, för det är så här om man är invald i förtroenderådet så är det dem som först blir knallade (förflyttade) för att man anses har så mycket kontroll och makt över dem andra intagna så att man anses olämplig på kåken, och var det några som helt problem så dem första som blev knallade så var det ordförande och sekreterare utan pardon. Jag vill dock bara tydliggöra vad ett förtroenderåd är så att alla förstår vad det är. Ordföranden i förtroenderådet har som sagt ett överhängande ansvar. Han ser till att hålla koll på vad som finns i kassan genom kassören, om det finns en kassör. Dom är ganska synkade. En sekreterare i förtroenderådet ska se till att hjälpa ordföranden att skriva kallelser, sätta upp affischer, skriva protokoll inför möten etc. En fritidsansvarig har hand om det som det låter som, fritid. Det vill säga, spel, kort, bakning, schack, pingis, vad det nu än är så landar det på fritidsansvarige. Fritidsansvarige får ju gå till ordförande och höra om han avsätter några pengar till priser eller liknande. Eller så är det så att vi i förtroenderådet sparar pengar till jul eller midsommar eller något liknande. Det gör ett förtroenderåd. Det var ju den officiella planen. Nu ska du få veta den riktiga planen, den inofficiella.

En ordförande i förtroenderådet har följande skyldigheter att se till att detta fungerar.

En ordförande på en långtidsavdelning ska se till dem andra ordföranden, det vill säga på A-huset. Dem är direkt underställda ordföranden på långtidsavdelningen. Allt som händer på kåken, in och ut ansvarar ordföranden för. Alla pengar, alla turneringar och liknande. Officiellt är bara officiellt. Inofficiellt, så handlar det om helt andra saker. Om vi bara vänder oss till kortspel. Det finns mycket pengar i kortspel, och i detta fall så får vi inte ha kontanter och får man inte ha kontanter är det svårt att ta betalt. Då löser man det på ett annat sätt. I detta fall så löste man med tandpetare. Tandpetare symboliserade en viss summa pengar. Dem pengarna var man skyldig eller så fick man pengarna. Dem pengarna skulle sättas in på konto, och det kontot ägde någon annan. Eftersom vi inte hade några andra pengar så fick något annan flytta det rent digitalt ute i världen. Det innebar att dem fick ha samtal, samtyckesblanketter skickades ut, och vissa använde konto som andra ägde. Eller rättare sagt, alla andra använde kontot som alla andra ägde, för att kunna genomföra denna sak. Problemet var bara det att dem som satt en lång tid, vissa av dem förlorade ganska mycket pengar. Vilket gjorde att dem inte ville vara med längre, dem ville bli förflyttade, dem drog på sig skulder och liknande. plitarna var på oss hela tiden, och då menar jag hela tiden. Dem ville gärna veta, dem hade grundlig inspektion, och har man grundlig inspektion så ska jag förklara vad det är.

En grundlig inspektion innebär att två plitar går in på din cell, låser dörren, tömmer papperskorgen, tar en liten kamera och kollar i ventilationen, river av lister och river ut allt, och ser dem något misstänkt så tar dem med det och frågar vad det är för något. Du ställs alltså till ansvar för den uppkomna situationen. Beroende vad plitarna hittar eller inte hittar, jag kan bara nämna ett litet fall. Dem hittade en anteckningsbok hos en av Grabbarna grus. Plitarna tog anteckningsboken och där var bara en massa streck. Visserligen inget konstigt med det, men det tyckte plitarna. Dem frågade så klart honom på förhör och frågade vad det stod det för något. Det stod väl inte för någonting sa han, och dem kunde ju inte bevisa något. Men dem visste ju att det var något slags spel, och dem visste att de symboliserade pengar, men dem kunde inte bevisa det, och kan dem inte bevisa det så kan dem inte pricka eller ge en varning. Det här kriget det var bara ett av hundratals krig som pågick hela tiden. När vi kommer till cigg, så hade vi en timmes promenad, det innebar att dem fick röka i en timme av 24 timmar, alltså inne i 23 timmar, och vad innebär 23 timmar utan cigg. Ja, man behöver väl inte direkt vara en raketforskare för att räkna ut det. Det kommer ju att bli problem om inte folk får röka mer än en timme om dagen. Detta blir ju helt klart business, och business det var ju bra men allt gick ju fortfarande genom ordföranden, och ordföranden, ja, i detta fall så var det ju jag. Det var en väldigt konstig situation som blev nu, för helt plötsligt skulle man styra ett helt samhälle under ostkupan. För det var precis vad det var. Inne på kåken var det ett helt annat klimat, ett annat samhälle där vi skötte oss själva, och där vi var totalt avklippta från det samhälle som levdes utanför kåken. Vi skulle sköta oss själva här inne, och det gjorde vi. Vi gjorde det jävligt bra. Det kommer att kosta och det kommer att kosta ännu mer, men nu får vi vara med. Hoppas att ni hänger med. Jag blev ofta hjärntrött. Det var så många tåtar att hålla reda på, många järn i elden, och Grabbarna grus förväntade sig så klart att deras invalde ordförande skulle lösa vissa situationer på ett och annat sätt, och det var man tvungen att göra eftersom man som sagt var förtroendevald. Nu är det ju så att jag bara nämnt två saker, kortspel och cigaretter. När vi kommer till cigaretterna så blev det som sagt problem. Folk ville så klart röka, och även det blev ju business, det blev en bra business. Du kunde ta ganska mycket för en cigg, 30-40 kronor för en cigg, och det är rätt så mycket på kåken, och det har man ju inte där inne. Då är det ju som så att de som vill ha cigg, dem får ju bli skyldiga pengar, och blir den skyldiga pengar så får dem skicka pengar. Sen finns det en så kallad revisor. En revisor som inte finns, men ändå finns. Den här personen som ser till att pengarna kommer in på kontona som förtroenderådet kan disponera på ett bra sätt. Så allt hänger ihop, kortspel, cigaretter, allt som berörde verksamheten inom kåken, och allt skulle en ordförande ha huvudansvaret över. Han hade förvisso hjälp av sekreteraren, alla runt omkring honom, men än hur man vänder röven så sitter den bak, och det var ordförande som hade huvudansvaret. Sen hade man ju ansvar för den andra avdelningen, korttidsavdelningen, så det blev ju ganska mycket som man skulle hålla ordning på. Även verifikationer som kom in, kvitton i kiosken skulle klistras upp, budgeteringen, kassören skulle berätta vad vi hade i kassan etc. Det var någonting hela tiden, så tiden gick, problemet var bara att jag blev så förbannat trött. Jag blir ju hjärntrött, och jag var tvungen att sova, och så var det ofta, det visste grabbarna grus. Cigg var ju någonting som det gick ganska mycket av och vi sålde ganska mycket cigg. Plitarna ville ju gärna leta upp alla ciggen som kom in, och dem hittade bara en tiondel, knappt det. Men dem hittade det dem skulle hitta, och då var det alltid ett glädjetjut, bingo, skrek dem när dem hade hittat en cigg, men dem hittade ju bara det som vi ville dem skulle hitta. Dem hittade inte det riktiga lagret, och förmodligen har dem inte gjort det nu heller. När det kommer till pengarna som skulle komma in från ciggen, och dem inte kom in. Nej, då var vi tvungna att skicka någon som hälsade på den personen i cellen som var skyldig. Även det var ju ett beslut från högre ord kan man säga. Ofta så var det ju så att det blev lite turbulens och lite slagsmål. Det var strumpor med konservburkar i, det var allt vi hade. Men det gör rätt så ont att få en konservburk i ansiktet. Då betalar man ju i regel. Många gånger var det ju så att vi fick fixa till så att det blev rätt från början, som ni säkert förstår. Jag kan berätta om en gång när det inte hände något, men det var en ganska rolig incident. Det var jag som ordförande i egenskap av förtroenderådet, det var sekreteraren som var tränad kan jag säga, den var det en annan kille, som inte var invald i förtroenderådet. Han var cirka 2 meter lång. Vi gick till en av Grabbarna grus som inte hade betalat sin räkning, det vill säga vi var tre man, jag var ganska tränad jag också. Jag hade ingen syn på mitt vänstra öga så jag hade en ögonlapp över mitt öga. Sen var jag klippt så jag bara hade en liten platta uppe på huvudet. Så man såg inte så jättekul ut. Det var inte dejt man var ute på. När vi kom mot killen så märkte vi att vi att han gick mot väggen, och jag kunde knappt gå så jag fick ju alltid hålla mig i ett räcke eller någonting så jag skulle kunna gå.

När killen ser att vi är på väg på honom så går han mot väggen motsatta sidan från cellen, och sa att han skulle betala. Vi vill bara prata med dig, sa vi. Vi vill prata med dig inne i cellen. Nej, men jag vill inte gå in, sa han. Nej, men vi ville prata med honom och vi var ganska övertygande så jag sa åt honom att han fick mitt ord att vi inte skulle göra honom någonting, det kommer inte hända något med honom överhuvudtaget. Han gick in i sin cell men han var fruktansvärt misstänksam, han var nervös, det såg man. Han började darra, svettas, han stammade nästan och sen sa han bara att jag ska betala, jag ska betala. Det var det enda han sa. Vi ville bara ha betalt så det där tog nog 2-3 minuter. Han den enda killen stod vi dörren, jag gick in och pratade med killen och den andra, sekreteraren som var rätt vältränad stod bara vid fönstret och glodde. Det räckte nog. Killen betalade nästkommande vardag, sen var det inte mer med det. Med det vill jag ha sagt, man ville inte ha besök på sin cell av förtroenderådet, och det var väldigt sällan folk inte ville betala, eller kunde betala. För kunde dem inte betala så fixade dem pengar ändå. För pengarna kom in på kontot, och det kan ju både vara positivt och negativt. Det innebär ju förmodligen att vederbörande person som betalade sin skuld, fick en annan skuld, och det var väl kanske inte det som var tänkt. När vi var klara så gick vi ut från cellen alla tre. Den Grabb grus vi hade talat med han blev kvar i sin cell under hela kvällen, han ville nog inte gå ut. Han låste sin cell inifrån. Det innebär att man bara stänger sin dörr, det går inte att göra så mycket mer. När vi hade kommit ut så började vi tre prata, och vi var ganska ense om att den killen var ganska nervös och han ville inte ha några problem så vi var ganska övertygade vid det tillfället att han skulle komma att betala, på ett eller annat sätt och faktum är att det gjorde han. Det ska han all cred för. Han var ren, han blev ren.

Kapitel 37: Likvidamedel

Generellt är det så, en Kvinsp, det vill säga en Kriminalvårdsinspektör, har ett syfte att se till att dem pengarna som kommer in, att man kan följa dem. Det är ju en av hans skyldigheter att se till att det inte finns några luckor. Nu är det ju så att det finns ju luckor. Så Kvinspen och hans högra hand, Klienthandläggaren, var ju hela tiden på oss i förtroenderådet om vart pengarna kommit från, och det kom in ganska stora summor. Vi fick ju inte mer än 3000-3500 kronor i månaden, men ändå så fanns det där mycket pengar varje månad. Det kan man ju undra vart dem kom från, det var väl någon som skänkt dem ifrån ovan, inte vad jag. Hur som helst så är det ju så att i det här landet så är det ju så att dem inom kriminalvården måste bevisa att ett brott har begåtts, eller att pengarna kommer från ett brott, och det är inte så lätt som det hörs. För varje gång vi fick in pengar så ville ju Kvinspen veta vart dem kom ifrån. Vi kunde bara säga välgörenhet, vi kunde säga vad vi ville, frågan är bara vad han kunde bevisa egentligen. Kunde han bevisa något överhuvudtaget? Nej, oftast inte, och i regel så var det ju bara så att han kunde frysa pengarna, det kunde han göra. Några veckor, men han måste ändå styrka brott, och kan han inte det så måste han släppa pengarna och då får förtroenderådet tillgång till detta kapital. Det var ju inte så särskilt smart att sätta in alla pengarna på förtroenderådets konto eftersom Kvinspen hade ju mycket bättre uppsikt på detta konto. Det som då hände var att hade någon av Grabbarna grus en skuld eller liknande så skickade de pengarna på klientens konto, där de kunde byta kapital med varandra. Då behövde inte förtroenderådet bli inblandat på samma sätt. Nu kan man ju undra hur han skulle kunna hålla reda på alla dessa konton, och faktum är att det kunde han inte. För det är så här inom kriminalvården så har man ju bara en sak man kan göra. Antingen kan man skriva sitt namn, personnummer och ett kontonummer så skickas pengarna in på det postgirot på kriminalvården, sen sätts det in på Grabb grus konto. Detta gör att du får skicka ett antal pengar per månad och sen är det ju stopp. Men sitter det över 30 man på ett hus så blir det rätt mycket pengar. I alla fall i kåkens lilla värld. Det är rätt gigantiska summor pengar, plus att det där finns pengar i förtroenderådets kassa som används till att handla i kiosken, turneringar och liknande. En ordförande i förtroenderådet måste ju hålla ordning på finanserna som du säkert förstår. Men det är ju inte så särskilt lätt när man har en Kvinsp i röven som försöker att styrka brott för dem anser att pengarna kommer från osäker källa eller liknande. Dem kan tycka det är osäkert på grund av detta. Dem kan göra i princip vad som helst för att se till att stoppa pengarna, och visst det kan dem tillfälligt. Men åter igen dem måste ju bevisa det, och det kan dem i regel inte. Jag säger inte att dem inte kan det, men i regel så kan dem inte det. Så nu när ni har lite mer på information om hur det kan gå till på kåken så vill jag berätta om mitt liv och min historia. Som du säkert förstår så är förtroenderådet ett slags konverteringsverktyg mellan plitarna och Grabbarna grus. Där Grabbarna grus lyfter upp sina frågor på dem mötena som vi har och som vi ska lyfta fram till Kvinspen och Klienthandläggaren. En gång i månaden skulle förtroenderådet ha möte med Kvinspen och Klienthandläggaren. Jag i egenskap som ordförande och sekreteraren för förtroenderådet skulle möta dessa två. Det fick vi göra en gång månaden, där vi började lyfta upp de frågor som Grabbarna grus hade och sen svarade Kvinspen så gott han kunde eller så återkom dem med svar om de behövde kolla upp det. Nu var det ju så på korttidsavdelningen så var det ju ganska god omsättning på dessa Grabbarna grus som satt så korta straff. Så det skiljde ganska radikalt mellan dem frågorna på B-huset och på A-huset. B-huset hade ju mer frågor som var lite viktigare, som skulle påverka under en längre tid, ändå så blev det mest skit från kriminalvårdens sida. Det var ju ganska ofta så. Dem hade förmodligen totalt miss-förstått det här med mötena med förtroenderådet, för dem utnyttjade denna situation som uppkom en gång i månaden, och försökt få ut sitt budskap genom att dem inte tyckte att vi Grabbar grus skötte oss, hade massa saker för oss. Framförallt ville Kvinspen veta om det bra stämning på avdelningen eller liknande. Kvinspen lyfte dem frågorna och kände en viss vikt dessa frågor. Sen när vi skulle lyfta upp våra frågor så var det ju ganska blaha, dem skrev upp frågorna, men som sagt med facit i hand så känns det bara som att det loopar. Frågorna kom bara om och om igen och det hände ingenting från kriminalvårdens sida. Nej, det var så och det var många av Grabbarna grus som hade suttit ett tag som sa att så var det. Vi fick fram våra frågor men vi fick inget svar, och vi fick inte någon förbättring. För det är ju så att sitter man inlåst 24/7 så kan man ju förstå att man sitter inne med en massa frågor. Dem kommer ju hela tiden. Det där med cigaretter eller rättare sagt att kunna röka inne. Det lyftes upp om vi kunde ha rökruta eller liknande, men det var precis som att detta gick inte att lösa på grund av att det var för stor brandrisk. Då frågade vi om vi kunde få mer utetid, men det gick inte heller eftersom det inte fanns tillräckligt med plitar och det måste finnas ett visst antal plitar, eftersom det är ett säkerhetsuppdrag, så det gick inte att lösa. För det är ju så att när vi skulle gå ut eller rättare sagt dem som rökte, fick dem ju gå ut och gå en timme på banan. Varav det satt tändare som var fastlåsa på ett staket, och på andra sidan staketet stod det två plitar och delade ut cigaretter. Det vill säga vi fick inte ens ha våra egna cigaretter även om vi hade köpt dem i kiosken. Man kunde köpa cigaretter i kiosken men dem lades ner i en viss låda med numret man hade på cellen. Sen när dem ville röka så gick den ut så fick dem säga sitt nummer på cellen, sen så tog plitarna en cigarett och gav till den Grabb grus som ville ha. Det kan ju tyckas vara ganska tungrott och det var det faktiskt. Det var riktigt jävla tungrott. Faktum är att det var så när det gällde cigaretterna så fanns det även en business där ute. För enligt plitarna är det så här att om man vill att någon annan ska ha en cigarett från sin låda så måste man ge sitt tillstånd, och många gånger var det ju så att om dem hade en skuld till en annan person så fick dem betala i cigaretter, och då gick dem runt och en cigarett, ja det är mycket värt på kåken.

Ute i samhället är det inte värt ett skit men på kåken är det det. Så då fick man godkänna att den andra skulle få hämta ut en cigarett, och så var det hela tiden. Plitarna ville ju höra att det var okej men en nickning eller någonting, så att dem skulle kunna ta ut en cigarett. Men åter igen till mötet med Kvinspen och Klienthandläggaren.

Det där med rökning var ju som sagt en ganska viktig fråga som Grabbarna grus ville vi skulle stå upp för. Sen hade dem en annan fråga, dem ville vi skulle lyfta fram, det där med slingan. Där fanns ju interna program som man kunde sätta på, t ex yoga eller liknande. Detta tror jag inte så mycket på, det handlar nog mer om att de ville ha en bättre slinga. En slinga innebär att C.V (Centralvakten) kan sätta på en film när någon önskar det. Sen går det en slinga ut till alla Tv-apparater. Nu fick vi inte ha det eftersom att det skulle kosta för mycket och som Kvinspen sa, avtalet är för dyrt och vi kan inte bestämma det och det är centralstyrt ifrån Norrköping.

Som förtroendevalda så valde vi att lyfta upp de övriga frågorna. Även om att nu, med facit i hand, förstår jag att det här var ju rena rama skitsnacket från kriminalvården. Dem hittade bara på en massa saker, och det är ju inte bra. Det invaggar ju folk i total falsk trygghet där de vill att vi ska kunna lyfta fram Grabbarna grus frågor och sen blir det inte mer. Det handlar bara om att dem ska avsätta tid enligt lag, en timme i månaden på att vi ska kunna lyfta fram våra frågor. Mer hände inte. Så det vill jag inte ens gå in på, enligt mig så var det rena rama skitsnacket från kriminalvårdens sida. Som sagt, vi lyfte fram de övriga frågorna och förväntade oss någon form av svar, vilket vi inte fick i regel av kriminalvården. Efter mötet så tackade vi varandra och gick därifrån, mer var det inte. Som sagt, rena skitsnacket. Efter på kvällen, det så kallade uppsläppet från verksamheterna, ville ju Grabbarna grus veta vilka svar vi hade fått av kriminalvården, Kvinspen och Klienthandläggaren. Så det var ett litet möte i ena köket på kvällen där vi fick berätta exakt vilket svar vi hade fått ifrån kriminalvården. Dem som jag, blev inte så mycket klokare, och vi som är ganska erfarna inom den här kåkvärlden vet att det lär man inte bli heller. Efter vi hade haft vårt möte på kvällen med Grabbarna grus i köket så gick jag faktiskt tillbaka in på min cell. Åter igen så var jag förbannat trött. Det hade varit möte, mycket information, och sen ett annat möte med Grabbarna grus. Så nog hade det tagit på mina krafter. Jag förstod ju ganska snabbt att jag var ju inte riktigt fit for fight. Det kan jag inte säga att jag var. Även om jag ville så orkade inte min kropp, den bara protesterade. Det gick bara inte, och det kan man ju tycka skapar någon form av frustration. Man vill men man kan inte och framförallt orkar man inte. Så för min del var det att sitta inne på min cell och ta det lugnt och gå igenom dem verifikationerna från kiosken, dem skrivelserna vi skulle göra, dem överklaganden vi skulle göra. I regel var det ganska mycket överklagande, då Grabbarna grus tyckte att dem hade blivit åsidosatt och deras rättigheter blivit kränkta. Så dem ville ju kunna lyfta upp det till sin ordförande som i sin tur skulle göra skrivelser till både kriminalvården och förvaltningsrätten. Jag kan säga det att efter jag hade gjort skrivelserna och framför allt läst igenom vissa ärenden, så var jag ganska trött. Gick bara in på toaletten och gjorde mig i ordning sen gick jag faktiskt och la mig, och det var innan plitarna kom 18:45. Då förstår du säkert att jag var väldigt trött. Jag hörde knappt att dem kom in och sa god natt, hade ingen aning om det, men tydligen var det så.

Kapitel 38: Inlåsning i cellen

Dem sa godnatt sedan låste de cellen, och Persson sov som ett litet barn hela, hela natten. När jag vaknade på morgonen, och då vaknade jag av att plitarna låste upp min cell och sa godmorgon, då kändes det som att jag hade sovit i en kvart. Jag var fortfarande trött och det kan man ju kanske förstå eller så kan man inte. Hur som helst fick jag gå och göra mig iordning, göra mina bestyr, för att sedan gå och äta lite frukost. Det skiljer ganska radikalt mellan A-huset och B-huset, på B-huset har vi ju faktiskt egna kök, där det görs kaffe och frukost eller vad man nu ville ha. Som ordförande så behövde man faktiskt inte göra frukost, den är serverad när man kom fram. Eftersom jag hade väldigt dålig balans så var den ju inte direkt bättre på morgonen när jag hade nyvaknat, och jag gick som ett levande EKG. Jag höll mig mot väggen med ena handen för att komma ut, även om jag tyckte själv att det hade blivit lite bättre med min balans. Eller så var jag jävligt optimistisk. Men det kändes så. När jag kom fram till köket så kom dem och hällde upp kaffet och jag fick min frukost, allt vad man skulle ha. Det var någon som hade stekt lite mat som dem tydligen hade gömt undan från plitarna så vi kunde äta en frukost. Vi har 5-6 man runt bordet. Men det var ganska god frukost på morgonen ändå. Hur som helst så är det ju så att alltid är det någon som tycker att deras ärende har blivit åsido-satt och alltid är det någon som tycker att, nej, förtroen-derådet kunde ha gjort mer för mig. Dem kunde ha skrivit mer, gjort något mer, dem kunde sagt något, dem kunde protesterat, strejkat, vad som helst. Det är makten som ett förtroenderåd har, dem kan faktiskt sätta in riktiga

resurser om de verkligen vill. Nu var bara frågan, ska det vara så, ska vi behöva använda vår makt och det instrument vi har på att strejka och slå ut ett helt fängelse. Förmodligen är det ju så att då kommer Kvinspen göra något som heter P50. P50 betyder inlåst på cellen. Så det var ju inget alternativ. Frågan är ju då om man ska göra något annat som är smartare, kanske prata med Kvinspen eller föra någon form av dialog eller liknanden, men frågorna var många, och faktum är många av dem som satt på kåken var ju inte direkt Einstein. Tyvärr var det så. Många gånger så var det dem som tyckte att deras rättigheter hade blivit kränkta. Ja, hur som helst, vi åt upp vår frukost och det var mycket mat. Därefter skulle vi gå ned på nedsläppet, och eftersom jag inte kunde gå, hade dålig balans så kunde jag inte gå i trappor själv. Att gå ned på silververkstaden var en ganska lång trapp. Det var en väldigt lång trappa, och den ville ju inte Kvinspen jag skulle gå i. även om jag fick åka hissen som stod på sidan om med två plitar, för jag hade för hög säkerhetsrisk, och säkerhetsrisken ville dem inte sänka eftersom att dem tyckte jag var helt galen. Nu kan ju jag inte förstå det, jag är ju jättesnäll.

Hur som helst så fick jag inte det. Det innebar att jag fick fortsätta städa uppe på avdelningen, det var ju visserligen bra för mig för det gjorde ju att min balans blev ju bättre. Jag fick göra vissa prövningar, hålla balansen med kvasten, och det kan ju låta väldigt enkelt, men det är det ju inte. Det är inte så enkelt att gå med en kvast och hålla balansen. Man tar mycket för givet, man ser på saker och ting, men man tänker aldrig på det. Man tänker aldrig på den dåliga balansen, man tänker aldrig på att det faktiskt måste gå en signal från hjärnan ned till fötterna. Då ville jag inte att det ska vara snigelband, det ska helst vara bredband. Är det inte det så vinglar man till och får dålig balans. På vardagarna när det var arbetstid så var varje avdelning låst. Det innebar att när man städat klart så var man tvungen att ringa på en klocka så kom det en plit och öppnade en dörr, sedan fick man gå in i nästa dörr och sedan fick dem öppna den och släppa in en där. Sedan fick man börja städa där, så var det hela tiden. Det var så förbannat tungrott så det går inte att beskriva. Det handlar om i princip att det fanns för lite plitar just vid den tidpunkten. Det kunde ju vara allt från att de skulle åka iväg på något ärende, till optiker eller liknande. Faktum är att det här säkerhetsfängelset som jag satt på, det innebar att de fick i princip aldrig någonsin säga när man skulle åka, eller om man skulle åka av ren säkerhetssynpunkt.

För då kunde man hypotetiskt sett förbereda en fritagning eller liknande. Så det kunde i princip vara att man stod och städade och sen kom de och sa att, nu är det dags att åka till optikern och vi åker om 20 minuter. Då frågar de om de ska ha civila eller uniform på sig. Det spelar inte så stor roll tycker jag om man åker med plitar som har sin uniform på sig för hela på hela bilen står det ju kriminalvårdsverket. Då kan man ju tänka sig ju att då spelar det ju ingen roll om man åker med uniform eller inte. Det är ganska kränkande att åka med uniform men det blir ju inte bättre av att det är kriminalvårdsverkets bil. Nej, för mig spelar det ingen roll om det var uniform eller inte. Däremot fick jag välja om jag ville ha vanliga kläder på mig, och faktum är att det kändes ganska mycket bättre när man slapp kriminalvårdskläderna. Om det nu bara var en halvtimme så fick man ha sina egna kläder. Det är ganska svårt att förstå för dig som läser, men när man står där och ska komma ut i det så kallade riktiga samhället så vill man ha sina egna kläder på sig, så är det. Sen hade man ju massa handfängsel och bälten på sig. Allt var ju baserat på vilken säkerhetsnivå man hade, och vi som satt där var ju, ja, mindre positiva till livet kan man väl säga. Dem ansåg att vi var så opålitliga att vi måste ha både handfängsel och bälte.

Det kan jag tycka var lite överdrivet i mitt fall då jag knappt kunde gå och knappt hade balans. Det var två plitar som fick hjälpa mig ut till bilen för att jag inte kunde gå, skulle jag då rymma eller? Kanske sno deras bil? Ja du vet, ibland är det riktigt löjligt. Men åter igen till städningen. För min del så hade jag två avdelningar. Köket och allmänna utrymmet hade ju köksansvariga. Sen var det ju två avdelningar till och det var likadant där. För min del så var det ju så att jag var ganska trött efter jag hade varit och städat. Även om jag sa till att jag ville gå ned på silververkstaden så kunde jag inte det eftersom Kvinspen inte vill att jag skulle åka hiss. Jag kan nu i efterhand inte förstå varför Kvinspen inte ville att jag skulle åka hiss ned till silververkstaden. Men tanke på att de var så noga innan dem flyttade mig från A-huset korttidsavdelning och att jag fick komma och titta på B-huset, var där och med tanke på att de trapporna, och då var det ju klart att trappan ned till silververkstaden var för lång. Dem borde ju förstå att jag också behövde komma ned och få den så kallade sociala träningen. För det var ju så att när man satt på B-huset så var det ju en motivationsavdelning och en motivationsavdelning det innebär ju för mig att man ska lära sig att träffa andra personer och umgås med dem på ett bra och humant sätt. Likt förbannat så väljer Kvinspen att sätta mig på städ där uppe, nu hade jag städ på A-huset också. Jag hade gjort det man kallar hemställan, om att få gå ned till silververkstaden och att jag ville åka hissen med två plitar. Det skulle betyda att jag med min Hot Rod och två plitar inne i hissen som tog ungefär 15 sekunder att åka ned med. Men åter igen, det fick jag inte eftersom att Kvinspen hade beslutat att jag hade alldeles för säkerhetsnivå. Jag valde att lämna in en hemställan till och att jag ville att de skulle se över det beslut som var fattat eftersom att jag tyckte det var ganska viktigt att jag fick gå ned på silververkstaden och träffa andra människor.

Tills min hemställan blivit behandlad var jag tvungen att gå tillbaka till mitt ordinarie jobb som lokalvårdare. Det var ju inte bra men det var bra för min balans. Det var ganska tråkigt och det var svårt för mig att anpassa mig på den sociala biten eftersom att det enda sociala liv jag hade var att städa i korridoren och då var jag själv, och då är det ganska svårt att utveckla någon social tendens. När jag hade städat klart om dagarna så alla vi som lokalvårdare, satte oss ned och några av oss som spelade schack gjorde det. Det var faktiskt riktigt roligt att spela schack, det var ganska utmanande och man märkte att dem som suttit långtid var jättebra på schack. Dem hade inte något annat att tänka på än schack och alla regelverk som fanns i det spelet. Jag spelade och i och med att jag hade en lapp för mitt vänstra öga så valde mina motståndare att attackera från vänster sida där jag inte såg så mycket.

Det kan ju vara både positivt och negativt när man spelar schack för jag såg som sagt ingenting, men jag blev bättre och det gällde även min syn. När jag skulle ta bort lappen efter någon månad så hade jag tjugo millimeter prismaglas i glasögonen. Ni kan förstå att det var som rena rama flaskbotten. Jag valde faktiskt att ha lapp för jag ville inte ha så tjocka glasögon. Jag vet ju att dagarna blir ju ganska intetsägande, när jag skulle få ett socialt liv, frågan var bara hur nu detta skulle gå till. Du skulle kunna få ett socialt liv utan socialt umgänge, det kunde jag inte ens förstå i min vildaste fantasi. Hur kan man bara tänka så? Är det så att kriminalvården tänker, eller följer bara ett regelverk som är fruktansvärt fyrkantigt, ja förmodligen är det så.

Kapitel 39: Regelverket

Dem följer nog ett väldigt fyrkantigt regelverk tyvärr. Hur som helst kom en plit en dag när vi satt och spelade schack och sa att vi var tvungna att gå in på avdelningen, eftersom vi inte fick lov att spela schack. Det innebar att om vi ville spela schack så fick vi göra det inne på vår avdelning. Satt då den andra man spelade mot på en annan avdelning så var det ganska svårt att spela. Så redan där så var det ganska fyrkantigt, istället för att låta oss spela schack och ha den lilla stunden och prata med varandra och få ut det så kallade sociala nätverket, även om personen mittemot var helt galen, ännu mer galen än vad jag var när jag var som mest aktiv. Vi var ju tvungna att gå in på vår avdelning eftersom pliten hade kommit och sagt ifrån. Gjorde vi inte det så skulle det bara bli en varning och sedan hade det blivit ett förhör och det hade man inte orkat med, jag hade i alla fall inte gjort det. Så vi delade på oss och gick in på var sin avdelning. Jag gick in på min cell, varje avdelning hade 8 celler. Jag var ju av dem 8. Det fanns ju inte så mycket att göra på dagarna, innan lunch var ju dörrarna stängda, och sen när det blev uppsläppet från silververkstaden och skolan så öppnade ju plitarna dörrarna mellan avdelningarna. För min del så var det ju bara att fördriva tiden tills uppsläppet var ett faktum. När Grabbarna grus kom tillbaka från sysselsättningen så hade vi ganska mycket att diskutera. Under tiden så var jag tvungen att få gjort någonting konstruktivt kände jag. Det blev så konstruktivt att jag tittade på

Tv. Jag orkade inte göra ett dugg mer. Jag satte mig i det stora Tv-rummet på avdelningen och började titta på Tv i vanlig ordning. Jag hade tänkt jag skulle göra något men jag kom inte så långt och det blev inte så mycket jag skulle göra. Framförallt gjorde jag inte det jag hade behövt göra. Grabbarna grus hade som sagt ganska mycket dem ville lyfta fram och en av dem anledningarna som jag var ordförande var att jag ville få mina ärenden gjorda så fort som möjligt. I detta fall blev det tyvärr inte det utan jag fick sitta och titta på Tv och vänta tills plitarna öppnade dörrarna, och när Grabbarna grus kom från uppsläppet så kom dem och sa hej, precis i vanlig ordning. Man kan ju tycka at det är ganska slappt det här med att gå och städa och vara lokalvårdare. Jag visst är det slappt men när man väl börjar få lite balans för det hade jag börjat få, inte mycket men i alla fall lite, så gick ju denna städning ganska fort. Jag hade ju två avdelningar som jag skulle göra iordning och det kunde man göra på 30-40 minuter. Det innebär att dem andra 6 timmarna vi hade sysselsättning, hade jag ju betalt för.

Jag visste dock inte vad jag skulle göra. Men åter igen, jag fick ju dem flesta gångerna engagera mig i dem fall som skulle lyftas upp till kriminalvården, deras huvudkontor och förvaltningsrätten för att få tiden att gå. När Grabbarna grus hade kommit upp från sysselsättningen så skulle vi gå ned till matsalen, vi åt ju som sagt all vår lunch nere i matsalen. Alla andra måltider åt vi uppe på avdelningen. Så det var ju samma rutiner som det brukade vara, upp och ned, äta, gå tillbaka, så egentligen så var det ganska förödande att sitta på kåken. Så fruktansvärt intetsägande och trist och faktum är att de som säger att det är roligt att sitta på kåken dem ljuger faktiskt, för det är det inte. Jag kom tillbaka efter lunchen in till vårt ordinarie kök på avdelningen. Det hade uppenbarligen hänt något. Grabbarna grus ville att vi skulle prata. Vi satt oss ned i köket även om plitarna sprang runt som yra höns och ville veta vad som var på gång. För nu var det något på gång. Vi hade fått två läger mellan två olika interner. De var av utländsk karaktär och svenska, och det var väldigt nära på att det skulle smälla. Som ordförande så har man ju ett visst ansvar för bägge parterna, oavsett om man tycker det och det andra så får man ju inte tycka någonting när man sitter som förtroendevald. Vi ska ju kunna föra båda sidors talan oavsett vad det är för ärende som gäller. För mig var det mer en fråga om hur jag skulle kunna lösa denna konflikt utan att det blev att någon smällde den andra på käften. För jag visste om att, om det skulle hända, så hade vi garanterat en P50. Garanterat. Vilket skulle betyda att vi sitter inlåsta minst 72 timmar på vår cell, dygnet runt. Innebär även att de som röker inte fick gå ut och röka, och det kan ni ju tänka hur de blir efter 72 timmar. Nu var det ju bara två som var oense om en viss sak, likt förbannat var det vi i förtroenderådet som var tvungna att lösa det och det skulle ju lösas innan plitarna, kvinspen eller klienthandläggaren la sig i, och skulle de göra det så blev det inlåsning. Det var inget alternativ, ingen ville ha det. När vi satt där och diskuterade så kom klienthandläggaren Åsa-Rosa med en lapp, dem ville uppenbarligen ha ett möte med förtroenderådet. Vad det gällde gick de inte in på. Vi fick bara en tid som vi skulle komma dit, och sen fick vi reda på vad det gällde. De andra Grabbarna grus tittade på mig och Åsa-Rosa gick därifrån. Alla trodde faktiskt, inklusive jag, att det handlade om att något var på gång, mellan grabbarna grus. På något sätt, så hade det väl kanske nått deras kännedom, men varför hade de redan reagerat, det hade ju inte hänt något. Det var en väldigt konstig känsla. Frågan var ju bara hur man skulle hantera det, skulle man gå in och säga att vi redan visste om det eller skulle man bara sitta och lyssna på vad ärendet handlade om. Ärligt talat visste jag inte för stunden hur jag skulle lösa det. Jag valde att gå in på min cell och förbereda inför mötet med Kvinspen och Klienthandläggaren. Det var ju ganska svårt att förbereda sig när jag inte visste vad det handlade om, eller rättare sagt, jag trodde jag visste vad det handlade om, men gjorde jag verkligen det. Sekreteraren i förtroenderådet kom in på min cell som också hade blivit kallas om Klienthandläggaren Åsa-Rosa. Ingen av oss visste vad det handlade om, eller varför vi hade blivit kallade. Vad var det egentligen som hade hänt? Ja, man vet ju inte. Faktum är vi kunde inte göra så mycket, vi kunde bara vänta 20 minuter sen skulle vi vara på mötet, då skulle vi få reda på vad som hade hänt och varför Kvinspen hade reagerat så som han hade gjort. Vad var det som var på gång? Varför hade Kvinspen reagerat så mycket och VB:n Lina och Andre? Ja, ingen visste, men det skulle visa sig ganska snart. Vi kom in på Klienthandläggaren Åsa-Rosas kontor och Kvinspen var där, vi hälsade på dem och sedan så började Kvinspen att berätta att någon av Grabbarna grus, eller som han sa, klienten, hade blivit av med en tröja nere på sysselsättningen där de hade gjort en tröja där det stod muck och datum då de skulle mucka. Nu när han kom ned så hade tröjan försvunnit och ingen visste vart den var, och personalen på sysselsättningen visste inte heller vart den var. Då ville Kvinspen att vi i förtroenderådet skulle lyfta upp frågan och berätta att den där tröjan måste komma fram och det fortast möjligt. Både jag och sekreteraren såg nog ut som levande fågelholkar för vi hade inte ens hört talas om detta problem. Uppenbarligen var det någon, eller förmodligen i denna stund någon av Grabbarna grus som hade stört sig på denna tröja och gjort sig av med den. Frågan var bara vem var det, och skulle denna person erkänna? För det finns en sak inom kriminalvården eller på kåken, och det är att man aldrig rör en annan Grabbs grus grejor. Man går inte ens på cellen, man tar ingenting framförallt, och man förstör ingenting. Det är en oskriven lag, alla som sitter på kåken vet om det. Ändå så hade detta hänt. Kvinspen sa att kommer inte den här tröjan fram så kommer det att bli bestraffning, och bestraffningen blir ju då kollektiv och enligt lag får ju inte bestraffning vara kollektiv.

Kapitel 40: Kollektiv bestraffning

Men bevisligen bryr sig ju inte kriminalvården om detta. Det skulle innebära att om inte tröjan kommer fram med muck och datum, så kommer inte övriga interner på avdelningen B-huset baka under helgen och får inga ingredienser från köket. Det betyder alltså en har gömt bort en tröja och vi övriga blir bestraffade. Ännu en gång en olaglig från kriminalvården. Jag och sekreteraren undrade om Kvinspen eller Klienthandläggaren hade något annat som de ville ta upp och det ville dem inte. Alltså hade vi blivit kallade för att dem ville att vi skulle lösa ett eventuellt problem så att den här tröjan kom fram på ett eller annat sätt. Vi gick därifrån, vi tackade Fröken Åsa-Rosa och Kvinspen och sedan gick vi ut från hennes kontor och in i köket för att prata med övriga Grabbarna grus. Det var bara ett fåtal inne i köket så vi valde att sekreteraren skulle göra en kallelse att vi skulle ha ett förtroendemöte ikväll i det andra köket, och så blev det. Under tiden på dagen så var jag tvungen att förbereda detta tal, och hur jag skulle vinkla detta problem. För just nu stod vi inför ett ganska omfattande problem som en av Grabbarna grus hade gjort, men det blev ändå kollektiv bestraffning genom att vi inte fick beställa saker från köket gällande bakningen kommande helg. Kvällen kom och alla Grabbarna grus kom in i köket. Vi stängde dörren så att plitarna skulle kunna höra någonting, även om dem var nyfikna så dem höll på att svimma. Jag började med att öppna mötet med att säga Kriminalvården ville att vi skulle plocka fram en tröja som någon har tagit gömt eller gjort något annat med. Jag beskrev tröjan i sin helhet för Grabbarna grus och sedan avslutade jag med att om inte denna tröja kommer fram så kommer det att bli kollektiv bestraffning, och redan då jag sa kollektiv bestraffning så blev det ett jäkla liv på Grabbarna grus. Det var både det enda och det andra, och framförallt att de tyckte att det var väldigt olagligt. Nu vände ju mötet så att helt plötsligt ville Grabbarna grus veta vem fan som hade gömt tröjan eller gjort sig av med den. Men det var ingen som ville erkänna. En av Grabbarna grus ställde sig upp och sa, jag skiter i vem det är, om du inte kommer fram så kommer jag att leta upp dig och slå ihjäl dig. Då helt plötsligt så kom människan fram och erkände. Då hade vi ytterligare ett jäkla problem. Vi hade två stycken alfa-hanar som gick på varandra. Det slutade med att vi fick dela på dem, och dem var riktigt förbannade. Nu kan jag inte förstå att han som hade klippt sönder tröjan, för det visade sig att personen som tagit tröjan hade klippt sönder den och gömt den i tvätteriet, jag förstår inte riktigt än idag vad han var förbannad över. För så gör man inte, det är ju fortfarande en oskriven lag. Likt förbannat var det väldigt störda människor som satt på kåken, det var inte riktigt friska människor. Plitarna stod ju bereda att komma, om det inte blev lugnare i köket och VB:n kom för se om det behövdes fler plitar vid tillslag. Vi fick ju lugnat ner det hela, så plitarna kunde hålla sig borta från vårt möte. Man sitter ju inte där om man är frisk, eller inte har gjort ett brott. Killen som hade klippt sönder tröjan blev ju ganska ensam, det slutade med att han gick därifrån och nu hade vi ett riktigt jäkla problem för om han går därifrån på ett förtroendemöte så betyder det att någon kommer att plocka honom, och det är tvärsäkert. Då är ju bara frågan hur man skulle lösa den situationen. Han gick in på sin cell, han satt visserligen på min avdelning så han kom och pratade med mig, även om han visste att han gjort fel. Han sa att det hade retat honom så förbannat mycket att han hade skrivit så. Han skrev ju bara att han skulle mucka, sa jag.

Ja, men han hade ritat en kossa också, sa han.

En kossa, sa jag. Jag vill inte bli förknippad med en jävla kossa, sa han. Du menar att du klippt sönder en tröja, för att personen ritat en kossa och skrivit muck och sen datum, sa jag. Ja, sa han.

Ja kära läsare, ni hör ju själv. Vad ska man göra. Problemet var ju bara, att det var ju jag som var tvungen att lösa detta. Killen gick in på sin cell, och sen så blev det kväll och vi skulle sova. Grejen som händer då efter inlåsning är att plitarna knallar honom. Knall betyder förflyttning. Uppenbarligen så tyckte dem att det var för stor risk att han var kvar på kåken så dem hade flyttat honom till en isoleringscell, sen så flyttade han till ett annat fängelse för att kunna lösa situationen. Alltså hade situationen som uppkommit löst sig av sig själv. Det som kvarstod var ju bara att vi hade en sönderklippt tröja som vi visste vart den var, frågan var bara, skulle vi få kollektiv bestraffning eller hur blir det?

Det blev morgon och plitarna kom och öppnade dörren och sa godmorgon, i vanlig ordning. I egenskap i förtroenderådet så hade jag nya problem jag måste lösa. Frågan var ju bara åter igen, hade vi fått kollektiv bestraffning. Skulle inte Grabbarna grus få baka under helgen, även om vi hade hittat tröjan i sönderklippt form, så hade vi ju ändå hittat den. Vi hade ju löst problemet. Frågan är bara hur Kvinspen skulle reagera. Skulle han bestraffa allihop på grund av en. Ja, det visste man inte. Hur som helst, jag hörde 2-3 dagar efter att Grabben grus som hade klippt sönder tröjan, som hade fått knall, hade blivit totalt sönderslagen på den andra kåken. Dem ansåg att han hade blivit för kaxig. Han hade ju den attityden och ändå så satt han på ett säkerhetsfängelse, men likt förbannat så siktade han uppåt. Det betyder att man blir knallad och förflyttad till en annan anstalt. Förmodligen så hade den Grabben grus lärt sig en läxa. Han fick ju åka ambulans till sjukhuset efter den behandling han hade fått. Tråkigt, tycker jag, för det var inte meningen att det skulle sluta så för honom. Återigen hade jag något att ta itu med, skrivelser, allt, hela tiden var det någonting. Det tog inte så lång tid förrän vi hade nästa problem. Någon av de andra Grabbarna grus hade gått in på en annan avdelning i en annan cell, snott ett antal dosor snus från en annan person som låg i cellen och sov. Ja, åter igen, oskriven lag. Man gör inte så. I detta fall var det av utländsk karaktär som snodde 2 dosor snus av en svensk, men som det var nu så hade vi åter fått ett problem på halsen. Den där personen som hade snott snusen var inte så där jättevälkommen på avdelningen. Så även han blev förflyttad till A-huset, för han skulle snart mucka om en månad. Så man får säga att plitarna reglerade saker och ting ganska snabbt och det kan väl både vara bra och dåligt. Många gånger, eller ofta, var det förbannat dåligt. Han fick inte knall på så sätt, det kom två plitar, bad honom hämta sina saker och sedan gick dem över med honom till A-huset. Han fick bo där under tiden tills han muckade för att som sagt, han var inte välkommen på B-huset längre. Det förelåg kanske stor risk att han skulle få en kvart i luften om han var kvar. Jag gick själv till tvättstugan efter jag hade gjort mina dagliga sysslor. Egentligen fick man inte tvätta under sysselsättningen efter man hade betalt. Kände man plitarna väl, så var det inga problem.

Kapitel 41: Under sysselsättningen

Man fick gå och tvätta under tiden, mitt på dagen var det inte så många som tvättade. Det var bara vi som höll på med lokalvård. Samtidigt som jag stod där och tänkte, det är ju massa problem hela tiden, det är alltid något som någon vill gjort, eller så är det någon som utsätter någon annan person för massa våld. I princip gick överfallslarmet 2-3 gånger om dagen. Om ett överfallslarm går så innebär det att någon får på käften, så enkelt är det. Så plitarna hade ju en hel del att göra. Sen hade ju säkvårdarna hela tiden att fundera på befintlig säkerhet. Om personen ska vara kvar på avdelningen eller få knall, för att behålla den säkerhet som råder. Jag började gå från tvättstugan och ganska snart så var det uppsläpp från sysselsättningen, det var ju lunch. Då blev det ju nästa grej, som sagt det var alltid något. Bevisligen var det riktigt turbulent nu. Det var två stycken av Grabbarna grus som hade rykt ihop på silververkstaden och nu var det riktiga problem. Den enda Grabben grus kallade den andra bögjävel och den andra sa ingenting. Han var mindre aggressiv, och det får man ju vara glad över. Hur som helst, man går upp från sysselsättningen och då får man gå igenom en båge, metalldetektor, så att man inte tagit med sig saxar eller något annat av metall. Vi kommer ut, vi ska gå och äta lunch ganska snart nere i matsalen. När vi kommer tillbaka så är det ganska turbulent, eftersom Grabbarna grus är ganska irriterade på varandra. Han som blev kallad bögjävel går inte på sin cell, varav den andra går in och slås honom. Han får ett blått öga, ett brutet revben. Nu kan man ju tänka sig att det skulle bli lugnt därefter, men det blev det inte. För det som händer nu var ju att förmodligen hade vi någon som kallades golbög, en golbög innebär att vi har någon som sladdrar till plitarna, och det får man inte ha. För en golbög har ingen vän, så enkelt är det. Plitarna går och kollar om dem har knogjärn slåss med eller liknande. Men det leder inte till någonting. Detta leder till att vi får en så kallad P50. Just det, ni hörde rätt en P50. Jag kan säga att det blev ganska infekterat eftersom att de som rökte cigaretter inte ens får gå ut under en P50.

Det innebär att dem får sitta i sin cell i 3 dygn utan att röka. Dem kan förvisso få plåster, men som sagt, det blev ganska turbulent. Kvinspen fattar beslut om att vi ska få en P50 vilket innebär att vi får gå in i vår cell och bli inlåsta upp till 72 timmar, det innebär att VB:n ska skriva ut ett dokument som fastställer att vi är frihetsberövade, inlåsta, och vi får skriva under det. Så dem har en hel del att göra. Sen inleds ju det som kallas ett förhör. Det blev förhör med 32 stycken fångar. Alla skulle in till Klienthandläggaren varav det satt en sekreterare som dokumenterade allt. Nu var det bara ett problem, ingen ville säga något. Men 72 timmar skulle gå ganska slött, nu fick vi ju bara sitta 1.5 dygn sen så blev vi utsläppta från P50, tack och lov. Förhören var slutförda och alla fick komma ut. Man såg alla som rökte, sprang ju som kor i byte på bredgottfabriken. Dem ville ju bara ut på banan och hämta cigaretter. Är det så att man inte rökt på 1.5 dygn så blir man ju ganska yr i huvudet. Man kan ju inte röka mer än 1-2 cigaretter sen är det ju stopp. Sen ska dem inte få röka mer, så visst, folk blev ju irriterade på grund av det. Frågan var ju bara, vi som satt i förtroenderådet undrade ju vad som hade hänt, och framförallt om dem hade fått fram någon information om vem som hade gett vederbörande på käften eftersom vi hade bevisligen blivit inlåsta. I egenskap som ordförande gick jag till Klient-handläggaren Åsa-Rosas kontor och ville veta om det hade kommit fram någon information om vem som hade gett personen i fråga på käften. Som vanligt kunde hon inte säga något och ville inte säga något. Dem hade ju sin sekretess att tänka på, så det där blev ju lite moment 22. Vi får inte reda på någonting men vi blir alla inlåsta i cel-len, och det kan ju tyckas att det inte är så farligt att sitta i cellen. Men är man rökare så är det inte så jätteintres-sant att sitta i cellen 72 timmar. Långt därifrån. Man får något som heter abstinens, och det är inte roligt. För-visso, åter igen, man kan få plåster, men det ger inte så stor effekt. Klienthandläggaren Åsa-Rosa hade nog ingen information, eller så hade inte någon gett hennes någon information som var av avgörande karaktär. Det blev att hon fick gissa på ren svenska. Folk blev knallade hit och dit, och det blev riktigt turbulent. Blir 3-4 stycken perso-ner knallade så betyder det att då vet inte plitarna. Frå-gan var ju mer nu efter alla dessa förhör som hade varit med alla människor på samtliga avdelningar på B-huset, var vad Kvinspen skulle göra. Skulle åter igen kriminal-vården köra med den klassiska kollektivbestraffningen som dem ganska ofta körde med, eller skulle de bara ge fan i det, på ren svenska.

Kapitel 42: Program inom kriminalvården

Ja, det visste man ju inte, man visste bara att det här med kriminalvården det inte var så genomtänkt, det var rent ut sagt fyrkantigt. Många gånger så kan man ju undra varför dem höll på så här. Dem hade sitt regelverk att följa, men det regelverket, det var varken mänskligt eller någonting som skulle lösa problemen med dem som satt på kåken. Som du säkert förstår, du som läser dessa rader, är ju att Grabbarna grus och plitarna hade lite agg emot varandra, och egentligen så borde det inte vara så. Tvärtom, det borde ju vara så att vi som behöver hjälp och vi som avtjänar ett straff, borde kunna få professionell hjälp. Nu var denna hjälp mer som en förvaring, en förvaring totalt utan program. Visserligen hade kriminalvården en del program och jag tänkte jag skulle läsa upp för dig vilka program det fanns. För att du som läser ska kunna förstå vad en intagen kan få för utbildningar under tiden som man avtjänar straff så tänkte jag informera om följande. Detta är kriminalvårdens utbildningar vid tillfället jag avtjänade mitt straff.

Den 1:a april 2011 börjar en ny fängelselag och en ny häkteslag. Detta blir alla som blir frihetsberövade påverkade av.

Kurser man kunde få under tiden, man avtjänade sitt straff.

Å.P - Återfallsprevention

Särskild utslussningsåtgärd

Utökad frigång

Övervakning

ETS - Förbättring av tankeförmåga

ROS - Relations Och Samlevnad

VPP - Våldspreventivprogram

Tolvstegsprogram

Prism - Drogprogram

Idap - Ett program för dig som använt hot
och våld i nära relationer

BSF - Beteendesamtalförändring

Våga välja – Där du som har
missbrukningsproblem kan påverkas under 25 träffar

One 2 one – Ett påverkningsprogram

Brottsbrytet – Kurs för dig som vill sluta med brott

Dessa kurser kan man få inom kriminalvården, de så kallade påverkningsprogrammet under tiden man sitter på anstalt och därefter man avtjänat ett straff. Så vid det tillfället jag satt fanns dessa program. Det finns säkert fler idag. Jag vet inte, men det tror jag.

Återigen till berättelsen om livet på kåken...

Klienthandläggaren visste ju som sagt inte så mycket. Vi visste vem det var, vi i förtroenderådet, men det var ingen som sa något. Detta resulterade i att kriminalvården svarade genom att knalla folk hit och dit. Ja, som ni själv hör så föregick det ju ett krig också. Plitarna hade ju laglig rätt på sin sida och vi ville inte säga ett skit. Det resulterade i att kriminalvården gissade och resultatet blev för vår del att folk flyttade därifrån avdelningen genom att dem blev knallade. Så var det ganska ofta, varje vecka, varje månad. Det pågick året runt. Det fanns inte så många positiva dagar på kåken, eller rättare sagt jag upplevde det inte att det fanns så många. När man sitter i förtroenderådet så måste man ju förtjäna den plats som man blir vald till. Visst kan det vara ganska hedrande att sitta där för man är ju som sagt betrodd på något sätt. Man för Grabbarna grus talan, talan mot plitarna. Vi är ju som sagt ett konverteringsverktyg mellan plitarna och Grabbarna grus, då vi ska kunna lyfta upp de frågor Grabbarna grus vill ha löst. När man sitter där så har man ju ganska god insyn i den marknad som verkligen existerar. Återigen det där med cigaretter. Det kan handla om kortspel. Det kan handla om droger. Det kan handla om indrivningar. Det kan handla om våld. För min del så är det ju som så att när man kommer från A-huset så har dem ju en ordförande med, och en där uppe. Ordföranden i B-huset är ju den som styr hela skutan och dem andra ordföranden lyssnar på denna. Det gör ju att vederbörande som sitter som ordförande på B-huset får betydligt större krav. Allt som kommer in, allt från droger, frimärken, tabletter och så vidare, det ville jag inte ens ha med att göra. Jag ville inte beblanda mig i detta, även om jag kunde. Jag har aldrig någonsin tyckt om droger, så för mig var det så att jag inte ville vara inblandad. Likt förbannat så var det vissa delar som man var inblandad i. När man satt i A-huset så var det ju så att vi hade ingen spis, vi hade ingenting att värma med. Dem hade klippt av elledningen till spisen så att man inte skulle kunna värma upp vissa saker. Vi hade som sagt en brödrost för att rosta bröd, vi hade även en äggkokare. Den äggkokaren blev väldigt symboliserad för dem som höll på med droger.

För i en äggkokare är det ju lite vatten, det vet ju de flesta om, och däri kan man lägga sina verktyg. Dem var ju ganska påhittiga, allt, precis allt som skulle finnas fanns. Det fanns en marknad som hade det mesta. Vissa saker ville man inte veta hur dem hade kommit in för det kan man ju bara tänka sig. Det var allt från USB-minnen till porrfilmer, filmer till ungtupparna så dem höll sig lite lugna. Frågan är bara, jag vet idag hur saker och ting kom in. Det är inte roligt att veta, det måste jag medge. Oavsett vilket så var det så. Drogerna kom in genom kvinnor som hade flera hål än de flesta hade. Pillertrillarna plockade ut dessa tabletter från deras underliv och sen så var det inte mer med det. Dem sålde det på svarta marknaden på kåken. Var det besök var man ju tvungen att byta kläder och sen snurra ett varv så plitarna kunde se så att man inte fick med någonting. Oftast var det ju så att dem tejpade tabletter under pungen eller liknanden för att dem inte skulle hitta de. Misstänkte dem något på någon avdelning, så åkte vi ju på UP (urinprov). Vägrade vi göra UP så var det ganska enkelt, satt man på A-huset fick man inte vara i köket eftersom man hade nekat UP. Det var något hela tiden, som sagt det var allt från droger, tabletter, pillertrillare som dem säger, till indrivningar, och allt skulle man som ordförande hålla ordning på. Det var inte så lätt alla gånger för på korttidsavdelningen kom det ganska många, och dem var ju inte precis kloka. Vissa var väldigt smarta och vissa var väldigt kloka. Likt förbannat blev det krock ibland, och nu var det ju så att någon måste plocka ner dem på jorden, och det gjorde vi, och det visste plitarna om. Men dem gjorde ingenting åt det, eller så låtsades dem se mellan fingrarna. För det är ju så här, när en ungtupp kom på avdelningen och skulle fjädra upp sig så var dem ganska fort nedplockade, och det visste plitarna om. Det var inget nytt för dem. Även dem tyckte väl att man inte fick bruka våld men likt förbannat så är jag helt övertygad om att dem visste att vi brukade våld. Där fanns väldigt många bra människor, det fanns väldigt dåliga människor som bara gick som plit och väntade på sin lönelapp skulle komma som inte var lämpade för det jobbet. Men så är det väl på alla arbetsplatser och denna arbetsarbetsplats var väl direkt inte något undantag. Som du säkert förstår så var det inte särskilt lätt att sitta på den position som man gjorde, och märkte man ju av flera gånger om.

Plitarna, kvinspen, klienthandläggaren, och VB:n, alla gick ju till den som var ansvarig för förtroenderådet, det vill säga ordföranden och ville att jag skulle prata med Grabbarna grus. Det kan man ju tycka är ganska roligt ett tag, men det är inte så jättekul. För du vet när det börjar exempelvis med kortspel, med betalning via tandpetare, så kan man ju själv inse att det blir mycket pengar och återigen människor som mådde psykiskt dåligt när dem drar på sig skulder. Jag har varit med om ganska mycket på den här voltan och jag har sett och hört, till och med sett ordföranden som tömt förtroenderådets kassa på grund av sina spelskulder, och det är inte bra. Frågan är vad man göra åt det, eller kan man göra någonting åt det. Sitter man i en sådan position så ska man ju vara ärlig mot dem, men det är faktiskt många som sköter det på ett annat sätt och är oärliga genom som sagt, tömma kassan och täcker upp för sina egna spelskulder så att man inte ska komma i dålig dager gentemot dem andra Grabbarna grus. På B-huset som jag satt på så var det ganska beryktat om att ville man ha knall eller en P50 så skulle man sitta på B-huset, för där hände det grejor, hela tiden, och faktum är så var det så. Hela tiden så var det P50 eller så var det knall, sen var det knall, sen var det P50, det var hela tiden någonting och jag kan förstå nu i efterhand att det var en ganska tuff miljö som krävde ganska tuffa beslut från plitarna och framförallt från kvinspen. För det är ju så enligt lag så är det ju deras skyldighet, kriminalvårdens skyldighet att skydda den enskilda individen under tiden dem avtjänar sitt straff, och det kan man göra på två sätt. Antingen så sätter man ned fötterna eller så ligger man på sjukan under hela sin tid, för det har man laglig rätt att göra. Det är dock inget alternativ när man har en långtidsvolta för det blir ju rätt långtråkigt. Men hur som helst så var det ju ett krig mellan plitarna och Grabbarna grus. Ja, eftersom det inte hände så mycket så behöver man inte sitta och tjata om samma sak om igen.

Kapitel 43: Knall (Förflyttning)

Men jag ska berätta om en annan sak. Av någon anledning så, en dag när jag blev inlåst på cellen 18:45, fick jag knall. Det knackade på min celldörr och in kom det 4 plitar. Jag visste ju inte vad som hade hänt och eftersom att jag inte visste vad som hade hänt så flyttade dem mig till A-huset igen. Jag frågade, vad är det som har hänt? Men som sagt, dem hade sina order, och jag fick gå över till A-huset. Garanterat så hade vi en golbög. För på dagen innan så hade det hänt en liten incident. Ja, det var en av Grabbarna grus som sparkade upp mot ansiktet på en av dem gamla rävarna, och det var ju inte bra. Det gjorde att den gamla räven kom till förtroenderådet och sa att är det inte så att han lugnar ned sig så kommer det bli värre för honom. Mer än vad han själv kan ana. Jag och sekreteraren valde att prata med honom inne på hans cell, vilket vi gjorde. Det gick väldigt lugnt till väga och vi berättade för honom vad som kommer att hända om han inte lugnar ned sig. Han lovade på heder och samvete att lugna ned sig och efter en kvart kunde jag och sekreteraren gå därifrån, och sen löpte dagen precis den brukade göra. Ingenting hände, nersläpp igen till lunch och dem kom tillbaka. Det var inte förrän, som sagt, vid inlåsningen som det knackade på min dörr. Hade vi fått en golbög, var det så illa? Var det någon som höll på bara på grund av detta eller inte. Varför flyttade dem mig, eller varför flyttade dem inte mig. Ja, jag tror nu i efterhand att det berodde på två grejor, dels för att vi varit inne hos den Grabb grus som hade spelat kung fu legend, och att jag under dagen hade fått dem flesta skriva under ett papper från förtroenderådet att dem ville ha vissa åtaganden gjorda och på det papperet dem skrev under stod det även muckdag. Förtroenderådet ville ha 50 kronor och alla som gick med på det fick ju skriva på att dem dra 50 kronor från lönen varje gång du fick lön. Detta slutade med att dem fick underteckna med namnteckning och muckdag. Muckdag var ju för att det skulle symbolisera att dem skulle sluta dra pengar den dagen dem slutade mucka, något annat var det absolut inte. Detta kunde jag inte tänka mig att det var, däremot kan jag tänkta mig att det var dem två grejorna som jag sa innan för att jag skulle bli knallad till A-huset. Jag gick med 4 plitar till A-huset och man hörde ju Grabbarna grus inne på min avdelning att nu blev det ett jäkla liv.

Dem hade ju tydligen plockat bort mig, och hade man plockat bort ordföranden så blev det inte bra. Dem tog mina saker, jag tog det nödvändigaste jag kunde ta sen gick jag över till A-huset, för att installera mig. Det var en ganska intetsägande cell, det var visserligen på samma avdelning som jag satt på innan när jag kom dit första gången men på en annan cell. Jag hade dubbla madrasser, jag fick bädda nytt igen, och åter igen var jag tvungen att skura hela cellen eftersom han som hade bott där hade totalt glömt att göra det. När jag var klar med allt, alla grejorna jag hade fått, visserligen var det väldigt få grejor så jag skulle klara mig över natten. Resten skulle en plit från B-huset komma med dagen efter. Jag hade ganska svårt att sova, dels var jag riktigt förbannad och dels visste jag inte exakt varför jag hade blivit knallad, det var ingen som hade informerat mig om detta. Så det blev ganska svårt att sova, förmodligen somnade jag en stund på min säng, med kläderna på, för det gick inte att krypa ned och sova som jag skulle. Jag hade ingen ro i kroppen, tankarna gick bara runt i huvudet. Alla dem frågorna som man skulle lyfta till Grabbarna grus på B-huset var nu helt omöjliga att göra. Frågan var nu bara vem som skulle bli ordförande, eller vem var lämplig att bli ordförande. Det var många frågor som snurrade i huvudet, men jag hade tyvärr inget svar.

Jag somnade till på sängen och nästa gång jag vaknade till så var det pliten som öppnade cellen och sa god morgon. God morgon, ja, det kan man väl säga var en modifikation av sanningen. På morgonen var det men god var den fan i mig inte. Nu var jag tillbaka på A-huset, eller korttidsavdelningen. Varför hade dem satt mig här. Jag gick till plitkuren och hämtade lite grejor, förnödenheter som jag behövde. Jag var ganska känd på den här anstalten, alla visste Persson var, tyvärr, och nu var jag åter igen tillbaka. Man kände igen plitarna som var där, för det var viss skillnad på A-husets plitar och B-husets plitar. Vissa ville vara på A och vissa ville vara på B, varför vet jag inte, eller jag visste inte det för stunden. Jag skrev på en hemställan att jag ville få mina grejor. Skrev under och lämnade in den till en plit och sedan så gick jag därifrån.

Jag gick till min cell igen. Jag kände i hela min kropp att nu var jag riktigt förbannad. Samtidigt hade jag börjat en utbildning på B-huset som heter One 2 one, jag hade gått 2 gånger och nu var jag arg. Så jag ville avsluta utbildningen. Handledaren kom och frågade varför och jag förklarade varför, och då sa hon att den enda du bestraffar du är dig själv och inte kriminalvården, kriminalvården får sina pengar ändå. Dock tänkte inte jag på det. Jag var ganska bestämd att sluta, och så blev det. Hon som höll i One 2 one gick tillbaka till frivården, och avslutade mitt ärende. Själv gick jag in på min cell och satte mig på min stol och stirrade rakt ut i intet med intetsägande blick. Jag kände hur man darrade inombords för man var så förbannad så man höll på att gå sönder i molekyler. Men var hjälpte det.

Man hade ju möts av en ilska och frustration, men som sagt, det hjälpte inte mig, det hjälpte absolut inte mig. Jag satt där på min kontorsstol och tittade ut i intet när jag bestämde mig för att gå tillbaka till plitkuren och begära ut dem papper som bekräftar varför jag hade blivit knallad. Pliten jag bemöttes av visste ingenting, förmodligen nybörjare, och det var ju inte bra. Det kom en lite mer erfaren dam med lite skinn på näsan. En gammal plit som visste det mesta om det mesta, eller i alla fall lite om det mesta. Det skulle komma papper under dagen, Kvinspen hade förmodligen skickat över papper med dem var inte behandlade och sen var det Klienthandläggaren på A-huset som skulle göra detta. Sedan skulle det läggas i ett fack, sedan kunde jag efter en hemställan begära ut dem papperna. Men som fallet var nu så fick jag leva i ovisshet och det gillade jag inte. Jag kunde som sagt inte göra så mycket, jag gick mest runt och funderade på hur jag skulle lösa fallet. Det var några av Grabbarna grus som ville spela lite schack med mig och det fick ju tiden att gå. Men tankarna bubblade i huvudet på mig hela tiden, varför hade jag blivit knallad? När man går och väntar på ett svar så går tiden långsamt, det är precis som att knalla ska dem göra men jag får inte veta varför, och det tycker jag var dåligt. Hela dagen gick, vi både åt lunch, middag och kvällsmat, vi blev inlåsta på cellen och dagen efter var likadan. Jag fick inte reda på något då heller. Tredje dagen då jag gick till plitkuren och frågade var mina papper var så hade dem kommit, det var väl säkvårdaren Mattias som fick tag i dem. Jag blev delgiven dem och i beslutet stod det kort sammanfattat, jag hade blivit knallad på grund av att anstalten ansåg att för att dem skulle kunna bibehålla den säkerhet som fanns så var det bättre att förflytta mig. Så att dem skulle kunna upprätthålla den säkerhet som redan fanns på hela anstalten inte bara avdelningen, och då kan man ju undra, det stod fortfarande inte varför, inte mer än att vilken anledning, det vill säga säkerheten. Det kan man ju tycka är lite B, jag satt dock på A-huset. Hur som helst, jag kan idag, eller jag vet inte om jag kan eller vill förstå det, men för mig är det så att rätt ska vara rätt, och gör man en sak ska man rätta till det om det blir fel. När man får reda på ett besked om en knall som symboliserar säkerhet så måste man ju veta vilka punkter man bryter mot för att säkerheten ska brista. Det var något jag aldrig fick veta, och det kan ju reta mig än idag. Jag gick tillbaka till min cell med mina papper. Vissa papper fick man ha på cellen och vissa fick man inte ha, på grund av de säkerhetsrutiner dem hade. Hur som helst så var det så att, jag var en långtidsvoltare och skulle inte få söka permission först efter ett och ett halvt år. Det var ganska lång tid. Jag hade haft både hjärtinfarkt och stroke så jag tyckte det var ganska omänskligt. Jag kan förstå att dem tyckte det med de papper som fanns och register som fanns då. För mig var det väldigt viktigt att kunna komma ut och få frisk luft mer än en timme om dagen så därför bestämde jag för att få tiden att gå, så därför överklagade jag beslutet till Kriminalvården och beslutet som Placeringsenheten hade sagt att jag skulle kunna söka permission först efter ett och ett halvt år. Jag gjorde det, jag skrev detta dokument, datum och skrev under det. Lämnade in det till klienthandläggaren som skulle lämna upp det till regionen. Sedan hade dem en vecka på sig att behandla ärendet. Jag gick från Klienthandläggaren efter jag lämnat min överklagan till henne och försökte att få tiden att gå. Jag tvättade lite, spelade lite schack, pratade med Grabbarna grus, gick in på min cell, så var det varje dag. Det var alltid annat än roligt. När jag gick där så funderade. Måndag till fredag går ju ganska fort, för då har man ju sysselsättningen men helgerna, ja, dem är jättetråkiga. Det händer absolut ingenting. På söndagarna är det ganska bra för då är det bingo, och bingo kan ju låta lite pensionärsaktigt men vi hade inte så mycket att göra. Vi spelade bingo och den valda ordföranden satt och vevade i tombolan och ropade upp numrorna, och alla Grabbarna grus satt där som profiltunga idioter och kryssade i brickorna. Det fanns alltså tre stycken pris, första, andra och tredje. Tredje var ju nästan ingenting, andra var lite bättre och första var jättebra. Fick man tre rader på bingo så blev det första pris, alla ville ha det så helgen blev räddad. Nu var det ju detta på en söndag så egentligen vad var det att rädda. Ja, har man suttit på kåken så vet man att söndagen är jäkligt lång så det är bra att ha lite godis och annat gott, så man kunde ta kål på tiden på söndagen. Det hände inte så mycket under veckan, dem hade ju satt mig som lokalvårdare eftersom jag hade varit det tidigare. Jag hade två korridorer att städa, det tog inte mer än 20 minuter. Men frågan är, vad skulle jag göra sen. Vad i hela friden skulle jag göra mer. Det är ganska förödande att sitta på kåken för tiden går väldigt långsamt och när den går väldigt långsamt så blev det ju ännu mer långsamt om man gick och väntade på något. I mitt fall så gick jag och väntade på ett beslut från Kriminalvården, som jag hade lämnat in överklagan till om min permission. Detta skulle förmodligen komma på fredagen, nu var det måndag och det var fortfarande en hel vecka kvar. Så dagarna gick, måndag, tisdag, onsdag, torsdag, det var rätt okej. När fredagen kom så gick jag till Klienthandläggaren vid lunchtid och frågade om mitt beslut hade kommit. Ja, det hade det gjort, och så fick jag bli delgiven det. Där stod det att kriminalvården gjorde ett avslag och tyckte att placerings enheten gjort ett bra beslut. Ja, det innebär att jag skulle få sitta ett och ett halvt år innan jag fick söka permission, jättekul.

Jag frågade Klienthandläggaren om jag kunde ta in mitt beslut på min cell, vilket jag fick. Jag tackade för mig och så gick jag därifrån. Jag var mer irriterad än glad måste jag säga. Som sagt, jag gick in på min cell, det gick inte fort men jag gick dit. Jag var ganska bestämd att överklaga det beslut som Kriminalvården hade beslutat. Gjorde jag det så hade dem 3 veckor på sig att försvara sin titel. 3 veckor. Jag skrev att jag bestred och överklagade deras beslut och meningen var ju att dem skulle skicka det till J.O, vilket dem inte gjorde. 3 veckor hade gått och nej, Kriminalvården ändrade sig inte. Då har jag rätt som klient att överklaga till J.O. Beslutet som kommer ska alltså Kriminalvården skicka till J.O och det var precis då det inträffade. När dem 3 veckorna hade gått så skulle ju Kriminalvården skicka det till J.O, nu gjorde dem inte detta. Det var stämplat en ankomststämpel på det, Klienthandläggaren och Kvinspen hade tagit del av det och även högsta hönset på anstalten. Jag gick in efter 5 veckor till Klienthandläggaren och frågade var mitt beslut var från J.O. Hon sa att hon skulle kolla upp det. Återkommer efter lunch med mitt beslut. När Klienthandläggaren kom tillbaka så var hon ganska blek. Jag blir inkallad på hennes kontor, och frågade åter igen vad mitt beslut sa, och det var då hon sa att kriminalvården inte hade skickat det. Jag hade alltså och väntat i 5 veckor på ett beslut från J.O som inte J.O hade fått. Detta är totalt olagligt och det ville jag inte acceptera. Det blev ganska turbulent, det blev massa skrivelser hit och dit. Klienthandläggaren bad om ursäkt, även Kvinspen kom senare på eftermiddagen och ville prata med mig och sa att det hade blivit fel och att dem bad så mycket om ursäkt om detta och att detta inte skulle inträffa en gång till. Alla var nu inblandad i mitt fall. Kriminalvårdens, kriminalvårdschefen, klienthandläggaren, kvinspen var inblandade. Bevisligen hade anstaltens rutiner brustit. Allt detta skedde bakom ryggen på mig. Det hade blivit ett stort pådrag från kriminalvårdens sida. Detta märkte jag inte av när jag satt eftersom det skedde bakom min rygg. Detta resulterade i att dem hade på sig ett antal veckor att skriva till J.O.

J.O läste igenom och tog ett beslut efter ett antal veckor där dem kom fram till att dem var väl värda kritik för att dem hade gjort fel. Men var hjälpte det mig. Jag vann detta fallet och det gillar jag. Det är skönt att kunna vinna över Kriminalvårdsfolket. Det gillar jag skarpt. Men jag fick inte permission för det, jag fick allt vänta på min tid som Placerings enheten hade sagt, och det kan man ju tycka är lite fyrkantigt. Det bevisar ju bara att Kriminalvården har ju ett system som är totalt fyrkantigt och åter igen där absolut ingen vill göra fel. Det märkliga i det här fallet var ju faktiskt att dem flesta plitarna, kriminalvårdens kvinspar, säksamordare, alla, visste att kriminalvården hade gjort fel. Ändå så var dem lojala mot sin arbetsgivare. Då ställer jag mig frågan varför gjorde dem så. Dem sa ju något helt annat mellan raderna men officiellt sa dem ingenting alls. Nej, man kan ju säga att jag inte satt oskyldig, men jag avtjänade mitt straff för det jag hade gjort. Jag tog min tid men under den tid jag avtjänade mitt straff så gjorde Kriminalvården själva kriminella handlingar.

Dock fick dem inget straff. Det resulterade bara i att dem ändrade rutinerna. Återigen... ju högre upp man sitter, ju lättare kommer man undan. Ju längre ned man sitter... så blir det som för mig, att man blir oskyldigt dömd. Nej, allvarligt talat, jag var inte oskyldigt dömd. Det var väl bara det att när man avtjänar sitt straff så förväntar man sig att man ska få den hjälp som man är berättigad till. Inte att man ska bli utsatt för ett brott av en myndighet som utövar avtjäning av straff. Det blev ju lite konstigt, eftersom att en myndighet kan ju inte göra något olagligt och samtidigt få rätsida på en av Grabbarna grus, det verkar väldigt konstigt, mycket konstigt. Jag märkte ju på mitt eget humör att jag hade ju blivit påverkad av det beslut som kom från Kriminalvården och att

Kriminalvården bevisligen inte hade skickat in mitt ärende till J.O. Det gjorde att jag var ganska lättretad som person, och sitter man på kåken och har ett dåligt humör från början så blir det ju inte bättre av den här situationen, och det blev det inte. Det blev en dag då jag och en annan Grabb grus råkade i luven på varandra, ordentligt. Det resulterade i att dem beslutade att sätta mig i isoleringen.

Isoleringen, ja där är det väl ingen som vill sitta. I mitt fall så blev jag hämtade av VB:n Lina och inlåst på isoleringen. Sedan kom ju Kvinspen på vardagen därefter och då beslutade dem att jag skulle flytta till en annan anstalt, och då tänkte jag okej, det är väl inte så farligt. Men nu gick det inte 1 dag, och inte 2, inte 10 heller, det gick 17 dagar på isoleringen. Nej, mänskligt är det inte. Sitter man så länge på isoleringen så blir man ju lite kokt i huvudet. Man har ingen att prata med, förutom en själv. Man kan inte göra så mycket, man kan visserligen se på Tv. Men mycket mer kan man inte göra. Vid tillfället hade vi ingen slinga, vi kunde inte se film utan bara se på Tv, och på dagarna finns inte så många Tv-program som är bra, för vi hade inte något större utbud.

Nej, säger säkert många, det ska ni inte ha för ni är kriminella, men sitter man på isoleringen så sitter man där. Nu är det säkert många som säger att man får skylla sig själv, ja det får man väl kanske göra. Men du som säger det, tycker jag ska tänka till en gång till. För att sitta på isoleringen är ett ganska tufft beslut. Hur som helst, det gick 10, 12 dagar, och varje dag var den andra lik.

Det kom en plit en gång om dagen och frågade om jag ville gå ut och då fick jag gå ut på eftermiddagen för jag fick inte träffa någon annan. Då hade jag precis som alla andra lagliga rätt att ha en timmes promenad om dagen. Det började bli kallt ute så, nja, det var väl inte så jätteintressant. Gick ut gjorde man ibland 20-30 minuter sedan gick man in igen. Det var inte mycket att hänga i julgranen. Jag tyckte inte att det var kul, man hade tappat livsgnistan. Sitter man på isoleringen händer det ju inte så mycket och vad fan ska hända, ska jag skriva brev eller. Man får ju inte skriva till någon. Allt är bevakat så nej, för min del var det mest att ligga och vila och ta det lugnt. Men det blev ganska tråkigt efter 17 dagar, det kan jag säga. Efter 12 dagar så kom säkvårdaren Mattias, en ganska bra plit även om han var en plit så var han ganska bra som person. En sund och intelligent person. Sen kom VB:n Lina med massa papper som jag skulle skriva på, hon är jättesnäll. Men det är ju en dam som kan som sagt, hon kan fräsa som en smörklick i en het stekpanna, om hon verkligen vill. Både VB:n Lina och säkvårdaren Mattias undrade hur det hade gått till, och säkvårdaren frågade mig om jag hade skulder till den personen. Är han helt full eller? Jag har fan inga skulder. Men det var väl hans sätt att lösa situationen, att ställa en fråga som han skulle göra. Men i detta fall hade han totalt fel. I båda fallen Lina och Mattias var det ju så att dem ville att jag skulle flytta till en annan anstalt så fort som möjligt. Nu var det ju Kvinspens beslut att få mig flyttad så fort som möjligt, och förmodligen tyckte hon inte det var så jätteakut och då valde hon att skriva till Placeringsenheten där hon bevisligen inte påskyndade ärendet. Även om hon påskyndade ärendet så skrev hon inte att det var akut. Så efter 12 dagar så kom säkvårdaren Mattias och frågade om jag kunde flytta ned på sjukan igen. Jaha, varför det frågade jag? Dem menade på att jag snart skulle till en annan anstalt och då var det bättre att bo där eftersom det var andra som skulle på isoleringen, och det var ju en konstig känsla. Jag skulle alltså flytta till en annan anstalt och framförallt skulle jag komma från isoleringen till sjukavdelningen, där jag skulle sitta, men det skulle ju bli några dagar där också. För det här fallet var ju bevisligen inte prioriterat. Ja, som ni förstår åter igen så var jag tvungen att installera mig och nu var jag ganska trött på det. Simon som satt där när jag kom dit på anstalten första gången. Jag fick hans gamla cell, och det var en ganska speciell känsla. Det var mycket mer humant att sitta på sjukan än på isoleringen. Man kunde vara 2, det fanns kaffekokare, allt. Frågan var bara hur länge hur länge jag skulle sitta där, skulle jag sitta där 1 dag eller 3 dagar. Nej jag fick sita där i 5 dagar. 5 dagar är långtid om man går och väntar på att det ska hända något. Dagen innan vi skulle iväg så kom VB:n Lina och bad mig packa ned mina grejor i den blå lådan som den hette. Det var cirka 20-25 kilo som man fick lägga i lådan. VB:n Lina gick in på sitt kontor, och vi packade ned mina grejor och hon vägde dem. Det blev två stycken lådor. Sen fick jag gå tillbaka till min cell och VB:n Lina låste in mig, igen. Det var mycket inlåsningar under den här tiden. Men jag hade faktiskt vant mig, jag brydde mig inte så mycket om att de låste. Frågan var ju bara, jag ville ju veta till vilken anstalt jag skulle komma till, dock visste dem inte det och VB:n Lina visste ingenting. VB:n Andre visste inte heller någonting. Så man fick ju leva i ovisshet, Jag tror det var 3 dagar innan jag skulle flytta, jag visste visserligen inte det då, men ungefär 3 dagar innan så hade jag sökt övervakad permission och då skulle det gå ut 2 plitar. Detta var ju den sista bevakade permissionen så jag fick faktiskt gå ut med en kvinnlig plit i civila kläder, och det var ju en väldigt speciell känsla att få komma ut i samhället. Här sitter man på ett café med en plit. Jag vet att när vi åkte iväg från anstalten så kändes det väldigt märkligt. Man skulle ta på sig säkerhetsbältet själv annars var det ju plitarna som gjorde det, men nu var det jag själv som fick göra det. Vi skulle åka ut genom grindarna, sen kom vi in till staden. Jag satt nog där och undrade, jaha, vad ska man nu göra. Det kallas att man får en luftning. En luftning kan ju vara att man åker till läkaren eller liknande med ett par plitar, men nu var ju det här en permission. Vi skulle alltså gå runt på stan i 6 timmar och det kan ju låta jäkligt lång tid men jag kan säga redan nu att det gick blixtsnabbt. Jag vet pliten Milla som då gick med mig frågade vart jag ville gå, och jag sa att jag ville gå på ett café. Jag kom in på ett café där vi satte oss, och där var ett sådant surr på alla fruntimmer så det gick ju inte att höra något. Man var ju van att det var helt tyst i cellen och helt plötsligt var det sådant surr, jag hörde absolut ingenting och sen blev jag hjärntrött ganska fort.

Jag blev så trött av alla nya intryck som jag nu fick vara med om. Jag sa till pliten Milla att jag ville gå därifrån. Hon förstod att jag hade svårt att fokusera eftersom det varit sådant surr där inne. Vi gick ut efter vi hade druckit kaffet. Vi gick ut på stan och det var betydligt lugnare där. Vi gick runt lite, jag tittade lite i skyltfönster, pliten Milla frågade hur känns det. Ja, det var ärligt talat ganska blandade känslor, jag visste inte vad man skulle tro eller tycka. Det kändes väl bra att vara ute i friheten, samtidigt så kändes det skumt, kändes väldigt skumt att man skulle vara en del av detta samhälle. Den dagen man orkar. Det var visserligen lång tid kvar men som sagt, jag hade min permissionstege och detta var sista steget.

Hur som helst så gick vi runt, och tittade på olika saker. Vi gjorde inte så mycket. Vi kunde ju gått på bio eller något men en sak som jag ville, var att jag ville tillbaka till anstalten och få lugnt och ro igen. Det kanske låter konstigt men så var det faktiskt. Man blir faktiskt institutionsskadad när man sitter så här länge på en anstalt.

Permissionen började gå mot sitt slut och pliten Milla frågade om vi skulle åka tillbaka till kåken, och det tyckte jag var ett bra förslag. Jag kan inte förstå det än idag att jag tyckte att det var ett bra förslag, men det tyckte jag faktiskt. Vi började gå mot bilen som pliten Milla hade parkerat i ett parkeringshus. Vi hade inte parkerat i det parkeringshuset, som Milla gick mot, och jag kände ju inte till staden så vi gick ju runt som Stevie Wonder båda två och letade efter en bil som Kriminalvården hade. Nu var det ju bara så att vi inte hittade bilen eftersom vi var på fel ställe.

Vi fick fråga folk var en viss gata låg, sedan gick vi dit och då hittade vi parkeringshuset samt bilen. Helt otroligt. Hur som helst, vi hoppade in i bilen och började åka mot anstalten. Ju närmre vi kom anstalten kände jag hur pulsen gick ned. Det är konstigt men så är det, och så var det. Jag kände det som ett hem, jag skulle komma hem till en anstalt, helt obegripligt. Hur som helst vi stod där framför grinden utanför anstalten och CV:n (Centralvakten) var ju tvungen att öppna grinden. Han gjorde det och vi körde in och sen kom vi in på kåken och sen var det de vanliga rutinerna, och det kändes tryggt. Då visste man vad som gällde. Det var att byta kläder, skriva på papper, gå igenom alla rutiner som fanns. Jag blev bemött av VB:n Andre, sen var säkvårdaren Mattias där, lika rolig som en levande halsbränna. Nej, sorry Mattias. Hur som helst sen gick vi förbi VB:n Linas kontor, hon frågade så klart om det hade gått bra på permissionen. Ja, ja jag.

Ja, för vi hade inte orkat springa efter dig, sa hon. Nej det behövde ni inte, jag kom tillbaka frivilligt, det känns skönt. Jag gick in för att byta om, och gick tillbaka till min cell, och när jag kom in där och dem låste så tyckte jag att det vara jätteskönt. Hur man nu kan tycka det, men jag tyckte det, och jag var jättetrött efter alla intryck som hade varit på stan. Snart var det inlåsning och pliten kom in på sjukan lite senare än 19:45 eftersom att dem låste ju först inne på avdelningen sen på sjukan. Jag kan ju säga att rutinerna var ganska enformiga även på sjukan. Även om jag tyckte det kändes bra och tryggt att vara där så var det så. VB:n Lina kom och berättade någon dag senare att jag skulle flytta till en annan anstalt.

Nu visade det sig att dem skulle flytta mig 75 mil ifrån denna anstalt som jag satt på, och då kan man ju undra, det kan man ju kalla knall. Dem säger att det inte var en knall men jag har förbannat svårt att tro det. Hur som helst dagen kom, då jag skulle flytta. Det var ganska blandade känslor både hos mig och hos plitarna för jag var ju en inventarier på den här kåken. Jag var ju den som hade suttit längst här nu. Så visst blev det ju lite tungt, nya rutiner skulle ju upprättas och det var ju något helt nytt som jag stod inför. Jag blev hämtad av VB:n Lina, transport var där och dem ville sätta handfängsel på mig. Då sa VB:n Lina att jag inte behövde några hand-fängsel. För att sitta med 75 mil med handfängsel hade ju varit ganska tråkigt. Hur som helst, vi bar ut mina lådor. Jag tog adjö av CV:n, VB:n och en och annan plit. Det var lite konstigt men så var det. Jag hoppade in i bilen och åkte iväg från kåken. Sen bar det iväg 75 mil. Det är lite speciellt när man åker transport för transport är så här, dem får inte ens stanna bilen mer än på ett häkte eller på en polisstation. Annars får dem inte stanna.

Kapitel 44: Vätskedrivande medicin

Inte en sekund. Det är ju lite jobbigt när man går på vätskedrivande när man ska sitta 30-40 mil helt rakt upp och ned utan att få gå på toaletten. Så jag sa till dem att ni måste stanna bussen. Nej, vi får inte stanna bussen. Men faktum är att de gjorde det i ett skogsparti och jag fick gå ut och slå en sjua, och det var jävligt skönt. Sen blev det inte fler stopp. Det blev stopp inne på häktet där jag skulle sova över på natten och gick in och la mig. Det kändes ganska enformigt tråkigt, trist, grått. Jag vet inte varför det kändes så. Hur som helst, det var ju toalett på häktet, och det var ju bra. Jag var där och, ja, hur det kändes, ska vi säga trist. Men ändå så var jag ju på väg mot en annan anstalt. Jag gick och gjorde mig iordning på natten, sedan gick jag och la mig, och jag var riktigt trött. På morgonen öppnade pliten dörren och sa god morgon, i vanlig ordning. Sen fick vi frukost, kaffe och liknande, medicin. För att vi sen skulle åka iväg med transport igen. Vi åkte iväg från häktet och jag tror vi stannade i Gävle. Eftersom plitarna skulle äta sin lunch, så var vi tvungna att stanna till där. Då skulle vi in i en liten bur, svårt att beskriva, men det var två väggar och en dörr och ett snedtak, en träbänk och ett litet bord som satt fast i väggen där man kunde äta sin lunch. Där skulle man vara ungefär 1 timme. För sen skulle ju dem på transport komma och hämta oss igen för att vi skulle åka iväg. Nu var det bara så att jag fick sitta där ungefär 3 timmar eftersom det hade hänt en olycka på en av vägarna. Dem som körde bilen kunde inte komma förbi på grund av detta. Vakthavande på häktet kom till mitt lunchrum och förklarade för mig att dem var försenade och han hade aldrig varit om att det tagit mer än 1 timme och nu hade det tagit 3 timmar. Dem var visserligen på väg men jag fick ändå sitta där och vänta, och det var inte så jättekul. Sitta i ett sådant rum är inte så roligt, det finns absolut inget att göra, finns bara en träbänk. Men till sist kom dem, alla skulle ju ha handfängsel på sig men det behövde inte jag eftersom VB:n Lina hade sagt att det inte behövdes, tack och lov. Så jag fick gå, och dem andra bojades fast. Efter några timmar var vi framme på häktet där jag skulle sova och jag fick äntligen en välbehövd sömn. På morgonen fick vi frukost och sen ville transportkillarna åka till anstalten som jag skulle sitta på. Jag gick och la mig på sängen för att sova. Jag var ganska trött efter att gått in på toaletten. Att bara fixa sina bestyr tog ganska bra på min kraft. Jag låg ju nu på min säng och kände ju hur gärna jag ville sova. Nästa gång jag slog upp mina ögon så var det morgon. Klockan var ju snart 5:30 på morgonen. Det var ju bara drygt en timme innan plitarna skulle låsa upp min cell.

Jag var ganska trött och ville inte gå upp även om jag visset att jag var tvungen att ta mig in på toaletten. Att jag bara kunde vara så trött, är för att man är drabbad av hjärntrötthet. Något jag måste inse att jag lider av.

Bara en tanke!

Jag funderade så klart som person om Kriminalvården bara var en myndighet som hanterade interner, för att kunna äska pengar från Regeringen. Kriminalvården har bevisligen inte någon form av kontroll på internas ärende. De ska som myndighet se till att en person avtjänar ett straff, men sen är resten skit.

Mitt eget förtroende för Kriminalvården är så dålig, att det inte ens finns en skala.

Vissa personer borde lämna sina tjänster omgående, då dem är direkt olämpliga.

Personer som visar en sådan respektlöshet får inte ha höga tjänster. När sådana personer får höga tjänster, färgar dessa av hela den befintliga miljön, och vi har ett mycket dåligt samhälle.

Samhälle som Du, som läser dessa rader, lever i.

Att bara regeringen kan se mellan fingrarna när en myndighet äskar pengar, och som bryter mot lagen... Tror inte man behöver säga mer.

Att inte regeringen ser att Kriminalvården bryter mot lagen, eller så väljer de att inte se.

I skrivande stund, så är det cirka 3000 stycken som sitter på kåken per år. Det är kanske så att Kriminalvården vill hålla upp statistiken för att kunna äska pengar från regeringen. Det är inte utan att jag har många funderingar och teorier.

Jag har i skrivande stund suttit två år på kåken, och ännu är det långt till muck. Efter muck blir det ett års övervakning, så får man vara i Kriminalvården ett tag till.

Även om mitt gamla förbrytarhjärta tycker att Kriminalvården gjort en del dåliga saker mot mig personligen, så finns det ju en del bra personer, inom Kriminalvården.

Åter till min livshistoria…

En mycket bra person inom Kriminalvården som jag haft en del med att göra är produktionsledaren Milla. Milla är för er som läser dessa rader, som ett levande energiverk, som är igång den mesta tiden. Att beskriva Milla, gör man lättast om du som läser dessa rader, ser henne som en åskboll som far runt i ett rum och som man som person har svår att stoppa.

För att du som läser, ska förstå vad jag menar, så har jag några exempel. Varje vardag ska Milla komma och hämta mig klockan 09:00 och 14:00, då jag jobbar i tvätten, så jag får träffa de andra grabbarna grus. För mestadels fungerar det. Dock tänkte jag berätta om några gånger, som det inte fungerat.

Exempel:
Klockan blir 09:00 och Milla ska hämta mig på tvätten. Klockan blir femton minuter över 09:00 och in genom dörren kommer ett yrväder.

Ett yrväder som precis rensat en silo på sågspån och hela Milla var full med sågspån.

Norrländska som hon var, så sa hon inte många ord. Det blev bara ord som: Har rensat en silos på sågspån, det var en massa spån som fryst, så jag fick använda kofoten.

Kan du som läser detta, måla upp en tavla, och framför er, ser ni en kvinna med en kofot i högsta hugg inne i en silo, komma på att hon glömt att hämta mig. Kanske hade hon följande tankar. Oj, skulle haft en skoter så man hinner…

På hennes språk.

Nu har jag glömt Jesper!

Men jag återkommer till Milla.

Åter till Kriminalvården!

Bara en tanke jag hade…
Först innan jag berättar mer, så vill jag att du som läser,
ska veta att endast mina egna värderingar är med.
Så vad andra tycker är inte med i denna bok.

Åter till min livshistoria.

Kriminalvården har ett regelverk som de inte alls följer.
De har ett system som Kriminalvården använder och som
är fruktansvärt fyrkantigt.
Inte ens plitarna tycker det händer så mycket. Så det är
ju grabbarna grus som får ta smällen, och det betyder att
samtliga plitar måste följa ett regelverk som verkligen
inte alls fungerar. Det blir så när Kriminalvården har ett
toppstyrt ledarskap/system. Frågan är ju, var är finger-
toppskänslan som de rutinerade plitarna arbetat upp
efter många år. Ett toppstyrt system ger inte alls ut-
rymme för plitarna med många år på kåken och deras
erfarenhet blir tyvärr inte något som dessa kan använda.
Det är inte grabbarna och kvinnorna i räkmackekorrido-
ren som gör den stora förändringen, det gör ju plitarna
med fingertoppskänsla. Är övertygad om att man inte
behöver vara en raketforskare för att räkna ut detta.

Produktionsledaren Milla

Har idag arbetat med produktionsledaren Milla. Det är en
riktig utmaning att göra det.

Som jag tidigare sagt, så upplever jag henne som ett riktigt yrväder som har många järn i elden. Men så är ju Milla. Det var ju en massa hyllplan som skulle upp, och vissa var lite krokiga, så det var väldigt svårt att två sektioner skulle passa ihop. Det krävdes en del våld och det krävdes också verktyg. Ovanstående problem löste sig med Millas hjälp, var väldigt dålig. En hörnstolpe till ett hyllplan skulle på plats. Tror du som läser dessa rader, att detta skulle stoppa produktionsledaren Milla? No way... Fast att denna hörnstolpe var för lång eller typ mycket för lång, så hämtade bara Milla en stor slägga och med lite våld... och så lite spackel, så var detta problem löst. Vi återkommer till Milla.

Tänkte prata om en plit som gjort ett stort intryck på mig. Pliten Ann-Kristina eller även kallad för "Fröken EKG". Till er som undrar varför hon kallas för "Fröken EKG" är för hennes humör går upp och ned. Så "Fröken EKG" kändes helst rätt. I skrivande stund har jag ärligt talat, inte så mycket tid med henne, även om hon gjort stort intryck på mig som person. Det är garanterat hennes humör, som bevisligen styr hur hon ska vara som person! Man kan tydligt se på vilket humör hon är på.
Man behöver inte ens undra, eftersom hon är så tydlig med det. Om Ann-Kristina är stressad kan man se det på hennes ansiktsuttryck som blir väldigt intetsägandet. Som tur är, så är samtliga dörrar låste på denna slutna anstalt. Hade pliten Ann-Kristina kunnat, så hade hon utan tvekan gått igenom dessa dörrar, när hon var stressad. Jag personligen upplever pliten Ann-Kristina som väldigt bra.

Åter till produktionsledaren Milla...

Hade varit på egen permission åtta timmar och sitter och dricker kaffe, när produktionsledaren Milla dyker upp i mina tankar.

Hur kan man bara få en tanke på det som händer på en kåk, när man är på permission? Helt otroligt! Ärligt talat, så det första som dyker upp, är vad denna produktions-ledare gjort nu?

Är det någon person som kan hitta på en massa helvete, så är det produktionsledaren Milla, då hon är vild som ett yrväder. När jag stod vid grinden när taxin kommit fram till anstalten, så sa jag till killen som körde taxin, att han fick ringa på där vid grinden, så CV kunde öppna grinden. Han gick av taxin.

Själv satt jag kvar i taxin, och då fick jag en ny tanke på denna produktionsledaren Milla.

Än en gång, så undrade jag vad hon nu hade gjort, när jag var på permission?

Men vi återkommer till Milla...

Har nu på morgonen talat med Ann-Kristina eller "Fröken EKG" som hon även kallas. Efter vårt samtal förstår jag varför. Hon är som hon är, och jag kan även förstå, att du som läsare skulle vilja veta anledningen, varför en kvinna gör så. Anledningen vet jag, och den kommer följa mig tills jag får en "Etta med jordvärme". Tycker inte det är relevant och tillför något i min bok, om jag skulle berätta det. Sen är det totalt respektlöst mot en person att hänga ut denna människa då denna person är snäll och trevlig. Man skall som Man visa vördnad och respekt mot

 www.forfattarskap.eu

en kvinna. Att se pliten Ann-Kristina vara glad gjorde nog de flesta grabbarna grus på ett bättre humör, och att se "Fröken EKG" dra på smilbanden och se hur hennes näsborrar stiger till skyn, gör ju att man tror att Ann-Kristina har druckit Red Bull. Hon blir då en söt och vacker puma... fast hon är en plit. Att man bara kunde sitta i sin ensamhet i en taxi, och tänka på en produktionsledare som jobbar på kåken, när man har haft permission, varför gör man det, när man som person varit ute i friheten?! Hade Milla gjort så stort intryck på mig? Eller var det för vi stod vi grinden till kåken... Ja, det undrar säkert forskarna också.

En sak är helt säkert, och det är att produktionsledaren Milla har hjärtat på rätta stället. Milla vet hur det är, att haft stroke, så jag behöver inte förklara för henne. Hon vet när jag börjar bli trött, och hjälper mig med tvätten i de tysta. Milla är smart med mycket fingertoppskänsla. Även om Milla har många järn i elden och är oftast stressad, så ser hon vad som behövs göras, och är mänsklig. Som ni förstår jobbar jag i tvätten om dagarna, så det rullar på.

Idag var klienthandläggaren Törnkvist med papper som jag skulle skriva på, då jag sökt till öppen anstalt. Klienthandläggare Törnkvist ville att jag skulle läsa igenom dessa papper. Kriminalvården beskrev om en tungt kriminell person, som var om mig. Det första jag tänkte, var att det var, en galning och ett riktigt svin...

Var tvungen att berätta för klienthandläggaren Törnkvist, att det faktiskt var så innan jag hade stroke, och det hade ändrat sig till det bättre.

Kapitel 45: Öppen anstalt

Klienthandläggare Törnkvist svar, var att han trodde att jag hade ändrat mig.

Det har jag, om får tycka det själv.

Frågan är, om samhället tycker det också, eller om de ännu ser en kriminell som vill åt deras arbeten. För just så är samhället. Sagt och gjort. Papperna är underskrivna och begäran om flytt till öppen anstalt är ett faktum. Nu är det bara att vänta, Placeringsenheten har två veckor på sig, sen blir det transport till öppen anstalt. Under tiden som jag väntar, får jag arbeta i tvätten, men Stefan (Finnock) som ska ta över efter mig.

Vi håller på att flytta till nya lokaler så det finns en hel del att göra. Det var mycket byxor och tröjor som ska flyttas. Tur är ju att produktionsledaren Milla hjälper till. Är helt säkert på att det tagit mycket längre tid om inte Milla hjälpt till. Alla byxor, tröjor och boxershorts måste vikas igen... Då talar vi inte om 150 stycken precis. Nä nu gäller det flera hundratals, som än en gång ska vikas. Tyckte jag vek och vek och det var hundratals kvar. En annan intagen, (Finnock), hjälpte mig, då min balans är dålig, efter den stroke jag haft. Han gick upp på den stege, som stod där och tog av all plast på de nya sakerna som jag hade svårt med. Han verkligen hjälpte mig, med allt som jag hade svårt med att göra. Plitarna, VB:n och Kvinspen tyckte det blivit bra. Produktionsledaren Milla och jag som intagen, hade bevisligen gjort ett bra arbete, som alla i personalstyrkan tyckte såg bra ut.

Pliten Adde som var ansvarig för tvätten såg helt nöjd ut. Han blev nog både förvånad och chockad på samma gång, då det inte fanns något att hämta i tvätten. Vi gick tillsammans, in i nya lagret där allt låg. Pliten Henke tyckte det blivit ordning och reda nu. Han tyckte det var dåligt innan, så nu var han nöjd.

Kapitel 46: Prästen Anna

Idag kom prästen Anna hit och bjöd på kakor. Det är en präst som jag tycker har en sund inställning till livet. Hon skulle arbeta inom Kriminalvården, då denna präst ser verkligheten, och inte det fyrkantiga regelverk som Kriminalvården består av. Prästen Anna är mänsklig som förmodligen ser vad som skulle behövas inom Kriminalvården. Anna har en förmåga att se, och höra den enskilda personen som behöver komma fram i livet. Jag har inte träffat så många personer inom Kriminalvården som har den förmågan. Prästen Anna besitter även en stor fingertoppskänsla. Det gläder mitt gamla förbrytarhjärta. Ganska tråkigt att man skulle träffa prästen Anna på kåken. Hade ju varit bättre om jag träffat denna person ute i friheten... men så är livet.

Idag var det en hel del att göra i tvätten, så Finnock och jag arbetade på, så vi skulle hinna. Vi skulle sortera tvätt, som de boxershorts som var lindrigt sagt fyllda med skit... dök upp! Finnock blev lindrigt sagt inte imponerad av dessa boxershorts. Jag tyckte att dessa boxershorts innehåll var riktigt illa. Vilket Finnock också gjorde. Finnock förstår nu varför det är viktigt att använda handskar. I helgen som var den 21:e och den 22:e, var väldigt dålig för mig som person.

Vaknade på morgonen och hade väldigt ont i pumpen, vilket gjorde att jag gick till min kontaktman pliten Krille.

Ovan på detta hade jag tandvärk. Min kontaktman Krille gick direkt till VB:n Torsten. VB:n Torsten tog direkt beslut om att skicka en Bedömningsambulans, som är ett projekt i norra Sverige, och de fick göra de tester som behövdes, så de kunde fatta ett beslut om jag skulle åka till sjukhuset. Ambulansen kom, och de kopplade på en massa maskiner. Hur man syresätter sig och sen blev jag rakad på bröstet, så dem kunde ta ett EKG. Att sitta och läsa dessa rader, gör det svårt för mig att påverka dig. Men följande hände...

Kapitel 47: Hjärta & EKG

Mitt EKG såg bra ut sa ambulansföraren, dock var mitt blodtryck för högt och smärta i mitt bröst, gjorde att dem ville att jag skulle åka till sjukhuset. Det blev en färd i en ambulans och snart var vi på sjukhuset. Under hela färden så skrev den nya ambulanskillen in samtliga mediciner som jag tog. Han såg även hur jag syresätter mig och mitt blodtryck. De såg ju att mitt blodtryck var för högt och hade skickat mitt EKG till sjukhuset. Väl framme på sjukhuset, så fick jag ligga på en annan säng. De SSK som tog emot var trevliga mot mig. SSK rullade in mig på en avdelning och skulle påbörja en massa provtagningar genom att ta blodprov.

Nu var det bara ett litet problem...

Att sticka mig var väldigt svårt. Den första SSK stack mig i min arm, och hand. SSK frågade om någon hade stuckit mig i fötterna. Nej, det var det ingen som hade gjort. Man såg tydligt hur min kontaktman Krille drog ihop sig och hans panna såg ut som ett russin. Pliten Krille satt på en stol sidan om min säng. Det var första gången som jag såg hur stolen han satt på flyttade sig, ju mera han drog ihop sig. SSK säger att det kommer sticka till lite i min fot. Man ser nu hur min kontaktman Krille lyfter en fot, då han förstår det gör väldigt ont. Kan du som läser... se en kontaktman som lyfter en fot, och drar ihop sig så han skulle kunna ligga fosterställning på grund av smärtor. SSK är inte nöjd med att det inte kommit mycket blod, som då vrider på den nål som sitter i min fot, och det gjorde riktigt ont. För dig som läser ska förstå smärtan, så är det som att böja armbågen åt fel håll. Nu var smärtan tråkigt hög, dock sa jag inte ett ljud. Hade SSK frågat om det gjorde ont, hade jag sagt att smärtan är mycket låg, och att det knappt känns. Sanningen är ju att, det gjorde SKITONT! SSK ber en annan SSK ta proverna, så hon går ut ur undersökningsrummet som vi var i. Under tiden som den andra SSK kom, till det undersökningsrum vi var i så berättade min kontaktman Krille att man skulle undvika att sticka folk i fötterna, då smärtan var väldigt hög. Var man tvungen att sticka folk i fötterna, så skulle man använda så liten nål som möjligt. Enligt min kontaktman Krille så var den nål jag blev utsatt för, väldigt grov. Han tyckte det var en "Hästspruta" och det var ju inte en bra dag för mig. In kommer den nya SSK som ska ta blodprov på mig. Hon hade talat med den andra SSK som gav upp. Så denna nya SSK såg detta som ett bra test att prova sina kunskaper på. SSK sticker mig en hel del gånger innan hon får fram blod. Hon sa att det fanns ett bra blodkärl i min vänstra arm, på insidan. Hon ser väldigt glad ut, och det blev jag också, att inte behöva gå igenom detta helvete igen. Att ta dessa prover var nödvändigt, då läkaren kunde se om mitt hjärta var skadat och läckte. Det skulle ta cirka 1.5 timme innan vi visste vad proverna visade. VB:n Torsten hade förmodligen ringt två gånger på min kontaktman Krilles telefon, då Krille ställt sin telefon på ljudlöst, som förståeligt inte hörde dessa samtal.

VB:n Torsten ville gärna veta om jag skulle ligga kvar på sjukhuset, som skulle betyda att VB:n Torsten fick ringa in personal som kunde sitta på sjukhuset på natten. När proverna kom, så berättade läkaren att mina prover såg bra ut. Sänkan var något förhöjd. Läkaren trodde att jag hade en infektion i muskeln runt hjärtat.

Hade det varit hjärtat så kan man inte påverka smärta genom tryck. Jag fick åka hem till kåken igen, och det var ju bra. Gladast var nog VB:n Torsten som inte behövde ringa in personal.

Vi gick till väntrummet för att bli hämtade av pliten Sanna! Sanna kom och hämtade oss och körde oss till kåken. Det var promenad när vi kom till kåken och då ska inte en VB:n säga att grinden ska öppnas. VB:n Torsten går då själv ut för att säkra platsen och säger att CV kan öppna grinden, även om det var promenad.

VB:n Torsten är en som gärna pekar med hela armen. I detta ärende, gick VB:n Torsten ut själv och säkrade området och tog sedan ett beslut att öppna grinden. VB:n Torsten är en riktig paragrafryttare men gubbfan har fingertoppskänsla och det tycker jag är bra. Om Torsten ska se glad ut, måste det stå i fängelselagarna, annars gör Torsten inte det. VB:n Torsten öppnade dörren, så jag kunde gå in på kåken igen. Jag var glad att vara på kåken igen och VB:n Torsten såg även glad ut. Alla var glada, och allt hade gått bra. Även min kontaktman Krille såg glad ut. VB:n Torsten skulle vetat att det fanns Sprit Gelé på toaletten. Då skulle Torsten spärrat av hela sjukhuset, och tagit samtliga Sprit Gelé. Så han inte hade utvecklat magsår. Då hade han gärna ringt in folk.

Igår kom pliten Greg med permissionspapper, då jag skulle till tandläkaren. Pliten Greg gick och hämtade bilen som vi skulle åka i. Under tiden jag väntade, så kom den nya pliten Livia.

Livia skulle se till att jag skrev på de beslut och permissionspapper som behövdes. Pliten Greg kom med bilen, och vi gick ut till bilen. Greg öppnade bildörren så jag kunde hoppa in i bilen. Pliten Livia gick runt bilen och hoppade in även hon i bilen. Livia sa inte så mycket på resan till tandläkaren. Troligen för hon är Norrländska. Eller så är hon bara blyg... Vi var snart hos tandläkaren, som låg cirka tio minuter från kåken. Väl på plats, så gick vi in, och bakom mig gick Greg, och fram gick Livia. När vi gått in en bit så blev plitarna Livia och Greg osäkra på vart vi skulle gå. Själv stod jag i mitten av Greg och Livia. Livia ville gå åt ena hållet och Greg åt andra hållet. Livia frågade en tandsköterska och som vanligt hade en kvinna rätt igen... Typiskt!

Vi skulle åt det håll som Livia ville. Vi gick fram till hissen och åkte till plan tre, där tandläkaren låg. Pliten Greg gick av hissen först, sedan jag och sen pliten Livia. När vi kom in i det väntrum vi skulle sitta och vänta i, skulle jag skriva mitt personnummer och Livia var vänlig att göra det, då jag hade svårt med det efter den stroke jag haft. Nu är du inskriven sa Livia, så vi gick och satte oss. Greg och jag satte oss direkt. Greg är ju en isbjörn och gillar kyla. Han tyckte det var väldigt varmt i det väntrum vi var i. Livia gick och tittade om det fanns en tidning. Hon kom tillbaka med en Vetenskapens Värld. Hon tyckte bäst om Vetenskapens Värld Historia. Det blev inte så mycket sagt, då jag blev inkallad till tandläkaren.

Så vi började gå! Fram går Livia, jag i mitten och Greg, den store isbjörnen gick bak. Väl inne hos tandläkaren, så hälsade jag på henne. Hennes namn var Hanna och såg väldigt snäll ut. Livia och Greg väntade ute, under tiden. Tandläkaren Hanna märkte säkert att jag var stel som ett kassaskåp när hon undersökte mig. Tandläkaren Hanna Ville ta några bilder så hon ville ha bilder på roten och tanden... Tandläkaren Hanna förstod att det inte var så skönt att bita ihop. Efter ett tag fick Hanna en bild, men om hon blev nöjd...? Tror inte det! Efter ha tittat på bilderna så sa tandläkare Hanna dem magiska ord jag inte ville höra. Du bör rotfylla tanden... sa tandläkare Hanna! Nej! Svarade jag direkt, och kände en viss oro för denna rotfyllning. Tror nu inte det gör ont att göra en rotfyllning. Det är mer att man tänker på smärtan man hade innan, sa tandläkaren Hanna. Att bara höra, hur en rotfyllning går till, gjorde att tiden stod stilla och jag blev lika stel som ett Franz Jäger-skåp. När hon förklarat, så kom pliten Greg och pliten Livia. De såg glada och trevliga ut. Jag såg nog mer blek ut. Smärtan hade ju tandläkare Hanna tagit bort, så hon var verkligen värd en bra dag, och hennes arbetskamrat. Jag åkte tillbaka till kåken med Greg och Livia, så det blev mer en vanlig dag som man har på kåken. Allt gick bra, fast jag varit hos tandläkaren.

Kapitel 48: Pliten Nicke

Idag på morgonen gick jag ned med pliten Nicke. Han är alltid trevlig och det känns naturligt att prata lite med honom. Pliten Nicke och min store son är väldigt lika. Att se pliten Nicke nästan varje dag gjorde ju att man tänker på min store son Tobias. Hade inte pliten Nicke haft skägg så hade man kunnat tro att min store son Tobias hade blivit plit. Tobias vill bli snut (Polisman) och söker till polishögskola... själv är jag internationell buse, och som är den enda, som är kriminell... i släkten.

Bara en tanke!
Skulle filma mitt barnbarn med mobiltelefonen som stod i soffan och han lutade sig mot fönstret. Jag började filma, och sa till mitt barnbarn att säga något. Då började han försiktigt att ljuda ett ord som började på bokstaven P. Jag tog förgivet att han skulle säga Pappa som alla barn gör. Då säger mitt barnbarn Polis när jag filmar. Jag var ju tvungen att fråga vad han sa och då sa mitt barnbarn det igen... Polis... Det var ju en upplevelse att höra detta ord från mitt barnbarn.

Åter till Pliten Nicke!

Jag upplever pliten Nicke som en försiktig person, som inte tar skit, han är snäll, men dock inte dum. Han är nog en person som inte gör så mycket väsen av sig.
Nicke är ganska tystlåten. Detta om han inte känner en person. Det är ganska svårt att märka pliten Nicke. Han

hävdar sig aldrig, så det kommer inte så många vokaler och konsonanter från honom. Pliten Nicke har en god och ljus sida, som nästan aldrig kräver att hans mörka sida ska göra entré. Är helt övertygad om att pliten Nicke kan visa en mycket mörk sida, om så behövs. Även om han är, en mycket trevlig person. Har nu på morgonen talar med klienthandläggare Törnkvist om flytten till öppen anstalt. De skulle ha ett möte på placeringsenheten nu i början av mars, sa Törnkvist. Det skulle betyda att jag tidigast är på öppen anstalt den 12e mars, enligt klienthandläggare Törnkvist.

Bara en tanke!
Det är en konstig känsla när jag tänker på en öppen anstalt. Jag har ju inte varit ute på några år i samhället och det är inte utan jag känner en viss oro för detta. Alla nya intryck och upplevelser är ju helt nytt för mig. Så det är ett liv som jag personligen inte är van vid.

Åter till flytten...

Att komma till öppen anstalt kräver säkert nya rutiner, och framtida mål. Komma ännu till en ny plats, tar en hel del energi av mig som person.
Bara att hoppas jag trivs på den nya anstalten, och med dem nya grabbarna grus som är på kåken. Samtidigt är det blandade känslor att lämna "Tvätten" nu när allt är på plats som jag vill ha det. Finnock är personen som kommer ta över efter mig i tvätten. Finnock är ordningsam och petig, precis som jag är, så det blir bra. Tråkigt om det blir oreda igen.

Produktionsledaren Sari är en person jag haft en del med att göra. Tänkte beskriva Sari så du som läser kan känna denna person lite bättre.

Jag uppfattar Sari som en person som har nära till skrattet. När hon skrattar drar hon ihop sina ögon och rodnar lite, sen skrattar hon.

Hon skrattar högt och spontant, som berör de flesta personer. Hon är både bra lyssnare, som talare och det är inte så vanligt hos en person.

Även om produktionsledaren Sari har mycket på sin agenda, tar hon sig tid. Vill tro hon är spontan, i hela sitt sätt och det sätter ju prägel på henne som person, i sin helhet. Man kan se på en person om den lyssnar, och om ämnet är intressant.

Då har man en fast blick och tittar rakt fram. Är man inte intresserad, så sveper man med blicken och i värsta fall, så tittar man med sin blick ned till vänster under ett samtal, så undviker man att säga vad man tycker... Det är ju inte alls bra.

Produktionsledaren Sari är inte en person som tittar till vänster under våra samtal, det tycker jag är bra. Sari avbryter aldrig om man talar.

Det är mycket goda egenskaper tycker jag och det visar ju att Sari, har en sund inställning till livet och hon visar vederbörande person, den respekt som denna förtjänar. I skrivande stund kan jag inte säga något negativt om produktionsledaren Sari som bara påvisar en god sida. Hoppas verkligen det aldrig ändrar sig under min volta.

Produktionsledaren Sari förtjänar att respekteras.

Produktionsledaren Jan är en rolig person, och är som en klassens clown som gör roliga rörelser. Mr. Jan är en mycket seriös person som kan vara rolig enda sekunden och ställa krav på en intagen nästa sekund. Produktionsledare är precis vad Mr. Jan är. Så det är kanske inte så konstigt att han kan vända på en femöring. Förmodligen kräver hans arbete att han ska vara så. Det kan inte vara lätt att sitta på två stolar.

Har ännu inte något negativt att säga om Mr. Jan.

En dag på tvätten!

Idag var det tre stycken grabbar grus som lämnat ned sina korgar. Finnock gick direkt på dessa korgar, och som vi började tvätta direkt. Grabbarna grus vill ju få tillbaka sina korgar på förmiddagen då det är fredag. Så Finnock låg verkligen i, han ska ju ta över efter mig. Vill ta upp en händelse som hände under gårdagen. Plitarna kom med en korg som var full med tvätt. Som ett startpaket. Det tillhörde en vän till mig som fått knall. Vilket jag inte visste förrän vi fick middag klockan 16:00, då kom inte min vän!

Vad fan hade nu hänt? Vad händer? Hoppas han kan höra av sig via brev, så man får veta varför han fått knall. Irriterande att inte veta något.

Plitarna säger inget som vanligt. Så är livet på kåken.Att en vän får knall, är inte roligt och det påverkar mig mycket negativt, som person.

Märkte på mitt humör, att jag var som en tickande bomb som gärna ville gå av.

Frågade en intagen om han visste vad som hade hänt. Då svarade han följande: Jag jobbar inte här! Idiot, var det ord jag svarade honom med, och var riktigt arg, men gick därifrån direkt. Mitt humör är min svaga sida, och på kvällen kom den intagne när jag höll på att spela schack, så jag bad honom om ursäkt, för det jag sa till honom.

Han förstod att man inte kunde vara på bra humör hela tiden. Att en vän blir knallad är tråkigt och det höll på att kosta mig en knall om jag inte lämnat platsen. Tack och lov gjorde jag det. Att beskriva Finnock är inte så lätt, då han bevisligen har många strängar på sin lyra.

Finnock är en god lyssnare som samtidigt är en diplomat ut i fingerspetsarna. Han lyssnar som sagt gärna på andra personers problem.

Förmodligen litar de flesta personer på Finnock som verkligen har ett gott hjärta. Han försöker lösa deras eventuella problem, genom att först lyssna av läget och sen se på deras problem med andra ögon som förhoppningsvis löser detta.

Finnock är en person som har väldigt svårt att säga nej. Det drar nu till sig folk, som borde visa Finnock mer respekt, än att be om tjänster.

Vissa personer ser säkert Finnocks kunskaper som en tillgång, och respekterar inte honom med hans vetskap. Att han är diplomat är det ingen tvekan om.

Pliten Vicky hjälpte mig ned idag, hon verkar snäll. Kan inte säga hur hon är som person. Lite svårt när man haft så lite tid med pliten Vicky.

Att beskriva pliten Vicky är nästan omöjligt, då jag ärligt talat inte vet hur hon som person är.

Jag tror, att pliten Vicky är en person som vill hjälpa samtliga grabbar grus, så de får en bra framtid, om det fungerar.

Det jag vet är, att Vicky följer lagen och det som inte finns i fängelselagen är under utveckling… vill säga att fingertoppskänslan, är ett osäkert kort för denna försiktiga general...

Kapitel 49: Pliten Henke & Tandläkaren

Jag skulle till tandläkaren och pliten Henke skulle öva upp sin rutin. Det var tre stycken plitar som åkte. Som betyder att denna resa till tandläkaren kräver förhöjd säkerhet. Jag har ju gått in i permissionsgång, så denna säkerhet var ju bara för pliten Henke skulle få sin rutin. Pliten Henke hämtade bussen som vi skulle åka i. In i bussen hoppar jag, pliten Adde och sist pliten Greg. Pliten Henke som varit lastbilschaufför körde bra och tryggt. Väl framme hos tandläkaren så hoppar Greg av först, sen Adde och jag sist.

Det blev att pliten Greg gick först och sen gick pliten Adde, sen gick jag och sist gick pliten Henke. Inne i det väntrum, som jag skulle sitta i, var det två stycken personer. In kommer tre plitar och jag. Dessa två personer som redan satt där, tittade endast upp en gång, sen gjorde de inte de mer. Blev inkallad av tandläkaren, så pliten Greg gick med in. Dem trodde jag hade någon form av infektion. Tandläkaren tryckte på närliggande tänder, och smärtan var väldigt hög. Hon var ganska säker att jag hade en infektion efter titten på bilderna hon tog. Tandläkaren skrev ut mun skölj som jag skulle ta två gånger om dagen i tio dagar. När jag var klar hos tandläkaren, så åkte vi till kåken igen. Jag gick ut från tandläkaren och där stod pliten Adde och pliten Henke. Vi gick till bussen alla fyra, och som när jag kom dit till tandläkaren, så hjälpte plitarna med stöd i trappen. Ännu en kort resa hade vi tagit oss igenom.

www.forfattarskap.eu

Vi var tillbaka på kåken igen. Allt hade gått bra.

Vill passa på att beskriva skillnaden mellan pliten Henke och pliten Adde. Att det är en stor skillnad mellan dessa plitar är ett faktum.
Jag vill börja med att beskriva pliten Henke som jag tycker ä ren naturnära och mänsklig person.
Henke kan om han vill vara en riktig paragrafryttare. Jag upplever dock inte att det ligger i hans natur. Jag tycker han är en bra och rolig person och det känns bra att prata med honom. Jag har inte något negativt att säga om pliten Henke… jo det kanske skulle vara att han blir bättre på skånska eller köper en ordbok.

Pliten Adde är som VB:n Torsten, som gärna pekar med hela handen. Adde har goda sidor också… vet bara inte vad! Nä! Pliten Adde, nu skojar jag bra. Det är säkert inte fel med regler, och som intagen blir livet på kåken lite hårdare.
Det är nog på gott och ont. Pliten Adde är ansvarig för inköp i tvätten så då behövs ett regelverk. I skrivande stund har jag inget negativt att säga om pliten Adde.

Jobbet i tvätten…

Ännu en dag på tvätten och jag gör det på rutin, fast jag sitter på kåken. Varje dag som jag går till tvätten, vill säga till jobbet, blir en rutin. För min volta (straff) blir ju kortare för varje dag och det gläder mitt gamla förbrytarhjärta.
När grabbarna grus lämnar ned sina tvättkorgar så sitter det en lapp med siffror, med deras cellnummer, så jag

vet vilken person som ska ha dessa tröjor och byxor mm. Vissa av grabbarna grus har ju privata boxershorts och strumpor, så det hade blivit rörigt annars. Att sitta och vänta på att dessa maskiner ska bli färdiga, gör ju att man har tid att skriva. Stora delar av denna bok, är skriven på kåken. Så just nu skriver jag dessa rader på kåken, i tvätten....

I skrivande stund sitter Finnock och löser ett "Resekryss" så tiden går. Han är en god gubbe som har ett gott hjärta, vilket gör honom väldigt snäll. Troligen blir det ett placeringsbeslut under dagen imorgon. Är lite blandade känslor inför öppen anstalt. Förmodligen får klienthandläggare Törnkvist besked snart, om var jag kommer att bli placerad. Som jag förstod på klienthandläggare Törnkvist så kan jag flytta så fort jag gått färdigt en modul. Men det är ju placerings enheten som avgör, dock tyckte inte klienthandläggare Törnkvist jag skulle oroa mig.

Talade med min kontaktman Lelle om flytten till öppen anstalt. Min kontaktman ringde klienthandläggaren Törnkvist direkt och som berättade för min kontaktman att Törnkvist hade talat med dem på placeringsenheten att jag fått en plats på en öppen anstalt den 12e mars efter jag gått färdigt den modul inom brotts-brytet och dem på placeringsenheten lämnat ett förhandsbeslut som man vet. Själva beslutet kommer till den 12e mars. Så min kontakt man Lelle tyckte jag skulle gå vidare på Brottsbrytet.

Idag har ju placeringsenheten ett möte om var jag ska sitta. Att ha särskilda villkor är ganska omständligt. Det är ju bra i vissa fall, så då får man ju en enskild prövning, det kan ju vara bra för mig.

Kapitel 50: Jobba med Finnock

Idag var Finnock och jag färdiga med tvätten, så vi tog ett gemensamt beslut att gå in på mekaniska verkstaden. Det var inte eller inget arbete att utföra så de flesta grabbarna grus som var där, gick inte ens ut i verkstaden. Finnock och jag gick tillbaka till tvätten igen. Det var en tung dag. Själv väntade jag besked av placerings enheten om var jag skulle sitta. I eftermiddag blir det Brotts-brytet för min del. Bara att hoppas att dagen rullar på i vanlig ordning. Då får jag träffa Jeppe som också heter Jesper. Att gå brotts-brytet rör upp en massa känslor och det tar en massa energi av mig som person. Förmodligen vill Kriminalvården få denna reaktion hos oss intagna. Man har ju sina förhoppningar, att jag som person, ska få ett bättre humör och kanske blir min stubin längre genom dessa kurser... vem vet!

Idag på brotts-brytet fick vi två papper som vi skulle skriva ned om hur vi löste svåra situationer. Olika poäng från 0-4 och även skriva vilken teknik vi använt. Vi är i skrivande stund två stycken som går på brotts-brytet och vi har två stycken programledare som är mycket bra. Märks att de har stor rutin dem gogubbarna.

Det är nog bland det första jag kollar om programledarna endast läser i en bok, för att kunna genomföra denna kurs. Det är som alla personer som kan spela efter noter och få det att låta bra. En riktigt bra musiker kan spela på gehör och känsla.

Precis som dessa programledare, så kan dem göra det mesta på känsla, men även inhämta fakta i en bok. De är riktigt duktiga.

Har idag fått hjälp ned för trapporna av pliten Jan som också brukar vara produktionsledare. Talade med pliten Jan innan det var nersläpp, att det inte vara någon frukost i kylen. Pliten Jan skulle lyfta upp frågan på mötet, nu på morgonen.

Så vi får se hur det går. Så ännu en dag på tvätten, var ett faktum. Idag kom min ordinarie kontaktman ned, eftersom han börjat jobba efter klockan 11:00. Tror vi blev lika glada eftersom Lelle varit på utbildning i två veckor. Vi hann mest att tala om min placering på öppen anstalt. Sen behövde min kontaktman gå, eftersom han hade mycket att göra. Han skulle prata med Kvinspen då klienthandläggaren var ledig denna dag. Lelle är en väldigt bra och jag litar verkligen på honom. Han försöker att lösa eventuella problem omgående. Lelle är en riktig gogubbe, som faktiskt börjar komma upp i åren.

Att Lelle kontaktman börjar komma upp i åren, har faktiskt stora fördelar. Man kan då som intagen byta ut batteriet i hans hörapparat och byta ut hans glasögon som han brukar ha på sin näsa.:)

Då varken ser eller hör den goa gubben så mycket, och då slår man till som intagen med en permissionsansökan. Kontaktman Lelle och jag har haft en del tid tillsammans och förtroendet har börjat att växa. Just nu när förtroendet är bra, ska jag till öppen anstalt, konstigt livet är.

Min tid på kåken börjar ta slut och min resa har nu gjort ett avtryck inom Kriminalvården.

Jag och min kontaktman Lelle har verkligen gått igenom det mesta man kan göra. vissa dagar tyckte jag det var mest skit, då var min kontaktman Lelle där, som såg det eventuella problem man hade, med helt andra ögon, och vi resonerade om uppkommit problem och oftast löste det sig. Min kontaktman blev aldrig stressad av något problem. Blev han stressad någon gång, den goa gubben Lelle, så var det om det inte fanns några korsord och det hände ju inte så ofta.

Jag hade en del skrivelser på data och min kontaktman Lelle läste alltid igenom vad jag hade skrivit och bytt ut samtliga skånska ord som jag skrivit. Det var mycket vänligt av Lelle att göra det.

Bara en tanke!

Igår när jag skulle gå uppifrån tvätten, hjälpte produktionsledarna Milla och Sari mig upp. De tyckte jag hade gjort framsteg och jag nu både kunde gå, och tala, och det var ju helt nytt för mig. Det är ju inte så lätt som man tror. Jag är ju en man, så att göra två saker samtidigt är ju svårt.

Att produktionsledarna som är töser, kan säkert hålla med om detta. Faktum är att man inte ser sina egna framsteg och det kan ju vara på både gott och ont.

Märkte ju själv att jag stannade upp i trappen när produktionsledarna Milla och Sari, sa att dem tyckte jag gjort framsteg. Vad konstig man är som person.

Produktionsledarna Mille och Sari fick dra mig i armen, så att jag skulle börja gå igen.

Idag hade produktionsledaren Milla gjort en tårta. Det var en jättegod tårta som skulle kunna vara till fem personer minst. Nu var vi endast två personer i tvätten, det hindrade inte oss från att äta upp hela tårtan. Jag sökte permission hos min kontaktperson Lelle. Min kontaktperson ville klart veta var jag skulle resa på min permission. Hade ju tänkt att resa ned till mina grabbar i Skåne. Lelle försökte hitta en flygresa till Malmö, som visade sig vara svårt. Bara att hoppas han lyckas göra det. Jag tycket det är mycket som ska funka nu när man ska ha permission.

Personligen är det ju många tankar jag har, och jag tycker det blir en massa nya saker man ska tänka på som person. Idag får jag ringa min store son Tobias och berätta hur det blir. Hoppas det går att lösa, för jag har ju sett i framemot detta att träffa pågarna. Vi får allt se vad min kontaktman Lelle kommer fram till, han ska kolla upp restiderna idag.Skulle lämna mina dosetter för att fylla på dessa med medicin. Möts av min kontaktman Lelle och pliten Nicke. Kontaktman Lelle hoppades att SSK var på kåken idag. Frågan var om jag skulle fylla i papperet om att gå till tandläkaren om smärtan kom tillbaka igen, nu när min medicin var slut. Att smärtan var på väg tillbaka, var ett faktum. Lika säkert som att jag nu måste göra en rotfyllning… Fy fan! Det är nu bevisat, att man som person kan gå med på en rotfyllning bara smärtan försvinner.

Pliten Nicke tyckte jag skulle fylla i dessa papper, så jag kunde åka till tandläkaren. Pliten Nicke bevittnade även min namnteckning. Enligt tandläkaren Hanna så var rotfyllning det alternativ som gällde. Vi får se vad som händer.

Pliten Nicke lämnade en faktura som jag lämnat in, då jag skulle betala fakturan som var helt fel, då jag har fri tandvård. Fakturan är nu makulerad och ny faktura är utställd på Kriminalvården.

Kontaktman Lelle ska komma ned till tvätten när han vet hur flyget går. Jag ser kontaktman Lelle komma in i verkstaden, han gick med raska steg mot mig, som att i fikarummet och spelade schack med en annan intagen.

Lelle tog fram ett papper med tider som flyget gick på. jag fick sluta att spela schack med den intagne, så jag kunde se på de tider som Lelle skrivit upp på lappen. Enligt mina särskilda villkor får jag söka min 24 alt. 32 tim. nu den 14:e. Lelle hade talat med klienthandläggare Törnkvist som tyckte det vore lättare om jag sökte min 24 alt. 32 tim. på den öppna anstalt jag skulle sitta på, eftersom jag ska dit den 12:e och jag har sökt permission den 14:e.

Förmodligen har klienthandläggare Törnkvist rätt i denna fråga, om jag blir flyttad innan helgen. Så det blev ingen permission för min del och får ringa mina barn och berätta detta.

I skrivande stund, har jag inte varit hemma hos dem på två år. Kontaktman Lelle ville att vi skulle göra färdigt min permission, så det låg klar i min KLASS. Själv fick jag ringa till min store son Tobias, och berätta att permissionen var inställd. Man hörde att han var besviken, och det känns ju inte alls bra som pappa att berätta sådant negativt beslut. Bara att hoppas jag får permission helgen efter, så inte grabbarna får lida en gång till. Min kontaktman Lelle förstod, att jag ville kunna lämna en tid och datum när det blir. Han sa även att jag varit borta så länge nu och att jag fick stå ut med en vecka till.

Jag står ut, men gör barnen det? Något som jag verkligen funderar på.

Klienthandläggare Törnkvist kom ned till tvätten, och berättade att jag fått ett beslut att sitta på öppen anstalt från 16/3 och att en plit kommer att delge mig placeringsbeslutet.

Klienthandläggare Törnkvist fick placeringsbeslutet 2015-03-09. Var tvungen att fråga Klienthandläggaren Törnkvist om programledaren fått den info som han hade borde fått. Det ansåg Klienthandläggare Törnkvist.

Bara en tanke!

Att sitta på en sluten anstalt är ju inte kul, dock är det en säkerhet. Att sen sitta på en öppen anstalt ger ju en större frihet som är under stort ansvar.

Det är ju klart, man vill sitta på en öppen anstalt efter år på en sluten anstalt. Efter alla år på sluten anstalt, är jag som person lite mer försiktig av mig. För jag har väldigt svårt att lita på personer, det gör ju att jag har väldigt svårt att öppna mig, då jag alltid misstror folk.

Så att sitta på öppen anstalt, kräver ju att jag har personer i min närhet.

Har idag pratat med min kontaktman Lelle, var jag skulle vara på min permission som min kontaktman skrev in i uppgifterna, så dessa var klara när jag kom till öppen anstalt. Min kontaktman Lelle skulle kolla med Klienthandläggare Törnkvist om jag kunde åka till öppen anstalt innan det datum som stod på delgivningen. Min kontaktman Lelle skulle kolla vad som gällde och sen komma ned till tvätten. I skrivande stund vet jag inte hur det blir.

Min kontaktman Lelle och jag hade ett mycket bra samtal om vad jag skulle göra i framtiden.

Kontaktman Lelle tyckte jag skulle gå med i författarförbundet, även om vissa var nördar, så kunde jag bygga nya nätverk. Min kontaktman Lelle är en go-gubbe som faktiskt har rätt i att man öppnar en del dörrar, genom att gå med i författarförbundet och som kanske är en del i mitt nya kontaktnät. Har nu talat med min Kontaktman Lelle, som hade talat med Klienthandläggaren Törnkvist som berättade att jag inte kunde flytta innan det datum som stod på placeringsbeslutet, så det blir åter en helg på sluten anstalt.

Kapitel 51: Brotts-brytet

Har idag varit på Brotts-brytet och talat om olika lösningar, och hur man löser dessa problem.

Mr. P ska hålla i en del rollspel, och i skrivande stund, ska jag inte säga det är en bekväm tanke.

Vi ska utsätta oss för en massa obekväma situationer, som vi ska klara av i samhället som jag personligen inte känner jag tillhör.

Enligt Mr. M ska Mr. P hålla i rollspelen och han vill inte ha några blå ögon. Mr. P tyckte att vi hade gjort klart den modul vi höll på med. Mr. P vända sig till Mr. M och undrade både med blick och verbalt vad Mr. M tyckte. Mr. M ansåg också att vi var klara med denna modul.

Jeppe och jag undrade om vi kunde se torsdagens lektion genomförd även om vi inte behöver gå på denna lektion.

Både Mr. M och Mr. P ansåg att vi kunde se det så.

Talade med den andre Jeppe om jag kunde beställa en smörgåstårta till helgen, då jag ska flytta till Sörbyanstalten. Hade inte tänkt något på detta, då en annan intagen tog upp ämnet. Jeppe som arbetar i köket skulle höra med kockarna om det gick att lösa.

Hade ett samtal med Produktionsledaren Sari om att sitta på öppen anstalt. Sari var övertygad om att det blev bättre för mig att sitta där.

Jag hade t.o.m. en dröm om Sörby-anstalten och samtliga kor som fanns där.

Produktionsledaren Sari skrattade och drog ihop sina ögon. Sen rodnade hon och då vet man att hennes skratt är äkta.

Vi fick avbryta vårt samtal, då en person kom från Arbetsförmedlingen in genom dörren. Förmodligen märker Produktionsledaren Sari att jag tycker det är ett osäkert kort, att sitta på en öppen anstalt. All säkerhet är ju borta. Det är absolut blandade känslor. Idag är det torsdag och det blir inte Brotts-brytet på grund av att vi är klara med den modul som vi skulle gå igenom. Nu blir det inte så. Man får arbeta i tvätten hela dagen. Det gör inte något alls, jag tycker om att arbeta i tvätten, dagarna går och om några dagar ska jag åka till öppen anstalt. Pliten K och Pliten R var inne på lagret som nu var i ordning och tyckte det såg mycket bra ut. Pliten R tyckte att jag fick jobba där fram tills jag får permission, vilket jag redan har efter den stroke jag haft.

Vilket jag berättade för Pliten R.

Berättade för Plitarna K och R att jag gärna ville att den ordning som det var nu, också skulle vara efter jag flyttat till den andra anstalten. Jag sa också till Plitarna K och R att det var en så bra ordning, att nästa person kan fixa det också. Det tyckte dem med. Har haft ett långt och givande samtal med Prästen Anna. Vi talade om min framtid och vad och hur man skulle göra. Prästen Anna tyckte man skulle vara ärlig. Det är kanske något som blir svårt, om man inte vill personer i sin omgivning ska springa därifrån.

Prästen Anna förstod att det kunde bli problem, med att vara ärlig hela tiden. En eventuell partner i framtiden måste man ju vara ärlig mot. Hur skulle det annars bli. Som person måste man ju kunna lita på sin omgivning.

Vad ska jag skriva i mitt eventuella CV? Ska jag vara ärlig där med?

Är ganska övertygad om att du som läser dessa rader, förstår vad jag menar.

Ska jag behöva ljuga i mitt eget CV, för att få en lugn och trygg framtid? Nej! Det är inget alternativ för mig. Då får det bli föreläsningar om mitt forna liv. Så behöver det inte bli en massa lögner.

Bara en tanke!

Idag har jag endast två dagar kvar på denna anstalt, sen bär det iväg till klass 3 anstalt.

Jag har ju alltid suttit på slutna anstalter och för första gången ska jag sitta på en öppen anstalt. Det är ju en märklig känsla som jag har. Sen har jag sovit dåligt dem sista dagarna. Vaknar redan halv tre på natten och kan inte sova mer. Jag tycker man är märklig som person som bevisligen reagerar så. Jag hade gärna sovit några timmar till, men den sömnen lös med sin frånvaro.

Så det blev att jag tittade i taket och lite på Tv…

Hemskt när jag inte kan sova. Jag låg och tänkte på hur det skulle bli på den nya anstalten och hur plitarna ordnat till de saker jag behöver när man haft stroke. Hoppas det blir bra där.

Pliten Sanna uppfattar jag som en person som gärna vill ta itu med eventuella problem med en gång. Sanna drar aldrig på sig något, som inte kan göras med en gång. Vet inte om Sanna är lite blyg. Väldigt svårt att säga, då hon inte direkt visar det.

Hon hämtade mig och min Kontaktman Krille på sjukhuset. Inne i bilen satt Pliten Sanna vid ratten med neddragen mössa över öronen och hon hade små glasögon på sig. Förmodligen frös hon.

Att se henne så, gör ju att Sanna blir en söt kvinna och det var ju lite gulligt att se Sanna skydda sig mot kylan.

Pliten Sanna är en bra person och det är bara att hoppas att hennes arbetsskicklighet smittar av sig på fler plitar.

För det är ju så att dem flesta plitar inte har någon fingertoppskänsla och några väntar tyvärr bara på nästa lönelapp. Sanna är inte alls så. Hon är yrkesskicklig och rättvis.

Kapitel 52: Milla & Sari

Har idag sagt hej då till töserna, eller Produktionsledarna Milla och Sari.

Sari tycker det blir en rutin ju fler år hon arbetar på anstalten. Produktionsledaren Sari hade nog större problem i början när hon började jobba med intagna på anstalten. Sari är en produktionsledare som jag anser är bra.

Produktionsledaren Milla har jag haft mycket tid med. Det blir mycket tid när man ska flytta en massa tröjor och boxershorts och vi visste ju inte hur det skulle vara. Det blev ju en massa timmar och resonemang hur det bästa resultatet kunde bli. Förutom det arbete vi nu gjort, så hoppas jag den ordningen förblir. Kommer sakna alla på produktionen och några plitar. Troligen kommer jag mest att sakna Produktionsledaren Milla. Vi har haft mest tid tillsammans. Milla är jäkligt snäll, så hon borde haft en högre tjänst. Kommer sakna vissa personer mycket, så det är inte utan att det gör lite ont i mitt gamla förbrytarhjärta.

Idag är det bara ett dygn kvar tills jag kommer ut till öppen anstalt. Det känns ju lite vemodigt att det faktiskt är sista kvällen med grabbarna grus imorgon. Det är bra killar på benet (avdelningen) som jag sitter på.

Mr. Jan som jag spelar schack med, är en mycket bra gubbe, dock är det lite synd att gubbfan inte hör så bra. Tror jag ska skicka nya batterier till gubben. Jan och jag har troligen hittat varandra och spelar typ schack varje dag... Men skulle vilja ha lite motstånd... Skojar lite Jan. Han har många goda sidor, Ehh! Vet inte bara vad! Nä Jan! Du är en bra person och schackspelare.

Jeppe och Nicke är avdelningens ungtuppar. Nicke vill nog gala som en tupp, men låter mer som en säl som satt något i halsen. Han sprättar grus hela dagen och tror han bär runt på ett osynligt kylskåp. Nicke är bra och snäll som person.

Jeppe är en person som gett ett nytt ansikte för EKG, för mig. Han är ju överallt. Ena stunden är han i köket, nästa sekund spelar han badminton, han är ju överallt.

Kommer skriva fler rader om honom.

Kapitel 53: Stoffe Ordförande

Stoffe (Tjuren från Bro) är en person som gärna skrattar och det högt. Det bästa med honom är ju att han skrattar ärligt och det ser man ju i hans ögon. Stoffe tog ju över ordförandeposten efter mig. Efter ett par timmar efter han blivit vald till ordförande i förtroenderådet kom han till min cell och sa: Jag känner mig lurad. Jag var ju tvungen höra vad han menade?
Citat: Alla personer vill bara ha en massa, och hur ska jag lösa det hade du tänkt?
Har du godis, lite choklad bara...
Precis så är Stoffe i ett nötskal. Han är en skön prick.

Bara en tanke...
Nu när jag tänker efter, så när plitarna kom in med mig och lämnade in mina blå lådor, så kom faktiskt verkställande befälet. Han ville ha svar på lite frågor, om man var självmordsbenägen eller liknande. Dem har ju skyldighet att fråga sådant, och jag kunde bara svara nej, och sen var det inte mer med det. Sen bar det iväg in på avdelningen.
Det var väl första gången i hela mitt liv jag slapp det. Vi hoppade in i bilen igen och körde iväg och efter några timmar på vägen så var vi framme på anstalten lång upp i Norrland. Ja, vart det var, spelar ingen roll och det förtäljer inte denna historia, frågan är bara hur kunde dem sätta mig här. Här var ju en hel meter snö ju. Jag har inte sett så mycket snö i hela mitt liv. Jag kom in på anstalten och dem från transport följde mig in och lämnade in mina blåa lådor och sen fick jag nya kläder och skulle byta om. Sen fick jag komma ned på avdelningen och

placera in mig och sätta in mina grejor. Hälsade på dem som satt på avdelningen, och det var en väldig konstig kåk. Det satt 4-5 stycken personer på varje avdelning. Vi hade ett litet pentry, soffa, det nödvändigaste som t ex en liten spis där man kunde laga mat. Det var precis som att jag hade fått knall men jag fick det bättre, av någon anledning. Helt plötsligt hade vi egna spisar och liknande, riktiga bestick, riktiga glas, ja, känslan var ju helt enorm.

Åter till min livshistoria

Kapitel 54: Flytten till öppen kåk (Anstalt)

Har idag blivit förflyttad till öppen anstalt av självaste VB:n Torsten. VB:n som efterlever fängelselagen till punkt och pricka. Tog så klart, och passade på, att ställa viktiga frågor till Torsten. Gubben Torsten har ju faktiskt en stor erfarenhet inom Kriminalvården. Som jag förstod det, har Torsten varit på en hel del områden inom Kriminalvården, opch det ger ju honom en bred erfarenhet. VB:n Torsten har varit, som jag uppfattade det, på följande ställen. Arbetat på häktet i många år. Han har varit samordnare, chef, för att nu vara VB. Men andra ord, så har Torsten en stor erfarenhet, så det blev ju intressant att ställa mina frågor till Torsten. Jag ville ju veta hur Torsten ser på Kriminalvården i sin helhet. Jag ville även höra vilka värderingar som Torsten hade med många år inom Kriminalvården. Min första fråga var ju vad vården bestod av, då det heter Kriminalvården. Enligt Torsten, kunde ju vården vara allt från VSP till de olika program som man som intagen kunde gå. Torsten såg ju själv problem med att de nya plitarna (Nyckelpigorna), hade en stor osäkerhet som inte inger ett förtroende hos grabbarna grus. Förmodligen skapar det ju bara fler frågor och en osäkerhet som en intagen. VB:n Torsten kan vara lika besvärlig som en tråkig halsbränna, om han är på det humöret. Jag hade ju en del frågor till VB:n Torsten, så det var ju en massa frågor som jag ville få svar på, och resan var ju bara cirka fem mil lång. Jag tyckte det var ganska svårt att ställa rätt frågor, och tiden var väldigt tajt. Jag ville ju ställa rätt frågor som jag tyckte var viktiga. Troligen är det ju många läsare som vill veta vilka svar som VB:n Torsten gav. Jag var ju själv nyfiken på dessa svar. Eftersom Torsten arbetat många år på häktet, föll det sig naturligt att ställa frågan, om att låsa in oskyldiga personer? VB:n Torstens svar var följande...

"Det har jag inga problem med."

Att han var från Norrland var det inga tveksamheter om. Sen blev det tyst i bilen.

Plötslig andades Torsten ett djupt andetag och jag tänkte att Torsten kanske skulle fylla på sitt svar... Nä! Han tog endast ett andetag gubbfan. Det blev återigen tyst i bilen, och endast motorn hördes. Efter några hundra meter så började VB:n Torsten att berätta att man mår ju dåligt, om man sitter oskyldigt inlåst på häktet.

Det hade man ju själv gjort. Dock anser jag inte att det är min uppgift att döma folk. Det måste ju vara den domstol som fattat beslutet, sa VB:n Torsten. På den frågan anser jag VB:n Torsten har rätt. För så är det ju, man kan ju inte anklaga en plit på häktet, att man är frihetsberövad. Många personer har nog svårt att se att dessa plitar, faktiskt gör sitt arbete, och är mindre uppskattade. Tyvärr blev det ju inte så många frågor på resan. När det var cirka fem kilometer kvar på resan berättade VB:n Torsten att anstalten matade havsörnar och det brukade sitta en del havsörnar ute på åkern. Jag har nu i efterhand fått reda på att dessa havsörnar är cirka två meter mellan vingspetsarna. En riktigt stor fågel. Dessa fåglar kan ju ta stora byten.

Åter till Torsten.

www.forfattarskap.eu

Jag var ju tvungen att höra hur det var på denna kåk. Torsten hade ju arbetat på denna kåk som Samordnare under en tid. Han ansåg att det var en bra kåk och en bra natur. Vi som intagna hade ju många möjligheter att sysselsätta oss på.

Väl framme på kåken, så undrade jag ju var kåken var? Med tanke på att det inte fanns något som berättade att vi var på en kåk. Vi är framme, sa VB:n Torsten... Otroligt! Tänkte jag, här kommer en grabb grus farande i en traktor och jag sitter kvar i bilen, och är helt paralyserad av friheten som fanns på denna kåk och jag var ju bara van vid slutna kåkar. Jag var ju ute på en öppen anstalt och jag var nog lite chockad över den frihet som rådde på en öppen anstalt. Hoppas verkligen att du som läser dessa rader, ska känna och förstå all nya intryck, dofter och den frihet man känner när man kommer till öppen anstalt. Känslan man har, när man sitter på en sluten anstalt, är ungefär som att stå ute på en stor äng och inte ha något luktsinne. Att sen sitta på en öppen anstalt, är som att stå på samma blomstrande äng, med ett enormt luktsinne. Alla intryck jag fick när jag kom till denna anstalt, är ungefär liknande.

Hoppas att du som läser förstår känslan.

Efter jag talat med VB:n Torsten så gick jag av bilen. Torsten var i full gång med att bära in en massa lådor. I CV (Centralvakten) satt pliten Livia, hon som var med mig hos tandläkaren. Livia och jag hälsade och öppnade dörren så jag kunde komma in. Livia kom att bli min Kontaktman.

Kapitel 55: Öppen anstalt

Fick sitta och vänta i väntrummet och fick lite mat. Det var fisk idag, och det var gott med lite mat. Pliten som kom med maten, ville att jag skulle dricka lite vatten, eftersom jag var tvungen att lämna UP (Urinprov) när man kommer till en ny anstalt. Så jag fick lämna UP i en mugg.

När det var lämnat, så blev det inskrivning. Jag har ju dragit på mig en hel del saker under åren. Pliten såg inte så imponerad över alla saker som jag hade. Hon började skriva in alla mina saker, jag såg ju att Pliten tyckte det var många saker. Även om hon inte sa det, så sa hennes blick en helt annan sak. Det stod vissa saker två gånger och det störde henne ett antal gånger. Hon fick resa på sig några gånger och rota runt i lådorna.

Hon var fokuserad på sin uppgift och gick verkligen in för det. Jag märke ju tydligt när hon var mindre fokuserad. Då var hon väldigt pratglad och pratade om andra saker.

Hon var en erfaren person, och som jag inte tror, tar skit från någon. Som jag har berättat innan, så är det en mycket erfaren plit, med en stor fingertoppskänsla. Denna erfarenhet kan hon tyvärr inte använda inom Kriminalvården.

När inskrivningen var klar, så skulle vi gå till skåpet. Jag har ju gjort detta moment ett antal gånger under åren, så detta var inget nytt för mig.

När jag var vid mitt skåp, låste jag in alla mina lådor i skåpet. Den andra kåken hade inte skickat min jacka, skor, och tröja. Dessa saker låg i det andra skåpet, på andra kåken, därför blev dessa saker kvar. Pliten skulle ringa till den andra kåken så de kunde skicka mina saker.

Jag hade ju haft en egen åtta timmars permission och då får man ett permissionsskåp, det gjorde att vissa av mina saker blev kvar på den andra kåken. Sådant händer ibland, och nu drabbade det mig.

Pliten som gjorde inskrivningen gick med mig till mitt nya rum. Under tiden vi gick till mitt nya rum, så blev jag imponerad av den slående natur som denna kåk hade. Efter ett par minuters gång, så var jag på mitt nya rum som Pliten visade mig till. Det var ett bra rum, som inte var som en cell, och utsikten var väldigt fin när man tittade ut från sitt fönster. Det var ju helt vanliga fönster, inte säkerhetsfönster med galler som jag är van vid. Utanför mitt fönster var det en veranda med en bänk, som man kunde sitta och ta morgon och kvällskaffe på. Jag brukade sitta där och höra på fåglarna och titta på kronhjortarna när det var helt tyst. Jag kunde ta långa promenader ute i naturen, och blåste inte vinden, så var det helt tyst. Endast mina fotsteg kunde jag höra.

En bra känsla...

Man skulle endast vara på anstalten den första veckan, och då fick man inte lämna anstalten. Den veckan gick ju inte direkt fort, men det var en regel, som gällde alla nya personer som kom till anstalten. Jag kände ju att man måste börja med att landa, och det satt nio andra personer på samma ben (avdelning), som jag måste anpassa mig till. De satt ju också här. Dels har de ju varit här längre, så det blev ju en utmaning för mig. Jag fokuserade på att ställa iordning på mitt nya rum, som jag nu skulle bo i. Det var ganska dammigt, så det blev ju att börja städa, så man fick det som man ville. Både på Tv:n och i fönsterkarmen var det riktigt dammigt, ca en millimeter damm och det var ganska mycket. Kanske svårt att förstå, när det borde vara städat när man flyttar in på ett rum. Efter jag städat, började jag sätta upp fotona på mina barnbarn. Alltid roligt att sätta upp foton på mina barnbarn, även om det blir tungt att se dessa foton, det är ju bara ett faktum att deras farfar sitter på kåken. Jag skulle ju vara ute hos mina barnbarn och köpa en glass eller liknande till dem. Jag borde i alla fall inte sitta på kåken, då det blir svårt att ge dem olika saker när man endast har tretton kronor i timmen. Väldigt många känslor är det ju som jag måste kunna hantera. Det är ju inte utan att jag bli påverkad att se bilderna på mina barnbarn. Även om det är positiva känslor, så blir jag ju påverkad. Jag blir ju berörd av alla intryck. Så berörd att jag måste fokusera på andra saker. Även om jag försöker fokusera på andra saker, så blir jag fokuserad på mina barnbarn. Kanske inte så konstigt när det ligger bilder på mina barnbarn på mitt skrivbord. På nästan hela mitt skrivbord ligger det bilder på mina barnbarn. Det låg ju lite andra saker också.

För att du som läser ska få en bild, så ska jag berätta hur det såg ut. I mitten av mitt skrivbord låg en del foton av mina barnbarn. Till höger stod en bordslampa, till vänster låg ett armband, som det stod "Stopp och tänk", som är tillverkat på Kumla-anstalten. På sidan om det armbandet till vänster låg frimärken och en telefonbok, där låg även min klocka och det stod en Colaburk. Att stirra med intetsägande blick på dessa foton, gjorde ju att jag fick en känsla av vemod och en känsla som verkligen gjorde ont på djupet. Jag har väldigt svårt att förklara hur jag känner den smärtan. Hur jag ska förklara, hur denna smärta uppfattas, är riktigt svårt. Jag kände det nog mer, som en enorm smärta och jag höll på att gå sönder i molekyler. Jag förstår nu mer vad artisten Björn A. menade med ett "Hjärta kan gå i tusen bitar", för just så kände jag det.

Vill passa på och berätta om en kille som jag satt med under min utslussning.

I denna bok heter han Erland och är i skrivande stund 21 år gammal. Erland var ganska uppgiven när han kom hit. Hans blick var ganska intetsägande och hela han uppfattades som uppgiven. Ganska snart ville jag hålla denna pågafan under mina skyddande vingar, inte för jag vet varför jag kände så, just för stunden. Det föll sig mer naturligt att skydda pågafan, så han inte hittade på något negativt. Han hade ju inte varit på kåken innan. Alla som ha suttit på kåken, vet ju att saker kan snabbt ändra sig till ett skarpt läge, på grund av ett ord. Pågafan kunde ju inte, det språk som används på kåken. Så pågafan var ju en utmaning för mig. Erland tog över mitt arbete som avdelningens städare. Eftersom jag haft stroke, så blev vissa moment svåra, eftersom jag har väldigt dålig balans. Så Erland tog över mitt jobb. Erland var snäll och hjälpte mig med de uppgifter som jag hade, även om pågafan var lite morgontrött, så gick han med.

Under ett par veckor så talade jag och Erland om pågafans framtid. Det är ingen tvekan om att Erland mår dåligt över alla negativa saker som han gjort. Hans familj har ofrivilligt fått vara en del i Erlands åtaganden. Erland har på ett mycket negativt sätt, satt sina kriminella saker till verkat, utan att ta ansvar för konsekvenserna som drabbat honom, men inte minst hans familj.

Hans mamma, pappa, syskon och andra har förmodligen inte ställt krav på Erland.

Erland har använt enkelriktad duplex. Detta har på så sätt gjort att Erland har kunnat genomföra vissa moment. Förmodligen har inte familjen ställt några krav, eftersom de inte velat få en konflikt. Erland har på så sätt lyckats med sina saker… Men har verkligen Erland lyckats? Ja! Det undrar säkert forsborna också. Erland är en bra grabb, som bevisligen fått konsekvenser på de brott som han utfört. Bara att han gör rätt i framtiden, det är ju bara han som kan styra det.

Jag tror han lyckats, och hans familj är ju värda att inte känna den oro som Erland lyckats framkalla. Kostnaden på Erlands framfusiga sätt har varit en psykisk och stor kostnad för hans familj. Hans biologiska pappa har till och med kört ut likvida medel efter att Erland frågat efter pengar. Jag förstår varför hans pappa har agerat så. Då han troligen inte vill få en konflikt med Erland, som kanske inte hör av sig till pappan hädanefter. Erland har ju utnyttjat sina föräldrar då de bor på olika håll. Dock på samma ort.

Erland har ju spelat på de strängar som situationen krävt, för att kunna genomföra och nå det mål som Erland vill. Allt annat var totalt ointressant för Erland. När Erlands mamma gav honom pengar ville inte Erland köpa vissa saker för dessa likvida medel. Erland ansåg det var re-spektlöst mot sin mamma. När hans biologiska pappa kom med pengar till Erland, ansåg inte Erland det var ett problem att köpa vissa saker för dessa pengar. Erland har värderingar, men jag hittar ingen logisk förklaring.

Erland har förmodligen en egen lista som symboliserar viktiga saker för honom personligen. Så tror jag det är…

Erland har många goda egenskaper som han borde bruka i framtiden.

Kapitel 56: Robin

Vill berätta om en man som jag träffade på kåken. Han heter Robin. Robin har sedan 1995 varit en helt vanlig person som hade levt efter de lagar som finns i vårt samhälle. Vill gärna beskriva honom för er som läser dessa rader, så ni kan få en bild av hur han ser ut. Robin är en medelålders man som kunde gå i sin egen takt genom livet. Det är förmodligen inget som stressar upp honom. I alla fall inte att sitta på anstalt. Han är väldigt lugn som person, jag blir inte direkt jäktad av honom, jag tycker han är en väldigt bra person. I skrivande stund har jag promenerat två gånger med honom. Två lördagar har jag och Robin tagit en promenad. Han är dömd till tio år i svensk domstol och som har påverkat honom och hans familj mycket. Vad han är dömd för, kommer jag att berätta senare. Men just nu vill jag att du ska få höra vilka konsekvenser Robin och hans familj har fått genomgå, denna dom, som bevisligen påverkat Robins hela familj. Som jag inledningsvis berättade har Robin varit en helt vanlig person, som har försörjt sin familj genom sin inkomst.

Robin har alltid varit en entreprenör som tagit sig fram på sitt sätt. Robin har alltid kunnat försörja sin familj på ovanstående sätt. Robin har levt ett lugnt och städat liv. Dock med modifikation, i alla fall ett lugnt liv.

Jag har väldigt svårt att se honom kriminell som fått tio år på kåken.

Samhället och Kriminalvården tycker inte så.

Men vad är han då dömd för? Jo, för grovt narkotikabrott. När tings och hovrätten sagt sitt, blev domen tio år. Robin valde då att tala med sin familj och inte minst med sin fru. Robin sa till sin fru att hon kunde gå vidare, och att han inte skulle göra något åt saken. Hans fru svarade att hon ville vänta på honom och att dem är de är gifta ännu och har barn tillsammans. Robin är ju en bra person som avtjänar sitt straff. Så jag hoppas verkligen att han får ett arbete som han verkligen förtjänar. Inte minst hans fru, som tåligt väntat på honom alla dessa år.

Jag vill prata om en person som heter Harald. Harald hade hand om snickeriet där jag övade ett par gånger i veckan. Jag fick öva upp min finmotorik. Jag förstod inte då att det var en bra person. Han sa inte så mycket från början, men det blev mer och mer. Till sist så lärde vi att känna varandra lite bättre, eller ganska bra. Harald, han var grovt ekonomisk, det var väl det som symboliserade honom till största del. Hur som helst, så han tränade han mig när jag gick, han tränade mig när jag skulle lära mig gå överhuvudtaget, lärde mig att gå på ojämna ytor. Han lärde mig att upp på en kulle, vilket en vanlig människa tycker är förbannat enkelt, men när man har haft en stroke är det inte så lätt. Han var en ganska betydelsefull person för mig, det är han visserligen nu också, och ännu mera under min stroke, och han släppte aldrig. Han såg till att det gick framåt för mig även om jag inte tyckte det var så jättekul. Jag gick till handgymnastiken och tränade min finmotorik där. Det var någon där som hette Gråben som jag kallade honom, han hade grått hår och var oftast klädd i grått, och grå i hår och kläder så blir man ganska grå. Det var väl bara själen som var lite ljusare. Hur som helst, han hette Gråben. Dem två, Harald och Gråben var dem som symboliserade mitt nya liv nu efter Stroken. Idag var det ju handgymnastik och för er som inte vet vad det är, så sitter man vid ett bord och gör olika övningar. Man sträcker på axlar, nacke, händer och sedan så försöker man sätta ihop händerna och fingrarna på ett särskilt sätt. Åter igen, det låter ju förbannat enkelt men när signalerna mellan hjärnan och fingrarna inte går så jättefort, så är det inte så lätt. Jag fick öva upp detta under en längre tid. Jag hade ingen stryka i varken höger eller vänster hand. Jag fick mäta min styrka och översatt på svenska så var jag ungefär så stark så att man nästan kunde lyfta en liter mjölk. Nej, jag kan inte säga att det var så roligt. Jag var ganska trött efter dem övningarna. Man skulle ju mäta som sagt sin styrka och det hade jag ingen av oss patienter, och sedan blev jag förbannat hjärntrött. Dem hade ett vilorum på avdelningen där vi fick gå och lägga oss och vi skulle bli för trötta. Efter 5–10 minuter med sådana övningar så var man tvungen att sova, eller jag var tvungen att sova, och då fick man gå till ett så kallat vilorum. Man fick ligga där och sova, och det gjorde man verkligen, jag sov jättemycket. I samma vilorum så kom syster Marie, en glad människa, en väldigt glad människa. Hon tog blodtrycket på mig, helst när man hade vilat, vilket man hade gjort ganska ofta. Hur som helst så tog syster Marie mitt blodtryck 3 gånger i veckan för att min läkare skulle ha en total överblick över hur min hälsa var. Jag kan säga i efterhand, att hade inte varit för Haralds träning när man lärde sig att gå, Gråbens handgymnastik och när man sträcker nacke och axlar, och syster Maries koll på mitt blodtryck så tror jag ärligt talat att jag inte hade varit i så god form som jag är idag. Idag kan jag nästan springa, ja, det var kanske lite överdrivet men det kan gå ganska fort. Jag kan både röra höger och vänster sida utan några problem. Jag kan säga att under den träning som jag hade, så var ingen av dessa ovanstående personer så värst populära, och deras aktier stod inte högt. Den kursen var ganska låg, det må jag säga. Snickaren Harald var en väldigt speciell person. Normalt sett så ville man ju slå ned spik med höger hand, men nu var jag ju bättre med vänster hand. Så det innebar att nu skulle jag träna höger hand och slå ned spik. Det var ju inte så där jättekul för att ibland så träffade man spiken, men oftast inte. Så det var ganska mycket lättare att byta hand och slå ned spik med vänster. Harald försökte träna upp det mesta som bara gick, och han var nästan nöjd varje dag, jag sa nästan. Han var aldrig nöjd. En dag sa Harald att han hade pratat med min läkare och han sa att vi skulle gå och äta lite mat, och göra lite mat, och för mig så var det ju, hmm, göra lite mat. Man skulle alltså testa att laga mat i ett litet kök på sjukhuset ifall man kunde det, hur man skulle kunna hantera vissa saker i köket t ex knivar, gafflar, hälla upp, om man kunde sätta in en nyckel i dörrlåset. Men oavsett vad det var så hade Harald ett fruktansvärt tålamod, själv hade jag inte det och det kan jag inte säga att jag har nu heller. Oavsett vilket, så står han där, minut efter minut och jag blir bara mer irriterad på mig själv, men Harald står kvar och han är lika envis och lugn. Nej, han blir inte stressad, kan jag säga. Idag så är jag väldigt glad att jag träffade Harald, han betyder väldigt mycket för mig även om han är en väldigt speciell person.

Gråben var ju också en av dem personer som jag tyckte var viktig för mig. Han tränade mig mer i balans. Vi kunde spela bowling på ett Tv-spel bara för att jag skulle lära mig att håll balansen, nu låter det ju fruktansvärt enkelt, det var precis det inte var. Jag har aldrig känt mig så full och ändå så nykter på samma gång. Bara att lyfta ett ben var ju en konst som heter duga. Men även där så var Gråben väldigt tålmodig, han bestämde sig att hjälpa mig på bästa sätt och det gjorde han. Med framgång, bevisligen. Så jag kan bara säga tack till dig Gråben, tack så hemskt mycket för all hjälp.

Till syster Marie vill jag också säga tack. Vi hade våra pratstunder om både det ena och det andra. Du valde att se till jag kunde sköta mig och det har jag gjort, så du vet. Hur som helst vill jag bara säga tack så mycket till dig för all din hjälp.

Ja, och så var det Harald. Mannen, myten, legenden, han är ekonomisk.

Hur som helst, till dig vill jag säga tack. Jag vet att vi spelade både bowling och schack, och allt gick bara ut på en sak, att jag skulle bli bättre. Att jag skulle kunna hantera vissa situationer och det gör jag idag.

Så jag vill bara säga tack till dig Harald, tack för all din hjälp.

Hoppas vi hörs snart.

Till Mossan G.M.

Jag har fått en mossa som har adopterat mig och det känns väldigt bra, där hon fått hantera mitt dåliga humör från kåken (Anstalten) som förmodligen inte varit så lätt när jag varit irriterad och arg på någon plit (Kriminalvårdare) och där du alltid behållit ditt inre lugn, hur det nu går till. Jag har alltid känt, att du finns vid min sida, och det känns tryggt, även om du vissa gånger undrar hur det går för din son, och om han håller sig lugn. Förstår att det inte är lätt, med en son som har andra värderingar.

Mossan du kan vara lugn... din son har lugnat ner sig och ska inte sitta på kåken mer.

Till Pelle vaktmästare...

Ja vad ska jag då säga till detta EVIGA MÖRKER!

Nä Pelle, jag skoja bara lite med dig.

Du var ju min handledare under kåken och du skulle ju lära mig en massa saker. Pelle det gick väldigt bra, dock glömde du säga något. Nu förstod jag ganska fort, att du inte tyckte om att prata hela tiden, dock hade det kanske varit roligt om du sa mer än tre ord i veckan. För mig är du en väldigt bra person... som är TYST HELA TIDEN som jag gillar.

Vill tacka dig och PO för all hjälp.

Till den andre handledaren vill jag också säga tack för att du ordande mina möbler och såg till att det fungerade när jag muckade.

De andra medarbetarna vill säga att jag är mycket tacksamt för all er hjälp och stöd som ni gav mig under tiden jag satt på kåken (Anstalten)

Åter till kåken (Anstalten)

Där fanns en av dem intagna som jag gilla ganska mycket. Vi tyckte inte alls om varandra från början, vi gick inte alls på samma våglängd, och det var en ganska problematisk början på vår vänskapsrelation. Personen jag talar om heter "Fågeln blå" i denna bok.

Anledningen till detta namn, är för han ofta sjöng på sitt språk och jag kunde aldrig höra vad han sa, förut orden "Fågeln blå" så han fick heta det under kåk tiden. Den så kallade "Fågeln blå" hade jag många djupa och roliga diskussioner med, och ämnet kommer följa med mig tills jag får en ETTA MED JORDVÄRME...

Det är en mycket bra påg!

Gubben Krille var också en person som jag gillade och vi hade våra diskussioner om det mesta här i livet. Han tala ofta om sin son och sin styvdotter som betydde allt för honom och det var troligen dem som höll upp hakan ovanför vattenytan på honom, under denna bistra tid på kåken. Jag hoppas verkligen du och dina barn har det bra nu gubbe...

Det var dags för mig att mucka från kåken. Det var äntligen dags. Jag vet att jag inte sov kvällen innan jag skulle mucka, jag började packa allt som fanns i mitt skåp, och jag hade ju dragit på mig en hel del under alla dessa år, så det blev mycket packning. Jag fick köpa en väska av Kriminalvården så att jag skulle få plats med allt.

Hur som helst, den natten innan jag skulle mucka tror jag ärligt talat att jag inte sov en enda sekund. Jag var nog förmodligen förväntansfull hur samhället skulle ta emot mig när jag kom ut efter att jag avtjänat mitt straff. Frågan var bara hur samhället skulle ta emot mig. Jag hade ju inte direkt någon bostad när jag kom ut. Dock så hade min vice övervakare Karlsson ordnat så att jag både fick praktik och en lägenhet när jag hade muckat. På morgonen klockan 07:00 så gick jag till Centralvakten, jag skulle mucka efter alla dessa år på kåken. Det var min tur, och det kändes jävligt bra. Plitarna kände ju mig, man hade ju som sagt suttit länge så det är klart dem kände mig ganska väl. Jag tror även dem var lite nervösa hur det skulle gå för Persson när han kom ut i samhället. På andra sidan, det vill säga svenssonvärlden, så hade ju min vice övervakare Karlsson gjort ett enormt arbete. Hon hade både ordnat en praktik till mig och en bostad som jag skulle bo i som var ganska stor kan man säga. När jag åkte från kåken så kändes det lite konstigt faktiskt. Jag åkte därifrån i mina egna kläder, jag hade inga plitar efter mig, jag var inte efterlyst, jag fick vara ute mer än 72 timmar. Så ja, det kändes förbaskat märkligt. Jag visste att jag skulle träffa min vice övervakare Karlsson inom kort och jag skulle få min bostad där jag skulle bo. Hon hade själv sett ut den, jag visste inte hur den såg ut eller vad som fanns där, eller något överhuvudtaget. Jag visste bara att jag litade på min vice övervakare. Jag kunde inte tänka mig att hon skulle sätta mig i en svår situation. Bevisligen gjorde hon inte det, jag fick en jättefin bostad där jag fick ett eget kontrakt. Jag skulle betala hyra och vara en vanlig Svensson i ett samhälle som skulle få en före detta buse. Hur nu detta skulle gå till, eller hur nu effekten av detta skulle bli.

Jag kom till min nya bostad, vi möttes upp, jag och min vice övervakare, av hyresvärden och vi gick runt och tittade på lägenheten. Jag tyckte att den var enormt fin. Nu ville ju hyresvärden skriva ett kontrakt och det enda jag hade skrivit på var min permission, och min muck. Något annat hade jag inte skrivit på, så det kändes onekligen väldigt konstigt att sitta och signera sitt eget kontrakt från den blivande hyresvärden. Det är nog ganska svårt att sätta sig in i den situationen men den var väldigt konstigt, det kan jag lova er. Hyresvärden gick därifrån, min vice övervakare Karlsson var kvar ett tag och efter ett tag gick hon också. Kvar stod jag själv. Inte en plit så långt ögat nådde, inte någon. Jag kunde göra precis vad jag ville, det är dock jäkligt märkligt att man inte gör det. För jag tror inte att man har landat rent mentalt när jag går igenom denna procedur.

Jag ville inte gå ut, alla andra som nu hade muckat ville gå ut men inte jag. Jag ville bara vara inne i min lägenhet. Helst så ville jag vara inne på skithuset för det var lika stort som min cell.

Konstig man är som person. Men jag försökte anpassa mig under dem nästkommande dagarna på ett mer positivt sätt och så fort man såg någon i fönstret så gick man därifrån. Det var ju helt vanliga människor, det var en väldigt skum känsla. Väskorna jag hade med mig från mucken hade jag bara packat upp det viktigaste ur.

Resten låg kvar i väskorna. Jag satte mig ned på en stol och funderade hur fan detta skulle gå. Jag visste att jag inte skulle börja min praktik förrän om 3 dagar. Men det innebär i mina termer 72 timmar, det var som en permission. Tänk att jag skulle gå till en praktikplats. Helt konstigt. Jag kunde inte tänka i dem banorna. Jag kunde inte förställa mig att gå till ett arbete och ha arbetskamrater. Ja, för mig var det totalt otroligt. Det var ju nästan så att man ville nypa sig i armen och vakna upp från den här drömmen, för det här var bara för mycket. Jag vet när det blev söndag kväll så blev jag i någon form av paralyserad, jag visste att jag skulle gå till min praktik klockan 07:00 på måndag morgon. Ändå så tvivlade jag på att detta skulle inträffa. Var jag så institution skadad så att jag inte kunde inse det själv. Jag vet att jag satt och tittade på Tv, det kom en person kvällen efter och skulle installera en liten Tv så att jag hade något att titta på. Det kändes som att sitta på kåken, jag satt själv, jag väntade bara på att någon skulle låsa igen celldörren och säga god natt. Det kom ingen. Det var ingen som sa godnatt. Frågan var bara vem fan som ska låsa upp dörren när man går på skithuset, det var ju ingen här, eller ska jag inte låsa. Ja, lite överdrivet men ni förstår säkert vad jag menar. Jag var så inställd och institution skadad att plitarna skulle göra allt åt en. För när man sitter på kåken så behöver man inte tänka, det gör myndigheten åt en. Måndag morgon kom och jag skulle ta mig till min praktikplats. Jag fick träffa chefen och redan då så infann sig en väldig konstig känsla. Han var väl lika glad och lugn som alla andra, utom jag själv. Jag fick träffa mina blivande arbetskamrater, Sen satte han mig i lite jobb. Eftersom jag hade haft stroke så var det någon sorts av arbetsträning, för dem visste ju inte vilken kapacitet jag hade. Jag jobbade från klockan 07:00-11:00, sedan gick jag hem. Jag var ruskigt trött. Jag var väl hemma vid 11:30-12:00 och sedan så sov jag ungefär i 12 timmar. Jag var helt slut. Förmodligen var det alla nya intryck som jag hade fått, och alla nya människor som faktiskt var trevliga och snälla. Alla tyckte det var roligt att det hade kommit en ny person.

Alla utom jag. Jag tyckte bara att det var obehagligt, det kändes okontrollerbart för mig som kom direkt från kåken, och hade muckat för 3 dagar sedan. Så det var faktiskt lite blandade känslor. Så var det dag ut och dag in. Jag fick åka med chefen ut ibland som var i serviceyrket.

Det gjorde att jag somnade i bilen, jag blev så trött att det inte går att föreställa sig. Chefen, eller "SB" som han heter och hans fru "AB", bjöd mig några gånger på mat så att jag skulle få komma ned på jorden och träffa helt vanliga människor. Vilket jag gjorde. Jag kom dit och träffade hans fru, kändes också konstigt. Jag kunde inte helt enkelt anpassa mig efter den situation som hade infunnit sig. Jag visste inte varför. Förmodligen hade jag inte landat och jag var inte riktigt där mentalt ännu. Dock gick middagen bra, sen blev det lite kaffe och sen så körde min chef mig hem. Jag vet att jag inte sa så mycket, den kvällen. Jag hade inte så mycket att säga, jag hade fler tankar än ord. När jag kom hem så tackade jag bara för skjutsen, och gick in i min lägenhet och försökte lugna ned mig själv. För inombords var man lite darrig. Det kändes som att jag var lika darrig som ett asplöv, men det syntes inte utanpå mig. Jag försöker för varje dag att anpassa mig efter denna nya situation som infunnit sig. Chefen "SB" och jag hade ganska många diskussioner, dock inte den första tiden, men sen så började jag nog bli mer anpassad och ställde lite frågor om hur det fungerar ute i samhället, som jag en gång var en del av. Chefen "SB" sa att det var väl som det alltid brukar vara, så det var väl ingen större skillnad för hans del. Det var det för mig. För även om jag varit en del av detta samhälle så var jag inte det längre. Jag hade förvisso avtjänat mitt straff men hade samhället accepterat det eller inte. Som du själv förstår så var det ju ganska många frågor och jag kan inte säga att svaren lös med sin närvaro direkt. Jag försökte att hålla mig till min chef "SB", så länge det gick. Det kom förvisso en annan person, som i denna bok heter "Bullgubben" eller även kallad "SnålJohan". Har även träffat hans fru "BR", och det var trevliga människor det också. Det var väldigt trevliga människor. "Snåljohan" eller "Bullgubben", ja, ni får välja vilket ni vill, men snål var han i alla fall, och Johan passar bra så "SnålJohan" blir bra. Han försökte ju nog få mig på rätt sida om lagen på ett enkelt sätt. Nu var det ju inte direkt enkelt för varken mig eller för "SnålJohan". Det var ju situationen som uppkom där "SnålJohan" skulle lösa situationen på sitt sätt, och jag med mitt basebollträ, nu var vi inte riktigt överens om detta så det skapade väl mer diskussioner än framgång till att börja med. Jag hade ju mina värderingar från kåken, och först nu så märkte jag att när jag kom ut i samhället hade människorna totalt andra värderingar, så det blev faktiskt problematiskt. Man kunde inte enligt samhället lösa situationen med ett basebollträ eller med våld, som man gjorde på kåken. "SnålJohan" var ju inte så där lättövertalig, det kan man inte direkt säga. Han var som han var, han är som han är. Det går inte att göra så mycket åt. Jag tror och jag hoppas verkligen att det blir bättre för min del med mina värderingar. Jag kan inte säga i skrivande stund det är bättre eller sämre. Jag tror mer, att jag är neutral och försöker överleva i den rådande stunden på ett sunt och förnuftigt sätt. Men återigen så handlar det bara om en sak, värderingar. Det är absolut ingenting annat än värderingar. "SnålJohan" och hans fru "BR" bjöd mig också på middag ett flertal gånger, och försökte förmodligen att få mig, att anpassa mig efter det här samhället som jag än i dag inte hör hemma i. Jag försöker verkligen men det känns mer som att bryta armbågen åt fel håll, det går men det gör förbannat ont. Jag hoppas att mina diskussioner med "Snål-Johan" och chefen "SB" och deras fruar ger mig någonting i framtiden så att jag kan anpassa mig. För jag vill mentalt kunna anpassa mig, just nu känner som jag bara inte kan, det går bara inte. Jag tänker för mycket kriminalitet, samtidigt som jag hatar kriminalitet. Jag tänker våld, men jag tycker inte om våld, och det kan jag störa mig på. För det innebär att jag helt plötsligt har jag börjat tulla på mina egna värderingar och försöker anpassa mig efter ett, som jag säger, ett korrupt samhälle. Men som det är nu, så hoppas jag verkligen att det har gått lite framåt. Vi får se vad framtiden har att ge. Det kommer att visa sig, det är jag helt övertygad om.

Jag skulle även vilja tala om en kvinna som heter "Ulrika Frustration". Det är ju en kvinna som jag har svårt att beskriva, hon har lite andra värderingar. Fråga mig inte vilka, för det vet jag fan inte, förmodligen vet inte ens forskarna detta.

Det är i alla fall inte mina värderingar.

Varför jag väljer ta upp "Ulrika Frustration" är för att jag, för första gången i mitt liv inser att någon har påverkat mig, och det kraftigt. Om det är positivt eller negativt, eller om det är för att jag ska kunna anpassa mig i detta samhälle eller inte. Jag vet faktiskt inte. Jag vet bara, att just nu, så är jag väldigt tvivlande och ärligt talat så vet jag inte i skrivande stund, varken fram eller bak i denna fråga som bevisligen påverkar mitt liv. Det är ju en kvinna som har fantastiska egenskaper och hon är otroligt intelligent, dock ger denna person ett helt nytt ansikte för FRUSTRATIONEN. Jag hoppas verkligen att denna frustration ger med sig, och alla dessa frågor får ett svar, som alla parter kan acceptera i framtiden.

Jag står nu i ett samhälle som jag ska bli delaktig i, och som jag borde vara delaktig i. Där samhället måste acceptera mig som medborgare. Ändå är känslan som grädden på kaffet, man flyter lite ovanpå. Det är därför den här boken heter "I skuggan av samhället" för det är precis så det känns. Jag vet idag, att jag har bra människor runt mig hela tiden. Chefen "SB", hans fru "AB, "SnålJohan" och hans fru "BR" är jättebra, ändå så kan jag bevisligen, just nu inte anpassa mig.

Jag försöker sköta mig och hålla mig till lagen, betala mina räkningar. Men det känns ändå som man inte gör sådana här saker, varför jag ska göra det då? Samhället kräver att man ska göra det. Ändå har samhället krav på en annan att man ska sköta sig tillfullo, men jag känner ändå inte att jag blir accepterad i samhället. Även om jag avtjänat mitt straff, jag har tagit mitt straff, så varför kan inte samhället acceptera mig. Jag har inte brutit mot lagen, jag har gjort mitt, jag har gjort många olagliga saker, dock har jag avtjänat mina straff. Jag är helt övertygad om, att alla som borde ha ett straff, har inte tagit sitt straff. Jag vet förmodligen, att jag inte kommer att skriva fler memoarer eller självbiografier i hela mitt liv. Jag känner nu, att jag är färdig med min resa. Det har blivit 4 böcker, så det känns som jag har fått skriva av mig. Jag har fått känna på orden i sin helhet, jag har sett det korrupta samhället, som jag kommer att bli en Svensson i. Där folk säger en sak, men menar en annan.

I den kriminella världen fungerar det inte så, och det vet alla som varit där, dock inte så många. Det är ca 5000 personer om året, men oavsett vilket, så är jag helt övertygad om, att jag ska göra mitt yttersta för att bli en helt vanliga Svensson.

Vill även passa på att hälsa till samtliga av mina kontakt-
personer som jag hade på kåken. Ni gjorde ett bra arbete
fast jag gjorde allt för att kämpa i mot.
Ni fick verkligen arbeta med mig och utmaningarna lös ju
verkligen inte med sin frånvaro.
Tuffast hade förmodligen kontaktperson Pehrsson
på den öppna anstalten, när jag skulle ut i samhället igen
och jag skulle ordna en bostad och arbete. Ja du Pehrs-
son du är bra, det var bara jag som var ett svårt fall som
inte var så lätt att lösa.
Kontaktperson (Den Lilla Glada) var det ett lite tag, men
jag vill säga tack för all hjälp.

Till kontaktperson Annika som blev chef på häktet sen,
hade jag en längre diskussion med. Vill bara passa på att
säga tack.

Till kriminalvårdaren Anita vill jag säga tack till, för att du
hjälpte mig att packa ner alla saker jag dragit på mig un-
der alla år...TACK

Alla andra Kriminalvårdare på den öppna anstalt jag satt
på, gjorde ett mycket bra jobb och även ni i föräldra-
gruppen var bra, fast vi som gick denna kurs var den
första gruppen, så det blev roligt. Jag vet ni är bra i dag.

Avslutningsvis!

Jag vill passa på och tacka alla personer som läst mina böcker, och tagit sig tid att sätta sig in i min situation som säkert berört många personer. Det har ju varit en lång resa där jag som person har förändrats under tiden. Jag har tyvärr både varit med om mycket olagliga saker, och blivit svårt misshandlad själv. Jag har suttit med helt sjuka personer som har gjort grova brott. Jag har både sett Insatsstyrkan och den omtalade svarta gruppen på kåken (Anstalt) där vi Intagna verkligen hatade dessa plitar, och där våld blir båda sidors lösning på problemet.

Jag var en gång, bara en vanlig person, och under tidens resa, blivit en fullfjädrad buse. En buse som blev jagad av KUT Kriminalunderrättelsetjänsten för att några år senare bli jagad av Interpol, där jag var Internationellt efterlyst.
Då är det ju inte så lätt, att kunna anpassa sig i samhället, när jag nästan varit 20 år ute i den så kallade kylan. Bara att hoppas samhället kan acceptera mig nu, och i framtiden.

Tack för ordet!
Författaren
Jesper Persson